TROUBLE VÉRITÉ

DU MÊME AUTEUR

CHEZ GALLIMARD JEUNESSE

Nous les menteurs

e. lockhart

TROUBLE VÉRITÉ

Traduit de l'anglais (États-Unis)
par Nathalie Peronny

GALLIMARD JEUNESSE

Titre original : *Genuine Fraud*
Édition originale publiée par Delacorte Press,
une filiale de Random House Children's Books,
département de Random House LLC,
du groupe Penguin Random House, New York, 2017

À quiconque s'est jamais entendu dire que « sage » signifiait « petit et silencieux », voici mon cœur dans toute sa complexité abjecte et sa splendide fureur.

18

Point de départ :

TROISIÈME SEMAINE DE JUIN 2017
CABO SAN LUCAS, MEXIQUE

L'hôtel était génial.

La chambre de Jule comportait un minibar garni de paquets de chips et de quatre sortes de barres chocolatées différentes. Une baignoire équipée de jets à bulles. Des serviettes de bain moelleuses et du savon liquide au gardénia à volonté. Chaque après-midi à seize heures, un vieux monsieur jouait du Gershwin sur le piano à queue dans le hall. Le spa proposait des soins du visage à l'argile chaude, si vous supportiez d'être tripotée par des mains inconnues. La peau de Jule sentait le chlore toute la journée.

Tout était blanc, au Playa Grande Resort de Baja : les rideaux, la faïence, les tapis et les bouquets de fleurs luxuriants. Les membres du personnel ressemblaient à des infirmiers dans leurs uniformes de coton blanc. Cela faisait près de quatre semaines que Jule séjournait seule ici. Elle avait dix-huit ans.

Ce matin, elle faisait du tapis de course dans la salle de sport. Elle portait ses baskets habituelles, vert turquoise à lacets bleu marine. Elle courait sans musique et par intervalles depuis près d'une heure lorsqu'une femme monta sur l'appareil voisin.

Elle n'avait pas encore la trentaine. Ses cheveux noirs,

luisants de spray coiffant, étaient attachés en queue de cheval. Elle avait des bras puissants et le torse robuste, un soupçon de blush sur les joues. Ses baskets, usées au niveau des talons, arboraient de vieilles croûtes de boue séchées.

Elles étaient seules dans la salle.

Jule ralentit et se laissa encore une minute de marche avant de partir. Elle préférait la solitude et elle avait plus ou moins terminé sa séance, de toute manière.

– Vous vous entraînez ? lui demanda l'inconnue en désignant l'écran digital de son tapis. Genre, pour un marathon ou un truc comme ça ?

Elle était américaine, avec une pointe d'accent mexicain. Sans doute une New-Yorkaise élevée dans un quartier à majorité latino.

– Non, je faisais juste de la course de fond au lycée.

Jule lui répondit avec une intonation plus sophistiquée, ce que les Britanniques appellent « l'anglais BBC ».

La femme l'observa.

– J'adore votre accent, dit-elle. D'où venez-vous ?

– Londres. St. John's Wood.

– New York, indiqua la femme en se désignant elle-même.

Jule descendit du tapis pour étirer ses quadriceps.

– Je suis venue seule, poursuivit l'inconnue. Arrivée hier soir. J'ai réservé ma chambre à la dernière minute. Vous êtes là depuis longtemps ?

– Dans ce genre d'endroit, répondit Jule, on ne reste jamais assez longtemps.

– Vous me recommandez quoi, ici ?

Jule n'avait guère l'habitude d'engager la conversation avec les autres clients de l'hôtel. Mais après tout, il n'y avait pas de mal à répondre à cette question.

– Faites l'expédition snorkeling, dit-elle. J'ai vu une murène.

– Wow, une murène, vraiment ?

– Le guide l'avait appâtée en lui jetant des boyaux de poissons qu'il avait emportés dans une bouteille de lait en plastique. Elle a surgi d'entre les rochers. Elle devait bien mesurer deux mètres cinquante de long. D'un vert vif.

La femme frissonna.

– Je n'aime pas ces bestioles.

– Alors laissez tomber, si vous avez la trouille facile.

L'Américaine gloussa.

– Et la nourriture, c'est comment ? Je n'ai encore rien mangé.

– Essayez donc leur gâteau au chocolat.

– Au petit déjeuner ?

– Bien sûr. Il suffit de leur demander.

– Merci du tuyau. Vous voyagez seule ?

– Écoutez, il faut que je file, répondit Jule. (Cette discussion commençait à prendre un tour un peu trop personnel à son goût.) Bye bye.

Sur ces mots, elle se dirigea vers la sortie.

– Mon père est gravement malade, déclara la femme alors qu'elle s'éloignait. Ça fait des semaines que je m'occupe de lui.

Un pincement de compassion. Jule s'arrêta, se retourna.

– Chaque matin et chaque soir après le boulot, je suis à son chevet. Son état s'est enfin stabilisé et je n'avais qu'une envie : partir en vacances. Je n'ai même pas regardé le prix. Ce séjour me coûte les yeux de la tête.

– De quoi souffre votre père ?

– Il a une SEP, expliqua la femme. Sclérose en plaques. Vous connaissez ? Et il est atteint de démence sénile, aussi. C'était le patriarche de la famille, autrefois. Un vrai macho. Toujours tranché dans ses opinions. Aujourd'hui, c'est un corps infirme étendu sur son lit. La moitié du temps, il ne sait même plus où il est. Il me demande si je suis la serveuse, ce genre de chose.

– La vache…

– J'ai peur de le perdre. Et en même temps, je déteste chaque instant que je passe auprès de lui. Quand il mourra et que je deviendrai orpheline, je sais que je regretterai de m'être éloignée de lui durant ces quelques jours, vous voyez? (Elle cessa de courir et redescendit du tapis, les pieds posés de part et d'autre, pour s'essuyer les yeux d'un revers de main.) Désolée. Je vous raconte ma vie.

– Pas de souci.

– Je ne vous retiens pas, allez vous doucher ou faire ce que vous avez à faire. On se recroisera peut-être plus tard.

Elle retroussa les manches longues de son tee-shirt et ralluma l'écran digital de son appareil. Son avant-bras droit était strié par une vilaine balafre qui ressemblait davantage à la trace d'un ancien coup de couteau qu'à la cicatrice propre et nette d'une intervention chirurgicale. Il y avait sans doute une histoire derrière.

– Dites, vous aimez les soirées quiz? lança Jule, contre toute logique.

Sourire. Apparition d'une rangée de dents blanches, mais de travers.

– En toute modestie, je suis imbattable.

– L'hôtel en organise un soir sur deux dans le salon du rez-de-chaussée, expliqua Jule. C'est nul, mais après tout… Ça vous dirait d'y aller?

– Nul comment?

– Nul marrant. Il y a une bonne ambiance, on dit n'importe quoi.

– OK, je suis partante.

– Super, répondit Jule. On va tous les battre. Vous ne regretterez pas d'avoir pris des vacances. Je sais tout sur les super-héros, les films d'espionnage, les YouTubers, les stars du fitness, l'argent, le maquillage et les auteurs de l'époque victorienne. Et vous ?

– Les auteurs de l'époque victorienne ? Comme Dickens, par exemple ?

– Ouais…

Jule sentit ses joues s'empourprer. Sa liste de centres d'intérêt lui parut soudain étrange et absurde.

– J'adore Dickens, dit la femme.

– Non !

– Je vous jure, insista-t-elle en souriant. Je suis incollable sur Dickens, la cuisine, l'actualité, la politique et, heu… les chats.

– Parfait, conclut Jule. Rendez-vous à vingt heures dans le salon qui donne sur le hall de l'hôtel. Celui avec le bar avec les canapés.

– Vingt heures. C'est noté. (La femme s'avança pour lui serrer la main.) C'est quoi, votre prénom, déjà ? Moi, c'est Noa.

Jule accepta sa poignée de main.

– Je ne m'étais pas encore présentée, dit-elle. Imogen, enchantée.

Jule West Williams avait un physique quelconque. On ne lui avait jamais dit qu'elle était *moche*, pas plus qu'on ne l'aurait qualifiée de *sexy*. Elle n'était pas très grande (un mètre cinquante-deux) et se tenait toujours la pointe du menton levée. Ses cheveux courts, coupés à la garçonne, avaient été teints en blond chez le coiffeur et commençaient à laisser entrevoir leurs racines. Yeux verts, teint de porcelaine, discrètes taches de rousseur. La plupart de ses vêtements dissimulaient sa silhouette athlétique. Les muscles lui gonflaient les bras et les jambes comme ceux d'une super-héroïne de comics, surtout au niveau des mollets. Son ventre abritait une planche abdominale implacable sous de discrets bourrelets. Elle aimait la viande, les aliments salés, chocolatés ou gras.

Jule considérait que plus on transpirait à l'entraînement, moins on saignait sur le champ de bataille.

Que le meilleur moyen de ne pas avoir le cœur brisé était de faire semblant de ne pas avoir de cœur tout court.

Que notre façon de nous exprimer était souvent plus importante que le contenu de nos paroles.

Elle croyait également aux films d'action, aux régimes alimentaires, au pouvoir du maquillage, à la mémorisation, à l'égalité des droits et aux vidéos YouTube capables de vous apprendre un million de choses qu'aucune université ne vous enseignerait jamais.

Lorsqu'elle avait confiance en vous, Jule vous racontait volontiers son entrée à Stanford grâce à une bourse sportive en athlétisme. « Ils sont venus me chercher, expliquait-elle aux gens qu'elle appréciait. Stanford, c'est le top du top. Ils m'ont tout payé : les cours, les bouquins… »

Que s'était-il passé ?

Jule haussait parfois les épaules. « Je voulais étudier la littérature victorienne et la sociologie, mais l'entraîneur était un obsédé sexuel, confiait-elle. Il avait les mains baladeuses. Quand il a essayé de s'en prendre à moi, je l'ai frappé là où je pense et j'ai raconté la scène à qui voulait l'entendre. Les profs, les étudiants, le journal de la fac... j'ai hurlé ma vérité pour être entendue jusqu'au sommet de cette putain tour d'ivoire, mais vous savez ce qui arrive aux sportifs qui balancent leur coach... »

Jule se tordait alors les doigts et baissait les yeux. « Les autres filles de l'équipe m'ont trahie. Elles m'ont traitée de menteuse et affirmé que ce sale pervers n'avait jamais tripoté personne. Elles ne voulaient pas que leurs parents l'apprennent, et elles avaient peur d'être virées de l'équipe. L'histoire s'est donc arrêtée là. L'entraîneur a gardé son poste. J'ai démissionné du club d'athlétisme. Ce qui signifiait que je n'avais plus droit à ma bourse. Et c'est ainsi qu'une élève brillante se retrouve contrainte d'abandonner ses études. »

Après la salle de sport, Jule nagea un kilomètre et demi dans la piscine du Playa Grande avant d'aller passer le reste de la matinée, comme souvent, dans le salon d'affaires de l'hôtel à visionner des tutos en espagnol. Elle était toujours en maillot de bain, ses baskets vert turquoise aux pieds. Elle s'était mis du rouge à lèvres rose et avait souligné son regard d'un trait d'eye-liner argenté. Son maillot de bain était un modèle une pièce gris métallique, doté d'un décolleté plongeant retenu par un gros anneau doré. Son look faisait très héroïne de la Marvel.

Le salon était climatisé. Il n'y avait pas un chat. Les pieds sur la table, Jule sirotait un Coca Light, son casque audio sur ses oreilles.

Au bout de deux heures d'espagnol, elle grignota une barre Snickers en guise de déjeuner et regarda des clips musicaux. Boostée par le shoot de caféine, elle se mit à danser et à chanter pour la rangée de fauteuils vides. La vie lui paraissait vraiment splendide, aujourd'hui. Elle s'était prise d'affection pour cette femme triste qui avait fui son père malade, l'inconnue à la cicatrice fascinante et aux goûts littéraires improbables.

Elles allaient tout défoncer au quiz, ce soir.

Jule s'avala un autre Coca Light. Elle vérifia son maquillage et fit semblant de boxer son reflet dans la vitre du salon. Puis elle éclata de rire parce qu'elle se sentait à la fois ridicule et en pleine forme. Pendant tout ce temps, son pouls battait à l'intérieur de ses oreilles.

Le barman de la piscine, Donovan, était originaire du coin. Le physique robuste, mais très doux dans ses manières. Les cheveux bien lissés vers l'arrière. Le clin d'œil facile. Il parlait anglais avec l'accent typique de la région et avait appris à connaître la boisson préférée de Jule : le Coca Light rehaussé d'une goutte de sirop à la vanille.

Certains jours, Donovan lui posait des questions sur son enfance à Londres. Elle en profitait pour perfectionner son espagnol. Ils regardaient des films sur l'écran au-dessus du bar tout en bavardant.

Cet après-midi-là, à quinze heures, Jule s'était installée sur un tabouret à l'angle du comptoir, toujours en maillot de bain. Donovan en tee-shirt sous sa veste blanche du Playa Grande. Un duvet de poils lui tapissait le cou.

– C'est quoi ? voulut-elle savoir en levant les yeux vers l'écran.

– *Hulk*.

– Lequel ?

– J'en sais rien.

– Tu as mis le DVD toi-même. Comment peux-tu ne pas connaître le titre ?

– Je ne savais même pas qu'il y avait deux *Hulk*.

– Il y en a trois. Non, attends. Ça dépend si tu comptes aussi les séries télé, les dessins animés et tout le bazar.

– J'ignore de quel *Hulk* il s'agit, Miss Williams.

Le film s'est poursuivi pendant un moment. Donovan rinçait les verres, essuyait le comptoir. Il prépara un scotch & soda à une cliente qui emporta son verre à l'autre bout de la piscine.

– C'est le deuxième meilleur film de la série des *Hulk*, expliqua Jule lorsqu'il eut terminé. Comment dit-on *scotch* en espagnol ?

– *Escocés.*

– *Escocés.* Tu aurais une marque à me recommander ?

– Tu ne bois pas d'alcool.

– Mais si j'en buvais ?

– Macallan, répondit Donovan. Tu veux que je te fasse une dégustation ?

Il lui remplit cinq shots de scotch différents parmi les meilleurs du marché. Il lui expliqua l'origine du scotch et du whisky, pourquoi on commandait l'un et pas l'autre. Jule se contenta de tremper les lèvres dans chacun des verres.

– Celui-là sent les dessous de bras, commenta-t-elle.

– Tu délires.

– Et celui-là, l'essence à briquet.

Donovan se pencha pour renifler.

– Peut-être.

Elle désigna le troisième.

– Celui-là, le pipi de chien, genre un clébard très énervé.

Donovan éclata de rire.

– Et les deux autres, ils t'évoquent quoi ? lui demanda-t-il.

– Du sang séché. Et ce produit qu'on utilise dans les salles de bains. Du détergent en poudre.

– Tu préfères lequel ?

– Le sang séché, dit-elle en trempant son doigt dans le liquide pour le goûter une seconde fois. C'est lequel ?

– Le Macallan. (Il débarrassa les verres.) Tiens, au fait, une femme te cherchait, tout à l'heure. Enfin, je crois bien qu'elle parlait de toi. Mais elle a pu se tromper.

– Qui ça ?

– Une Mexicaine. Elle s'exprimait en espagnol. Elle m'a demandé si je connaissais une jeune Américaine blanche aux cheveux blonds coupés court qui séjournait seule à l'hôtel. Avec des taches de rousseur, précisa Donovan en se touchant le visage. Sur le nez.

– Tu lui as dit quoi ?

– Que c'était un hôtel énorme. Avec beaucoup d'Américains. J'ignore qui séjourne ici seul ou non.

– Je ne suis pas américaine, rétorqua Jule.

– Je sais. Je lui ai répondu que je ne connaissais personne correspondant à cette description.

– Tu lui as dit ça ?

– Ouais.

– Mais tu as quand même pensé à moi.

Il dévisagea Jule un long moment.

– En effet, finit-il par lâcher. J'ai pensé à toi. Je ne suis pas complètement idiot, Miss Williams.

Noa savait qu'elle était américaine.

Cela signifiait que Noa était flic. Ou quelque chose dans ce goût-là. Forcément.

Elle avait piégé Jule avec tout son bla-bla. Le père souffrant, Dickens, devenir orpheline… Noa avait su trouver les mots magiques. Elle l'avait appâtée avec un simple mensonge – « mon père est gravement malade » – et Jule avait tout gobé, comme une affamée.

Jule sentit son visage s'enflammer. Sa solitude, sa vulnérabilité et sa stupidité lui avaient fait mordre à l'hameçon. Tout dans l'attitude de Noa n'avait été qu'un stratagème pour amadouer Jule, pour qu'elle la voie comme une confidente et non comme une ennemie.

Elle regagna sa chambre, l'air aussi détendu que possible. Une fois à l'intérieur, elle récupéra ses objets de valeur à l'intérieur du coffre. Elle enfila un jean, une paire de boots, un tee-shirt, et fourra le plus de vêtements possible dans sa petite valise. Il lui faudrait abandonner le reste sur place. Sur le lit, elle déposa un billet de cent dollars pour Gloria, la femme de chambre avec laquelle elle discutait parfois. Puis elle entraîna sa valise dans le couloir et la rangea à côté du distributeur de glaçons.

De retour au bar de la piscine, Jule expliqua à Donovan où se trouvait sa valise. Elle sortit un billet de vingt dollars et le glissa en travers du comptoir.

Lui demanda un service.

Sortit un second billet et donna ses instructions.

Jule balaya du regard le parking réservé au personnel et repéra la petite Sedan bleue du barman. Ses portes étaient déverrouillées. Elle se glissa à l'intérieur et s'allongea par terre au pied de la banquette arrière. Le sol était jonché de sacs plastique vides et de vieux gobelets de café.

Elle avait une heure à attendre avant que Donovan termine son service. Avec un peu de chance, Noa ne se douterait de rien avant de constater son absence à la soirée quiz, vers vingt heures trente peut-être. Elle irait alors se renseigner auprès du conducteur de la navette pour l'aéroport et de la société de taxis puis penserait à venir fouiner ici.

L'air était chaud et étouffant dans l'habitacle. Jule guettait le moindre bruit de pas alentour.

Elle se sentait à l'étroit. Elle avait soif.

Donovan allait l'aider, n'est-ce pas ?

Mais oui. Il l'avait déjà fait, d'ailleurs. Il avait répondu à Noa qu'il ne connaissait aucune jeune femme correspondant à sa description. Il avait alerté Jule, promis de récupérer sa valise et de l'exfiltrer en voiture. Elle l'avait même payé pour ça.

Ils étaient amis, de toute manière.

Jule détendit ses genoux, l'un après l'autre, avant de reprendre sa position dans l'interstice derrière les sièges avant.

Elle réfléchit à sa tenue, ôta ses boucles d'oreilles et sa bague en jade pour les fourrer dans la poche de son jean. Elle s'obligea à respirer calmement.

Enfin, elle entendit rouler une valise. La porte du coffre claqua. Donovan s'assit au volant, démarra et quitta le parking. Jule demeura tapie dans sa cachette pendant qu'il roulait. La route était peu éclairée. La radio diffusait de la pop mexicaine.

– Où est-ce que je t'emmène ? finit par lui demander le jeune homme.

– En ville, n'importe où.

– Alors on va chez moi.

Son ton semblait prédateur, tout à coup.

Merde. Avait-elle eu tort de monter dans sa voiture ? Donovan faisait-il partie de ces individus qui considèrent que les services rendus aux filles se paient en nature ?

– Tu n'as qu'à me déposer en chemin, dit-elle d'un ton sec. Je me débrouillerai toute seule.

– T'es pas obligée de me parler sur ce ton. Je prends des risques pour toi, je te signale.

Imaginez la scène : une jolie maison aux abords d'une ville dans l'Alabama. Une nuit, la petite Jule, âgée de huit ans, se réveille dans le noir. A-t-elle entendu du bruit ?

Difficile à dire. La maison est silencieuse.

Elle descend l'escalier dans sa chemise de nuit rose.

Arrivée en bas, une terrible vision l'attend. Le salon a été mis à sac, des livres et des papiers traînent partout. Dans le bureau, c'est encore pire. Les armoires à classement sont renversées. Les ordinateurs ont disparu.

– Maman ? Papa ?

Jule remonte l'escalier pour se ruer dans la chambre de ses parents.

Leur lit est vide.

Cette fois, la peur s'empare d'elle. Elle se hâte dans la salle de bains. Ils n'y sont pas. Elle sort de la maison en courant.

Dans le jardin, l'ombre des arbres paraît menaçante. La petite Jule a descendu la moitié de l'allée lorsqu'elle comprend soudain ce qui apparaît devant elle, dans le faisceau de lumière du lampadaire.

Papa et maman sont étendus dans l'herbe, face contre terre. Leurs corps sont ratatinés et inertes. Ils baignent chacun dans une mare de sang noir. Maman a pris une balle en pleine tête. Elle a dû périr sur le coup. Papa est mort, de toute évidence, mais il n'a guère que des blessures aux bras. Il a dû se vider de son sang. Il est recroquevillé autour de maman, comme s'il n'avait pensé qu'à elle avant de rendre son dernier souffle.

Jule se précipite dans la maison et appelle la police. Le téléphone ne fonctionne pas.

Elle retourne dans le jardin, voudrait réciter une prière, au moins faire ses adieux… mais les cadavres de ses parents ont disparu. Le meurtrier les a emportés.

Elle s'interdit de pleurer. Elle passe le reste de la nuit assise dans le rond de lumière du lampadaire, sa chemise de nuit imbibée de sang.

Pendant les deux semaines qui suivent, la petite Jule survit seule dans la maison saccagée. Elle reste forte. Elle se fait à manger et trie les papiers de ses parents, en quête d'un indice. À mesure qu'elle parcourt les documents, elle retrace le fil de leurs vies empreintes d'héroïsme, des existences synonymes de pouvoir et d'identités secrètes.

Un après-midi, elle est au grenier, en train de regarder de vieilles photos, lorsqu'une femme vêtue de noir apparaît sur le seuil.

L'intruse s'avance déjà vers elle, mais Jule est rapide comme l'éclair. Elle lui jette un coupe-papier, de toutes ses forces. La femme le rattrape de la main gauche. La petite Jule escalade une pile de cartons et se hisse à l'une des poutres du plafond. Elle grimpe dessus, traverse la pièce en courant et s'échappe sur le toit par une fenêtre. La panique lui martèle la poitrine.

La femme s'élance à sa poursuite. Du toit, Jule bondit dans les branches d'un arbre proche et casse une brindille sèche pour s'en faire une arme. Elle la serre entre ses dents tout en descendant le long du tronc. Elle file entre les buissons quand la femme lui tire une balle dans la cheville.

La douleur est atroce. La petite Jule est convaincue que la meurtrière de ses parents est revenue finir le boulot sur les lieux de son crime… mais voilà que la femme en noir l'aide à se relever et soigne sa blessure. Elle extrait la balle et nettoie la plaie à l'antiseptique.

Tout en lui faisant son pansement, la femme lui explique qu'elle est une recruteuse. Elle l'a observée durant ces deux dernières semaines. Jule n'est pas seulement la fille de deux individus extrêmement doués, elle possède une intelligence remarquable doublée d'un féroce instinct de survie. La femme veut former Jule et l'aider à se venger. Elle est une sorte de tante éloignée. Elle connaît tous les secrets que ses parents ont cachés à leur fille unique adorée.

Commence alors une scolarité hors du commun pour la petite Jule. Elle devient l'élève d'une académie très spéciale et ultramoderne, abritée derrière la façade d'une maison dans une rue ordinaire de New York. Elle apprend les techniques de surveillance, s'entraîne aux sauts périlleux arrière, à l'art de se libérer des menottes et des camisoles de force. Elle porte des pantalons en cuir et remplit ses poches de gadgets. Elle suit des cours de langues étrangères, de bonnes manières, de littérature et d'arts martiaux, étudie le maniement des armes à feu, les déguisements, les accents, les méthodes de contrefaçon et les subtilités de la loi. Sa formation dure dix ans. Lorsqu'elle l'achève enfin, Jule est devenue le genre de femme qu'on aurait tort de sous-estimer.

Ainsi se terminait le récit de l'enfance et de l'adolescence de Jule West Williams. À son arrivée au Playa Grande, c'était devenu son histoire personnelle préférée.

Donovan s'arrêta et ouvrit la portière côté passager. L'intérieur de l'habitacle s'alluma.

– On est où ? voulut savoir Jule.

Dehors, l'obscurité était totale.

– À San José del Cabo.

– C'est là que tu vis ?

– Pas loin.

Jule était soulagée, mais il faisait noir comme dans un four. Ne devrait-il pas y avoir des lampadaires, des boutiques illuminées pour les touristes ?

– Il y a des gens alentour ?

– Je me suis garé exprès dans une ruelle pour que personne ne te voie sortir de ma bagnole.

Jule s'extirpa du véhicule. Elle avait les muscles raidis, la figure barbouillée de graisse. La ruelle était bordée de poubelles. Une rare lumière brillait derrière deux ou trois fenêtres au premier étage des immeubles voisins.

– Merci de m'avoir emmenée. Tu veux bien ouvrir le coffre ?

– Tu m'avais promis cent dollars une fois dans le centre-ville.

– Bien sûr.

Jule sortit son portefeuille de sa poche arrière et lui paya son dû.

– Mais le tarif a augmenté, ajouta Donovan.

– Pardon ?

– C'est trois cents dollars de plus.

– Je croyais qu'on était amis.

Il fit un pas vers elle.

– Je te sers à boire parce que c'est mon boulot. Je fais

semblant de t'apprécier parce que ça fait aussi partie de mon boulot. Tu crois que j'ai pas vu le mépris dans ton regard ? Le nombre de *Hulk*. Les marques de scotch. On n'est pas potes, Miss Williams. Tu me mens la moitié du temps mais moi, je te mens tout le temps.

Elle sentait l'odeur de son tee-shirt, imbibé d'alcool. Son haleine lui brûlait le visage.

Sincèrement, elle avait cru à son amitié. Ils avaient échangé des blagues, il lui avait offert des chips.

– Wow, lâcha-t-elle dans un souffle.

– Trois cents dollars, insista-t-il.

Donovan était-il un simple voyou de bas étage en train d'arnaquer une touriste qui transportait des milliers de dollars sur elle ? Ou un pervers convaincu qu'elle préférerait se frotter contre lui plutôt que de lui refiler trois cents dollars de plus ? À moins que Noa l'ait soudoyé ?

Jule rangea son portefeuille dans sa poche arrière et déplaça la bandoulière de son sac en travers de son ventre.

– Donovan ?

Elle s'approcha de lui, tout près. Leva de grands yeux vers lui.

Puis, d'un geste vif, elle arma son bras droit, lui rejeta la tête en arrière et lui asséna un coup de poing à l'entrejambe. Il se plia en deux. Jule l'empoigna par les cheveux et le frappa à nouveau au visage. Il pivota sur lui-même, à deux doigts de perdre l'équilibre.

Il lui flanqua un coup de coude dans la poitrine. La douleur fut instantanée, mais son second coup rata sa cible car Jule l'esquiva juste à temps d'un pas de côté, lui saisit le coude et lui fit une clé de bras derrière le dos. Il avait le bras mou, répugnant. Elle le maintint dans cette position en appuyant de toutes ses forces et, de sa main libre, récupéra les billets qu'il serrait entre ses doigts.

Elle fourra l'argent dans son jean et augmenta la pression sur son coude pendant qu'elle lui faisait les poches à la recherche de son téléphone.

Rien. Tant pis. Elle vérifia la poche de derrière.

Victoire : l'appareil était là. Elle s'en empara et le glissa dans son soutien-gorge à défaut d'une meilleure cachette. À présent, Donovan ne pourrait plus appeler Noa pour révéler l'endroit où elle se trouvait. Mais il avait encore ses clés de voiture à la main gauche.

Il lui asséna un coup de pied en plein mollet. Jule le cogna dans le cou, et il se plia en avant. Une bourrade un peu plus forte, et il bascula par terre. Il voulut se relever, mais Jule se saisit d'un couvercle de poubelle métallique et l'abattit à deux reprises sur son crâne. Il s'écroula sur un amas de poubelles, le front et l'arcade sourcilière en sang.

Jule s'écarta hors de sa portée, le couvercle toujours à la main.

– Passe-moi tes clés.

L'homme gémit, tendit la main gauche et jeta les clés à seulement quelques centimètres.

Jule les récupéra et ouvrit le coffre. Elle sortit sa valise et s'éloigna en courant avant que Donovan ait le temps de se relever.

Elle ralentit pour marcher à vitesse normale lorsqu'elle déboucha sur l'avenue principale de San José del Cabo et inspecta son tee-shirt. Il semblait propre. D'un geste lent et calme, elle se passa la main sur le visage pour s'assurer qu'il n'y avait aucune trace suspecte dessus – saleté, bave, sang. Elle sortit un poudrier de son sac et examina son reflet tout en marchant, orientant astucieusement le miroir par-dessus son épaule.

Personne ne la suivait.

Elle mit du rose sur ses lèvres, referma son poudrier et ralentit encore le pas.

Elle ne devait surtout pas avoir l'air de fuir quoi que ce soit.

La nuit était douce, de la musique s'échappait à plein volume des bars. Des grappes de touristes s'amassaient devant la plupart d'entre eux – blancs, noirs et mexicains, tous alcoolisés et bruyants. La foule typique des lieux de vacances bon marché. Jule jeta les clés et le portable de Donovan dans une poubelle. Elle chercha un taxi ou un bus *supercabos*, en vain.

OK.

Il lui fallait un endroit discret pour se changer, au cas où Donovan se lancerait à sa poursuite. C'était certainement ce qu'il ferait s'il travaillait pour Noa. Ou s'il cherchait à se venger.

Imaginez-vous à présent dans une scène de film. Des ombres se projettent sur votre peau lisse à mesure que vous avancez. Des ecchymoses se forment déjà sous vos vêtements, mais votre coiffure est impeccable. Vous êtes armée de gadgets, d'outils métalliques fins et pointus capables d'infliger les pires outrages technologiques. Vous transportez sur vous poisons et antidotes.

Vous êtes au centre de votre histoire. Vous, et personne

d'autre. Vous êtes riche d'une histoire unique, d'une éducation hors du commun. Vous êtes devenue impitoyable et brillante, vous n'avez peur de rien ou presque. Vous avez laissé une traînée de cadavres derrière vous parce que votre survie en dépend. C'est comme ça, un point c'est tout.

Vous êtes sublime dans la lueur colorée des bars mexicains. Vous avez toujours les joues roses après une bonne bagarre. Oh, et ces fringues vous vont à ravir.

Oui, c'est vrai : vous êtes d'une violence criminelle. Explosive, même. Mais c'est votre boulot, et vous êtes exceptionnellement qualifiée pour le faire. Donc c'est sexy.

Jule avait regardé des tonnes de films. Elle savait que les femmes occupaient rarement le rôle central de ce genre d'histoire. Elles n'étaient là que pour montrer leur physique, jouer les victimes ou les amoureuses. Surtout, elles servaient de faire-valoir au héros viril, blanc et hétéro pendant sa croisade épique à la con. Les rares fois où il y avait une héroïne, elle était très mince, à moitié nue et s'était fait refaire les dents.

Jule savait qu'elle ne ressemblait pas à ces femmes. Et elle ne leur ressemblerait jamais. En revanche, elle se sentait très proche des personnages de héros. D'une certaine manière, elle les surpassait.

Ça aussi, elle le savait.

Elle entra dans le troisième bar. La salle était dotée de tables de pique-nique et de poissons empaillés aux murs. Les clients étaient en majorité des Américains venus se biturer après une journée de pêche sportive. Jule se dirigea d'un pas rapide vers le fond, jeta un œil par-dessus son épaule et poussa la porte des toilettes pour hommes.

Il n'y avait personne. Elle s'enferma dans une cabine. Donovan n'aurait jamais la présence d'esprit de la chercher ici.

Le rebord de la cuvette était éclaboussé de jaune. Jule ouvrit sa valise pour en sortir une perruque noire – un petit carré hyper-droit avec une frange. Elle l'enfila, essuya son rouge à lèvres rose pour le remplacer par un gloss sombre, et se repoudra le nez. Elle boutonna un gilet noir par-dessus son tee-shirt blanc.

Un homme entra pour utiliser l'urinoir. Jule se figea net, contente de porter un jean et des godillots noirs à grosses semelles. Seuls ses pieds et le bas de sa valise étaient visibles dans l'interstice entre le sol et le bas de la porte.

Une deuxième personne fit irruption et s'isola dans la cabine juste à côté de la sienne. Elle baissa les yeux vers ses pieds.

C'était Donovan.

Elle reconnut ses Crocs blancs sales, le bas de son pantalon d'uniforme du Playa Grande. Son sang se mit à battre à ses tempes.

Sans bruit, elle souleva sa valise et la pressa contre elle pour ne pas qu'il la voie. Puis resta parfaitement immobile.

Donovan tira la chasse et Jule l'entendit sortir pour aller au lavabo. Il ouvrit le robinet.

Un autre client du bar fit son entrée.

– Je pourrais vous emprunter votre téléphone? demanda Donovan en anglais. J'en ai juste pour une seconde.

– Hey, tu t'es fait tabasser, *man*? fit l'autre avec un accent californien. On dirait que t'as passé un sale quart d'heure!

– Ça va, répondit Donovan. J'ai juste besoin de donner un coup de fil.

– Je peux pas passer d'appels ici, seulement envoyer des textos. Écoute, faut que j'aille retrouver mes potes.

– Je vais pas le voler, insista Donovan. J'ai juste besoin de…

– J'ai dit non, OK ? Mais bonne chance quand même, *man*.

L'homme ressortit sans même utiliser les toilettes.

Donovan voulait-il téléphoner parce qu'il n'avait plus ses clés de voiture et qu'il avait besoin que quelqu'un vienne le chercher ? Ou bien était-ce pour contacter Noa ?

Il respirait bruyamment, comme s'il souffrait. Il ne refit pas couler d'eau.

Enfin, il s'en alla.

Jule reposa sa valise par terre. Elle remua les doigts pour faire circuler le sang et étira ses bras derrière son dos. Toujours dans la cabine, elle compta son argent, en pesos et en dollars. Puis vérifia sa perruque dans le miroir de son poudrier.

Une fois certaine que Donovan était bel et bien parti, Jule ressortit des toilettes pour hommes d'un air confiant, comme si de rien n'était, et retrouva la rue au-dehors. Elle se fraya un chemin à travers la foule des fêtards jusqu'au carrefour suivant où, miracle, un taxi s'arrêta juste devant elle. Elle monta à l'intérieur et indiqua qu'elle souhaitait se rendre au Grand Solmar, l'hôtel voisin du Playa Grande.

Arrivée là-bas, elle n'eut aucun mal à trouver un second taxi. Elle demanda au chauffeur s'il connaissait un petit motel bon marché dans le centre-ville. Il la déposa devant le Cabo Inn.

L'endroit était miteux. Murs sales, peintures crasseuses, mobilier en plastique et fausses fleurs sur le guichet à l'entrée. Jule prit une chambre sous un faux nom et régla en pesos. Le réceptionniste n'exigea même pas sa pièce d'identité.

Une fois dans sa chambre, elle se servit de la petite cafetière pour se préparer un déca. Elle mit trois sucres dans son gobelet. S'assit au bord du lit.

Devait-elle fuir ?

Non.

Si.

Non.

Personne ne savait où elle était. Pas une âme au monde. Ce détail aurait dû la rendre heureuse. N'avait-elle pas tout fait pour disparaître ?

Mais elle avait peur.

Paolo lui manquait. Imogen aussi.

Elle regrettait la façon dont les choses s'étaient passées.

Si seulement elle pouvait revenir en arrière, elle agirait mieux. Ou différemment. Elle serait davantage elle-même. Ou peut-être moins. C'était difficile à dire parce qu'elle ne savait même plus qui elle était réellement, si Jule existait encore ou si elle n'était plus qu'une série de personnages changeants selon le contexte.

Les autres gens étaient-ils tous comme elle, sans consistance réelle ?

Ou était-elle la seule ?

Elle ne savait plus si elle était capable d'aimer son petit cœur tordu et écorché. Elle aurait voulu que quelqu'un d'autre le fasse pour elle, le regarde battre derrière sa cage thoracique et lui dise, *Je vois au fond de toi. Je te vois telle que tu es, rare et précieuse. Et je t'aime.*

C'était si monstrueux, si stupide d'être une âme tordue et écorchée, de n'avoir aucune personnalité, aucune identité réelle alors qu'on avait toute la vie devant soi. Jule possédait des talents uniques. Elle travaillait dur, elle avait beaucoup de choses à offrir. Elle savait tout cela.

Alors pourquoi se sentait-elle aussi nulle, en même temps ?

Elle voulait appeler Imogen. Immie. Elle voulait entendre son rire grave, ses monologues interminables truffés de confidences personnelles. Elle voulait lui dire qu'elle avait peur. Et Immie lui aurait répondu, *Mais tu es si courageuse, Jule. Je ne connais personne de plus courageux que toi.*

Elle voulait que Paolo vienne la serrer dans ses bras et lui dise, comme il l'avait fait une fois, qu'elle était *un être unique, une perle rare.*

Elle voulait que quelqu'un l'aime de toute son âme, quelqu'un capable de tout lui pardonner. Ou mieux encore, quelqu'un qui saurait déjà tout d'elle et l'aimerait justement pour cette raison.

Mais ni Paolo ni Immie n'en étaient capables.

Pourtant, Jule se souvenait encore du baiser de Paolo sur ses lèvres. Et du parfum au jasmin d'Immie.

Sa perruque noire sur la tête, Jule redescendit à l'accueil du Cabo Inn. Elle avait un plan. Le bureau administratif était fermé à cette heure, mais elle parvint à soudoyer le réceptionniste pour qu'il lui ouvre la porte. Sur l'ordinateur, elle réserva un billet d'avion au départ de San José del Cabo à destination de Los Angeles pour le lendemain matin. Elle l'enregistra sous son vrai nom et paya à l'aide de sa carte de crédit habituelle, la même qu'elle avait utilisée au Playa Grande.

Elle demanda ensuite au réceptionniste s'il connaissait un endroit où l'on pouvait se procurer une voiture et payer en liquide. Il lui parla d'un revendeur au noir qui aurait sans doute quelque chose à lui proposer dès demain matin contre des dollars américains. Il lui griffonna l'adresse, sur Ortiz, à deux pas de la grande artère d'Ejido, précisa-t-il.

Noa avait mis ses cartes de crédit sous surveillance. C'était la seule explication. Autrement, jamais elle n'aurait retrouvé sa trace. En découvrant l'achat du billet d'avion, elle foncerait à Los Angeles. Pendant ce temps-là, Jule prendrait la route de Cancún au volant de sa nouvelle voiture (achetée cash). De là, elle se rendrait jusqu'à l'île de Culebra, à Porto Rico, où des tas d'expats américains ne montraient jamais leurs passeports à qui que ce soit.

Elle remercia le réceptionniste pour le tuyau à propos du concessionnaire automobile.

– Vous oublierez cette discussion, n'est-ce pas ? dit-elle en faisant glisser un billet de vingt dollars supplémentaires sur le comptoir.

– Possible, dit-il.

– Je vous assure, elle disparaîtra de votre mémoire.

Elle ajouta un billet de cinquante.

– Je ne vous ai jamais vue, conclut-il.

Jule passa une mauvaise nuit. Encore plus mauvaise que d'habitude. Elle rêva de noyade dans une mer chaude et turquoise. De chats abandonnés lui marchant dessus pendant son sommeil. D'un serpent en train de l'étrangler. Elle se réveilla et poussa un cri.

Elle but un verre d'eau. Prit une douche glacée.

Se rendormit et se réveilla à nouveau en hurlant.

À cinq heures du matin, elle entra d'un pas titubant dans la salle de bains, s'aspergea le visage d'eau fraîche et se dessina le contour des yeux à l'eye-liner. Pourquoi pas ? Elle aimait se maquiller. Elle avait le temps. Elle s'appliqua du fond de teint et de la poudre, du fard noir sur les paupières pour se donner un regard charbonneux, puis du mascara et du brillant à lèvres presque noir.

Elle se frotta une noisette de gel dans les cheveux et s'habilla. Jean noir, ses fidèles grosses boots, un tee-shirt foncé. Trop chaud pour la canicule mexicaine, mais pratique. Elle fit sa valise, but une bouteille d'eau et sortit de sa chambre.

Noa était assise dans le couloir, dos au mur, un gobelet de café fumant entre ses mains.

À l'attendre.

17

FIN AVRIL 2017
LONDRES

Sept semaines plus tôt, à la fin du mois d'août, Jule se réveilla dans une auberge de jeunesse de la banlieue de Londres. Le dortoir comportait huit couchettes réparties en lits superposés : matelas fins, draps blancs ordinaires avec des duvets dépliés dessus. Des sacs à dos étaient entreposés contre les murs. Des odeurs corporelles et des senteurs de patchouli flottaient dans l'air.

Jule avait dormi dans ses vêtements de sport. Elle sortit de son lit, lassa ses baskets et partit courir douze kilomètres à travers les rues du quartier. Elle passa devant des pubs et des boucheries encore fermés au petit matin. À son retour, elle enchaîna des séries de pompes, de fentes, d'exercices de gainage et de flexions sur jambes dans la salle commune de l'auberge.

Jule était déjà sous la douche bien avant que ses voisines de chambrée se réveillent et commencent à pomper de l'eau chaude. Elle regagna ensuite sa couchette, en haut de l'échelle, et croqua une barre protéinée au chocolat.

Il faisait toujours noir dans la pièce. Elle ouvrit son exemplaire de *L'Ami commun* et lut à la lumière de son portable.

C'était un épais roman victorien racontant la vie d'un orphelin. L'auteur s'appelait Charles Dickens. Sa copine Imogen le lui avait offert.

Imogen Sokoloff était la meilleure amie que Jule ait jamais connue. Ses livres préférés parlaient toujours d'orphelins. Immie était elle-même orpheline, née dans le Minnesota d'une fille mère qui était morte quand elle n'avait que deux ans. Elle avait ensuite été adoptée par un couple qui vivait dans un sublime appartement avec terrasse dans l'Upper East Side, à New York.

Patti et Gil Sokoloff approchaient de la quarantaine, à l'époque. Ils ne pouvaient pas avoir d'enfant et Gil avait longtemps travaillé, dans le cadre de son métier de juriste, en tant que bénévole pour des structures de placement familial. Il croyait fermement à l'adoption. Après de longues années sur liste d'attente à espérer en vain un nouveau-né, les Sokoloff s'étaient déclarés ouverts à l'adoption d'un enfant plus âgé.

Ils étaient tombés amoureux de cette fillette de deux ans aux bras potelés et à la frimousse constellée de taches de rousseur. Ils l'avaient ramenée chez eux, rebaptisée Imogen et laissé son passé dans un dossier rangé au fond d'un tiroir. La petite Immie fut photographiée et chatouillée. Patti lui prépara des macaronis au beurre et au fromage râpé. Quand leur fille eut cinq ans, les Sokoloff l'inscrivirent à la Greenbriar School, une école privée de Manhattan. Elle portait un uniforme vert et blanc et apprit à parler le français. Le week-end, la petite Immie jouait aux Lego, faisait des gâteaux et se rendait au Muséum d'histoire naturelle, où elle adorait particulièrement la section des dinosaures. Elle célébrait toutes les fêtes juives et, à l'adolescence, eut droit à une bat-mitsvah non orthodoxe dans les bois au nord de New York.

Cela avait fait toute une histoire. La mère de Patti et les parents de Gil ne considéraient pas Imogen comme Juive, car sa mère biologique ne l'avait pas été. Ils insistèrent pour qu'elle respecte les étapes du processus de conversion traditionnel, ce qui décalerait la cérémonie d'encore un an. Patti claqua la porte de la synagogue familiale et rejoignit une communauté juive séculaire qui organisait des bat-mitzvah dans une sorte de chalet au milieu des montagnes.

C'est ainsi qu'à l'âge de treize ans, Imogen Sokoloff acquit une conscience encore plus aiguë de son statut d'orpheline et commença à lire les romans qui deviendraient le socle de sa vie intérieure. Au début, elle se replongea dans les classiques qu'on l'avait forcée à étudier en classe. Et il y en avait un paquet. « J'adorais les vêtements d'autrefois, les puddings et les voitures à cheval », avait-elle confié une fois à Jule.

Au mois de juin, elles avaient séjourné ensemble dans la villa de vacances qu'Immie avait louée sur l'île de Martha's Vineyard, dans le Massachusetts. Ce jour-là, elles s'étaient rendues dans une pépinière où l'on pouvait cueillir ses fleurs soi-même. « Je dévorais *Heidi* et toutes ces niaiseries, avait-elle poursuivi, penchée au-dessus d'un buisson de dahlias, une paire de ciseaux à la main. Mais par la suite, ces bouquins ont fini par m'écœurer avec leurs putains d'héroïnes souriantes et enjouées tout le temps. De vrais modèles de sacrifices féminins. Genre, *Je crève la dalle ! Tiens, mange le seul petit pain qui me reste !* ou encore, *Je ne peux pas marcher, je suis paralysée, mais je vois toujours la vie en rose, youpi tralala !* Crois-moi, *La Petite Princesse* et *Pollyanna* ne vendent que des mensonges. Quand j'ai compris ça, je suis totalement passée à autre chose. »

Son bouquet terminé, Immie s'était assise sur la clôture en bois. Jule continuait sa cueillette.

– Au lycée, j'ai découvert *Jane Eyre, La Foire aux vanités, Les Grandes Espérances*, tout ça. Les orphelins branchés, en quelque sorte.

– Ce sont les romans que tu m'as donnés, réalisa Jule.

– Ouais. Dans *La Foire aux vanités*, Becky Sharp a les dents qui rayent le parquet. Rien ne l'arrêtera. Jane Eyre a des crises de colère, se jette par terre. Pip dans *Les Grandes Espérances* est désillusionné et assoiffé d'argent. Tous rêvent d'une vie meilleure et poursuivent ardemment leurs ambitions. Et tous se compromettent sur le plan moral. C'est ce qui les rend intéressants, je trouve.

– Ils me plaisent déjà, conclut Jule.

Immie avait décroché son ticket d'entrée à la prestigieuse Vassar University grâce à la force de son essai d'admission sur les personnages victoriens. À part ça, reconnaissait-elle, les études n'étaient pas trop son truc. Elle ne supportait pas qu'on lui dise quoi faire. Quand ses profs avaient voulu l'obliger à lire les Grecs anciens, elle avait refusé. Quand sa copine Brooke lui avait conseillé la lecture de Suzanne Collins, elle ne l'avait pas écoutée. Et quand sa mère lui avait dit qu'elle ne travaillait pas assez, Immie avait plaqué la fac, purement et simplement.

Bien sûr, la pression maternelle n'était pas la seule raison qui l'avait poussée à quitter Vassar. La situation était bien plus compliquée que cela. Mais la tendance de Patti Sokoloff à vouloir tout contrôler avait joué un rôle non négligeable dans cette décision.

– Ma mère croit au rêve américain, déclara Imogen. Et elle

voudrait me convaincre, moi aussi. Ses parents sont nés en Biélorussie et ils étaient à fond dans tout ça. Tu sais, l'idée qu'ici, aux États-Unis, n'importe qui peut atteindre le sommet. Peu importe l'endroit d'où tu viens, un jour, tu pourras diriger ce pays, être riche et posséder une villa. Tu vois le genre ?

Cette conversation avait eu lieu un peu plus tard durant le même été à Martha's Vineyard. Jule et Immie étaient à Moshup Beach, étendues sur une grande serviette de plage en coton.

– C'est un joli rêve, commenta Jule en croquant une chips.

– La famille de mon père y a cru, elle aussi, poursuivit Immie. Ses grands-parents venaient de Pologne et vivaient dans les quartiers ouvriers. Puis son père a réussi dans les affaires en ouvrant une boutique de traiteur. Mon père était censé grimper un échelon plus haut, être le premier de sa famille à entrer à la fac, et c'est exactement ce qu'il a fait. Il est devenu avocat dans un gros cabinet. Ses parents étaient si fiers de lui. C'était simple, à leurs yeux : abandonner son vieux pays derrière soi et réinventer sa vie. Et si vous ne parveniez pas à vivre votre rêve américain jusqu'au bout, vous le feriez par procuration à travers vos enfants.

Jule adorait l'écouter. Elle n'avait jamais rencontré quelqu'un d'aussi libre dans sa parole. Immie était une infatigable bavarde, mais elle faisait toujours preuve de curiosité et de réflexion dans ce qu'elle disait. Elle ne filtrait pas ses propos, ne s'écoutait pas faire de jolies phrases. Elle s'exprimait, un point c'est tout, dans un monologue permanent qui trahissait en réalité ses doutes et son besoin désespéré d'être entendue.

– Une terre d'opportunités, commenta Jule.

– C'est ce qu'ils croient, mais je pense que ça n'existe pas, répondit Immie. On se rend bien compte en regardant les infos ne serait-ce qu'une demi-heure que ce pays est surtout une terre d'opportunités pour les Blancs. Et pour ceux qui parlent anglais.

– Avec ton accent.

– Quoi, l'accent de la côte Est ? répliqua Immie. Ouais, sans doute. Et pour les gens valides, aussi. Oh, et les hommes ! Les mecs, toujours eux ! À se pavaner comme si ce pays n'était qu'une pâtisserie géante où tous les gâteaux leur étaient réservés. Tu ne trouves pas ?

– Ils n'auront pas le mien, dit Jule. C'est mon gâteau, nom de Dieu, c'est moi qui le mangerai.

– Voilà. Tu défends ton gâteau. Un gâteau au chocolat avec glaçage et cinq couches de crème. Mais pour moi, ça va au-delà de ça. Tu vas me trouver idiote, mais je ne veux pas de gâteau. Je crois que je n'ai même pas faim, au fond. Je veux juste *être moi*. Exister et profiter de ce que j'ai devant moi. Je sais que c'est un luxe, et que ça fait sans doute de moi une peste insupportable, mais je me dis aussi : *Au moins, j'essaie d'en profiter !* Laissez-moi juste savourer ma chance d'être ici, sur cette plage, au lieu de considérer que je devrais passer mon temps à me battre pour survivre.

– Je crois que tu te trompes à propos du rêve américain, dit Jule.

– Pas du tout. Pourquoi ?

– Le grand rêve américain est de devenir un héros d'action.

– Sérieusement ?

– Les Américains aiment faire la guerre, fit observer Jule. On veut toujours changer les lois ou les briser. On aime les miliciens et les mercenaires. On les adore, même. Les super-héros, la série des *Taken* et tous ces trucs. On rêve tous de partir à la conquête de l'Ouest et de s'emparer d'une terre après avoir viré ses précédents occupants. Exterminer les prétendus méchants et combattre le système. C'est ça, le rêve américain.

– Va répéter ça à ma mère, rétorqua Immie. Dis-lui, *Eh, salut! Immie veut devenir milicienne plus tard au lieu de capitaine d'industrie.* Attends de voir sa réaction.

– Je veux bien avoir une petite discussion avec elle.

– Génial. Ça va tout arranger. (Immie ricana et se retourna sur la serviette. Elle ôta ses lunettes de soleil.) Elle a toutes sortes d'idées préconçues et absurdes à propos de moi. Par exemple, quand j'étais petite, j'aurais adoré avoir deux ou trois copains adoptés eux aussi, histoire de me sentir moins seule ou différente. Mais à l'époque, ma mère s'obstinait à répéter, *Immie va bien, elle n'a pas besoin de ça, nous sommes une famille comme les autres!* Là-dessus, cinq siècles plus tard, quand j'étais en troisième, elle a lu un article sur les enfants adoptés dans un magazine et décrété que je devais absolument me lier d'amitié avec cette fille prénommée Jolie qui venait juste d'arriver à Greenbriar.

Jule s'en souvenait. La fille de la fête d'anniversaire et de l'American Ballet Theatre.

– Ma mère s'imaginait qu'on allait devenir les meilleures amies du monde, et j'ai fait plein d'efforts, mais cette fille ne m'aimait pas, poursuivit Immie. Elle avait les cheveux bleus. Elle se croyait plus cool que la terre entière. Elle se moquait de ma passion pour les chats errants et *Heidi*, et elle méprisait mes goûts en musique. Mais ma mère appelait sans arrêt la sienne, qui appelait sans arrêt la mienne, pour nous organiser des sorties. Elles avaient inventé une connexion imaginaire entre nous sous prétexte qu'on avait été adoptées, soupira Imogen. C'était pathétique. Heureusement, quand elle a déménagé à Chicago, ma mère a fini par laisser tomber.

– Et maintenant, je suis là, conclut Jule.

Immie lui chatouilla la nuque.

– En effet. Maintenant, tu es là, ce qui a un effet très positif sur mon équilibre mental.

– Alors, vive l'équilibre mental.

Immie ouvrit la glacière et sortit deux bouteilles de thé glacé maison. Elle emportait toujours des rafraîchissements à la plage. Jule détestait les tranches de citron qui flottaient à la surface, mais elle but quand même.

– T'es vraiment mignonne avec les cheveux courts, commenta Immie en lui chatouillant à nouveau la nuque.

Durant les vacances d'hiver de sa première année à Vassar, Imogen avait pillé le bureau de Gil Sokoloff à la recherche de son dossier d'adoption. Elle n'eut aucun mal à le retrouver. «Je devais penser que j'aurais une révélation sur mon identité en lisant ces documents, avait-elle dit. Comme si apprendre des noms m'expliquerait pourquoi je me sentais si malheureuse à la fac, ou me donnerait le sentiment de savoir enfin qui j'étais. Mais je me trompais.»

Ce jour-là, Immie et Jule avaient roulé jusqu'à Menemsha, un village de pêcheurs situé non loin de la maison de location. Elles avaient marché jusqu'à un promontoire rocheux qui s'enfonçait dans la mer. Les mouettes criaient au-dessus de leurs têtes. Les vagues leur léchaient les pieds. Elles faisaient quasiment la même taille. Assises sur les rochers, leurs jambes hâlées luisaient de crème solaire.

– Ouais, c'était une expérience merdique, se remémora Imogen. Mon père biologique n'était mentionné nulle part.

– Quel était ton nom de naissance?

Immie rougit et s'enfouit sous sa capuche. Elle avait des fossettes, de belles dents régulières. Ses cheveux, décolorés en blond et coupés à la garçonne, dévoilaient ses toutes petites oreilles dont l'une arborait un triple piercing. Ses sourcils formaient deux arcs finement épilés.

– Je n'ai pas envie de le dire, dit-elle à Jule d'une voix étouffée. Je préfère me planquer derrière ma capuche pour l'instant.

– Allez, quoi. C'est toi qui as commencé à en parler.

– Interdiction de rire, alors. (Elle ôta sa capuche et se tourna vers Jule.) Forrest s'est foutu de moi, ça m'a trop énervée. Je lui en ai voulu pendant deux jours, jusqu'à ce qu'il m'apporte des chocolats fourrés à la crème de citron.

Forrest était le petit ami d'Imogen. Il séjournait avec les filles dans la villa.

– Il pourrait apprendre les bonnes manières, fit observer Jule.

– Il n'a pas réfléchi. Il a éclaté de rire spontanément. Il était hyper-désolé, après.

Il fallait toujours qu'elle prenne la défense de Forrest après l'avoir critiqué.

– Dis-moi ton nom de naissance, s'il te plaît, insista Jule. Je ne rirai pas.

– Promis juré?

– Promis juré.

Immie le lui murmura à l'oreille.

– Melody, suivi de Bacon. Melody Bacon.

– Avec un deuxième prénom?

– Non.

Jule ne rit pas. Elle n'esquissa même pas l'ombre d'un sourire. Elle se contenta d'entourer Immie de ses bras. Ensemble, elles contemplèrent la mer.

– Est-ce que tu te *sens* dans la peau d'une Melody ?

– Non. (La jeune femme marqua une pause, songeuse.) Mais je ne me sens pas non plus dans la peau d'une Imogen.

Elles regardèrent un couple de mouettes qui venait de se poser sur un rocher non loin.

– De quoi ta mère est-elle morte ? finit par demander Jule. C'était marqué dans le dossier ?

– Je l'avais déjà deviné, mais oui : overdose de meth.

Jule analysa cette information. Elle visualisa son amie, âgé de deux ans à peine dans sa couche mouillée, en train de ramper sur un lit aux draps sales à côté de sa mère allongée, défoncée et indifférente. Ou morte.

– J'ai deux cicatrices sur le haut du bras droit, poursuivit Immie. Je les avais déjà quand je suis venue vivre à New York. Aussi loin que remontent mes souvenirs, elles ont toujours été là. Je n'ai jamais songé à poser la question, mais l'infirmière de Vassar m'a glissé qu'il s'agissait sans doute de brûlures. Comme des marques de cigarettes.

Jule ne savait pas quoi dire. Elle voulait sauver bébé Immie, mais Patti et Gil Sokoloff s'en étaient déjà chargés depuis longtemps.

– Moi aussi, mes parents sont morts, finit-elle par déclarer.

C'était la première fois qu'elle le disait tout haut, même si Immie savait déjà qu'elle avait été élevée par sa tante.

– Je m'en doutais un peu, répondit-elle, mais je pensais que tu préférais ne pas en parler.

– C'est vrai, dit Jule. En tout cas, pas pour le moment.

Elle se pencha en avant pour détacher son corps de celui d'Imogen.

– Je ne sais pas encore comment en parler. Ça ne... (Les mots lui manquaient. Elle était incapable de jacasser comme Immie, de se livrer tout entière à travers la parole.) Mon histoire n'est pas prête.

C'était la vérité. À l'époque, Jule venait seulement poser les bases du récit fondateur sur lequel elle s'appuierait par la suite, et elle ne pouvait pas se permettre d'en éventer le moindre détail.

– Ça me va, dit Imogen.

Elle fouilla dans son sac à dos et en sortit une grosse barre de chocolat au lait. Elle ôta la moitié de l'emballage et en cassa deux morceaux, un pour chacune. Jule s'allongea sur le rocher et laissa le chocolat fondre dans sa bouche, son visage baigné par les rayons du soleil. Immie chassa les mouettes attirées par l'odeur de nourriture en les injuriant.

Jule avait le sentiment de tout savoir de son amie. La compréhension était totale entre elles, et elle le resterait toujours.

À présent, dans son lit à l'auberge de jeunesse, Jule reposa *L'Ami commun*. Il était question d'un corps retrouvé dans la Tamise, vers le début de l'histoire. Elle n'avait pas envie de lire ça – la description d'un cadavre noyé, gonflé d'eau. Ses journées lui paraissaient bien longues depuis la nouvelle du suicide d'Imogen Sokoloff, noyée dans ce même fleuve, les poches lestées de cailloux après avoir sauté du Westminster Bridge en laissant une lettre d'adieu, chez elle, dans sa boîte à pain.

Jule pensait à elle tous les jours. À chaque heure. Elle revoyait encore sa façon de se cacher derrière ses mains ou sa capuche quand elle se sentait en position de vulnérabilité. Elle entendait encore le son aigu et sucré de sa voix. Imogen faisait rouler ses bagues autour de ses doigts. Elle avait deux brûlures de cigarettes sur le haut du bras et une cicatrice à la main, souvenir d'un plat brûlant de brownies au *cream cheese*. Elle hachait les oignons à la vitesse de l'éclair avec un gros couteau de cuisine, une prouesse apprise grâce à un tuto de cuisine en ligne. Elle sentait le jasmin, parfois le café au lait sucré. Il y avait un spray citronné dont elle s'aspergeait les cheveux.

Imogen Sokoloff était le genre de fille dont les profs disaient qu'elle gâchait son potentiel par son manque de travail. Le genre de fille qui méprisait les études tout en truffant ses romans préférés de Post-it. Immie s'en foutait de travailler d'arrache-pied pour obtenir la perfection ou de se donner du mal pour atteindre le succès tel qu'il était défini par les autres. Elle s'efforçait de fuir les hommes qui cherchaient à la dominer et les femmes qui réclamaient son attention exclusive. Elle avait toujours refusé d'offrir son cœur à une seule personne, chérissant son indépendance envers et contre tout. Elle avait accepté que ses parents lui donnent de l'argent, mais pas qu'ils contrôlent sa vie, et profité de son statut privilégié pour se réinventer et se façonner un nouveau mode de vie. Cela exigeait une sorte de courage particulier qu'on a souvent tendance à confondre avec de l'égoïsme ou de la paresse. C'était le genre de fille qu'on rangeait à tort dans la catégorie des blondes friquées et des filles à papa sans se donner la peine de creuser davantage.

Ce jour-là, quand ses voisines de chambre se réveillèrent et se dirigèrent d'un pas titubant vers la salle de bains, Jule sortit. Elle consacra le reste de sa journée, comme souvent, à sa propre instruction. Elle arpenta longuement les salles du British Museum en apprenant les noms des tableaux et en sirotant de petites bouteilles de Coca Light. Elle resta une heure entière dans une librairie et mémorisa visuellement un plan du Mexique, avant de retenir par cœur un chapitre d'un ouvrage intitulé *Bien gérer sa fortune en huit leçons.*

Elle voulait appeler Paolo, mais c'était impossible.

Elle ne répondrait à aucun appel, hormis ceux qu'elle attendait.

Son portable sonna alors qu'elle sortait du métro près de l'auberge de jeunesse. C'était Patti Sokoloff. Jule vit le numéro s'afficher sur son écran et prit son accent américain standard.

Patti se trouvait à Londres, apparemment.

Jule ne s'attendait pas à ça.

Serait-elle disponible pour aller déjeuner à l'Ivy, demain midi ?

Bien sûr. Jule lui dit qu'elle était surprise de l'entendre. Elles s'étaient parlé à plusieurs reprises au téléphone, juste après la mort d'Immie, quand Jule s'était entretenue avec les policiers et avait expédié les effets personnels de son amie de son appartement de Londres pendant que Patti s'occupait de Gil à New York. Mais toutes ces conversations pénibles avaient cessé depuis quelques semaines.

Patti était une femme vive et loquace, d'habitude. Mais ce jour-là, elle semblait abattue et s'exprimait d'une voix moins animée que de coutume.

– J'ai le regret de t'annoncer le décès de mon mari, dit-elle.

Patti lui expliqua que Gil avait succombé à une crise cardiaque deux semaines auparavant. Après toutes ces années de dialyse du foie, c'était son cœur qui l'avait trahi. Ou peut-être, ajouta Patti, n'avait-il tout simplement plus souhaité vivre après le suicide de leur fille.

Elles évoquèrent la maladie de Gil pendant un moment, l'homme merveilleux qu'il avait été, ainsi que le souvenir d'Immie. Patti souligna à quel point Jule s'était montrée d'une aide précieuse en leur renvoyant les affaires d'Immie pendant qu'ils étaient coincés à New York.

– Cela peut paraître étrange de me voir entreprendre ce voyage, ajouta Patti, mais après toutes ces années passées à m'occuper de Gil, je ne peux pas supporter l'idée de me retrouver seule dans l'appartement. Il est rempli d'objets qui lui appartenaient, à lui et à Immie. J'étais sur le point de… (Elle n'acheva pas sa phrase. Lorsqu'elle reprit la parole, ce fut avec un entrain forcé.) Mais mon amie Rebecca, qui vit dans le Hampshire, m'a proposé de la rejoindre à la campagne pour me reposer et me reconstruire. Certaines personnes sont comme ça. On ne s'était pas parlé depuis des années mais à la seconde où elle m'a appelée, après avoir appris la nouvelle pour Immie et Gil, c'était comme si on s'était quittées la veille. Et pas de bla-bla insipide entre nous. Nos échanges étaient profonds, sincères. Nous étions élèves à Greenbriar ensemble. Les anciens camarades de classe partagent des souvenirs uniques, des expériences communes qui tissent des liens entre eux. C'est la même chose entre Immie et toi. Vous avez renoué votre amitié après des années de séparation.

– Je suis vraiment très peinée pour Gil, dit Jule.

Elle le pensait sincèrement.

– Il était malade depuis si longtemps, soupira Patti. Tous ces cachets à prendre, tout le temps… (Silence.) Après ce qui est arrivé à Immie, dit-elle d'une voix étranglée, il n'a plus eu la force de se battre. Immie et lui étaient mes deux petits canaris… Mais bref, se reprit-elle. Pour en venir à la raison de mon appel, tu es libre pour déjeuner avec moi demain ?

– Bien sûr. Je vous ai déjà dit oui.

– L'Ivy, à treize heures. Je tiens à te remercier pour tout ce que tu as fait pour nous après la mort d'Immie. J'ai même une surprise pour toi, ajouta Patti. Quelque chose qui devrait nous mettre du baume au cœur à toutes les deux. Je compte sur toi !

Quand la conversation fut terminée, Jule pressa son téléphone contre sa poitrine.

L'Ivy occupait à merveille son petit morceau d'espace londonien. Il semblait parfaitement adapté à son écrin. À l'intérieur, les murs étaient décorés de portraits et de vitraux. L'odeur de l'argent était perceptible partout, jusque dans les assiettes d'agneau rôti et les bouquets de fleurs exotiques. Jule portait une robe cintrée et des ballerines. Elle avait ajouté une touche de rouge à lèvres à son discret maquillage d'étudiante.

Patti l'attendait déjà à sa table, en train de boire de l'eau dans un verre à vin. La dernière fois que Jule l'avait vue, onze mois auparavant, c'était une femme étincelante. Dermatologue, cinquante-cinq ans environ, la silhouette fine à l'exception d'un bourrelet au niveau du ventre. Son teint avait un éclat humide et rosé et ses longs cheveux, teints en châtain foncé, cascadaient en boucles luxuriantes sur ses épaules. À présent, ses cheveux étaient gris aux racines et coupés au carré. Ses lèvres paraissaient gonflées et masculines, dépourvues de maquillage. Comme beaucoup de femmes de l'Upper East Side, elle portait un pantalon cigarette noir assorti d'un gilet long en cachemire mais avait en revanche troqué ses escarpins contre une paire de baskets bleu vif. Jule faillit ne pas la reconnaître. Patti se leva et lui sourit en la voyant traverser la salle.

– J'ai changé, je sais.

– Pas du tout, mentit la jeune fille avant de l'embrasser sur la joue.

– Je n'ai plus l'énergie de faire des efforts, dit Patti. Ces heures passées devant le miroir chaque matin, ces chaussures inconfortables. Se peindre un masque sur le visage.

Jule s'assit.

– Je me peignais un masque pour Gil, poursuivit Patti. Et pour Immie, quand elle était petite. Elle me disait, *Maman, boucle-toi les cheveux ! Mets des paillettes !* Maintenant, je n'ai plus aucune raison de le faire. J'ai arrêté de travailler, pour le moment. Un jour, j'ai réalisé : *Qu'est-ce qui m'oblige à continuer ?* J'ai franchi la porte de mon cabinet, comme ça. C'était un tel soulagement, tu ne peux pas imaginer. Mais je sais que ça choque les gens. Mes amis s'inquiètent. Tant pis. J'ai perdu Imogen. J'ai perdu Gil. Maintenant, c'est ça, ma vie.

Jule était soucieuse de trouver les mots justes. Valait-il mieux exprimer de la compassion ou distraire son interlocutrice ?

– J'ai lu un bouquin là-dessus à la fac, dit-elle.

– À quel sujet ?

– La présentation de soi-même dans la vie quotidienne. L'auteur, un certain Goffman, avait une théorie selon laquelle on présentait une facette de soi différente selon la situation. La personnalité n'est jamais statique. Elle s'adapte.

– Tu veux dire que j'ai cessé de jouer un rôle pour les autres ?

– Disons plutôt que vous le faites différemment. Il existe plusieurs facettes de soi.

Patti prit le menu, puis posa sa main sur celle de Jule.

– Tu devrais reprendre tes études, mon petit canari. Tu es brillante.

– Merci.

Patti la regarda droit dans les yeux.

– J'ai le sens de l'intuition avec les gens, tu sais, dit-elle. Et tu possèdes un potentiel énorme. Tu es curieuse, tu as le goût de l'aventure. Tu pourrais devenir absolument qui tu veux, j'espère que tu en es consciente.

Le serveur arriva pour prendre leur commande de boisson. Quelqu'un d'autre déposa une corbeille de pain sur la table.

– Je vous ai rapporté les bagues d'Imogen, déclara Jule une fois qu'ils furent repartis. J'aurais dû vous les renvoyer plus tôt, mais…

– Je comprends, dit Patti. Tu avais du mal à t'en séparer.

Jule acquiesça et lui tendit un petit paquet emballé dans un mouchoir en papier. Patti ôta le Scotch. À l'intérieur se trouvaient huit bagues vintage sculptées en forme d'animaux. Immie les collectionnait. Elles étaient à la fois drôles et originales, façonnées avec soin, chacune dans un style différent. La neuvième, Jule la portait encore. Immie la lui avait offerte. C'était un serpent de jade enroulé autour de son annulaire droit.

Patti fondit doucement en larmes dans sa serviette.

Jule contempla les bijoux. Chacun de ces anneaux avait orné les doigts fragiles de son amie, à un moment ou à un autre. Elle la revoyait encore, baignée par la lumière du soleil, dans cette bijouterie de Martha's Vineyard. « J'aimerais voir la bague la plus étrange que vous ayez en magasin », avait-elle déclaré au vendeur. Et puis, un peu plus tard : « Celle-là, elle est pour toi. » Elle avait offert la bague serpent à Jule qui ne l'avait plus quittée depuis, qui la portait aujourd'hui encore alors qu'elle ne méritait plus ce cadeau. Qu'elle ne l'avait peut-être même jamais mérité.

Jule eut soudain un haut-le-cœur, comme un pincement jailli des tréfonds de son estomac et qui lui remonta le long de la gorge.

– Veuillez m'excuser.

Elle se leva et se dirigea en titubant vers les toilettes pour dames. La salle du restaurant tanguait autour d'elle. Un voile noir menaçait de lui tomber devant les yeux. Elle s'agrippa au dossier d'une chaise pour ne pas tomber.

Elle crut qu'elle allait vomir. Ou s'évanouir. Ou les deux. Ici, à l'Ivy, au milieu de ces gens chics parmi lesquels elle n'avait pas sa place, et où elle mettait dans l'embarras la pauvre mère d'une amie qu'elle n'avait pas assez aimée – ou trop aimée.

Jule parvint à atteindre les toilettes et se pencha au-dessus du lavabo.

Les haut-le-cœur se succédaient. Sa gorge se contractait à n'en plus finir.

Elle s'isola dans une cabine et s'appuya contre le mur. Ses épaules tremblaient. Elle crut qu'elle allait régurgiter quelque chose, mais rien ne sortit.

Elle resta là jusqu'à ce que sa nausée s'estompe, tremblante, le souffle court.

De retour devant le lavabo, elle s'essuya le visage avec une serviette en papier. Elle pressa ses doigts trempés dans l'eau froide sur ses yeux gonflés.

Son rouge à lèvres écarlate était dans la poche de sa robe. Jule se remaquilla la bouche, comme on enfile une armure, et retourna voir Patti.

Lorsqu'elle regagna leur table, Patti semblait apaisée et s'entretenait avec le serveur.

– Je prendrai les betteraves en entrée, disait-elle tandis que Jule se rasseyait. Puis l'espadon, je crois. Vous me le recommandez ? Parfait, alors faisons comme ça.

Jule commanda un hamburger et une salade verte.

Quand le serveur repartit, Patti lui présenta ses excuses.

– Désolée. Sincèrement. Tu te sens bien ?

– Oui.

– Je te préviens, je risque de me remettre à pleurer devant toi à tout instant. Peut-être dans la rue ! Ça me tombe dessus sans crier gare, en ce moment. Je fonds en larmes n'importe où. (Les bagues et leur emballage de fortune avaient disparu de la table.) Écoute, Jule, fit Patti. Tu m'as confié un jour que tes parents n'avaient pas été là pour toi. Tu t'en souviens ?

Jule ne s'en souvenait pas, non. Elle ne pensait plus à eux, plus jamais, hormis à travers le filtre du mythe héroïque qu'elle s'était inventé. Et jamais, au grand jamais, elle ne pensait à sa tante.

Les images lui revinrent par flashs : ses parents couchés sur la pelouse d'une jolie maison au bout d'une impasse, dans cette petite ville de l'Alabama. Étendus face contre terre dans des mares de sang qui imprégnaient le gazon à la lueur d'un lampadaire. Sa mère, morte d'une balle en pleine tête. Son père blessé au bras et vidé de son sang.

Cette histoire la réconfortait. Elle était si magnifique. Les parents avaient fait preuve de courage. La petite grandirait pour devenir une jeune femme brillante, instruite et puissante.

Mais elle savait qu'elle ne pouvait pas raconter tout cela à Patti. Elle se contenta d'esquisser un sourire.

– Vraiment, j'ai dit ça ?

– Oui. Et quand tu m'en as parlé, je me suis demandé si ma fille avait pu compter sur moi. Gil et moi ne lui parlions jamais du fait qu'elle avait été adoptée. Ni devant elle, ni en privé. Je voulais penser à Immie comme étant *mon* bébé, tu comprends ? Pas l'enfant de quelqu'un d'autre, mais le nôtre. Et c'était difficile d'en parler, parce que sa mère biologique était une droguée et qu'aucun membre de sa famille n'avait voulu s'occuper d'elle. Je pensais sincèrement lui épargner bien des souffrances. J'ai seulement pris conscience de mon erreur le jour où...

Sa phrase resta en suspens.

– Imogen vous aimait beaucoup, dit Jule.

– Il y avait du désespoir en elle. Et elle ne s'est pas confiée à moi.

– Ni à moi non plus.

– J'aurais dû l'élever de manière qu'elle se sente capable de se confier aux autres, de demander de l'aide quand elle en avait besoin.

– Immie me racontait *tout*, insista Jule. Ses secrets, ses doutes, ses projets. Elle m'a révélé son nom de naissance. On s'échangeait nos fringues, nos bouquins. Honnêtement, j'étais très proche d'elle au moment de sa mort, et je crois qu'elle avait beaucoup de chance de vous avoir dans sa vie.

Patti écarquilla les yeux et lui toucha la main.

– Elle avait beaucoup de chance de t'avoir, toi aussi. Je l'ai pensé dès que vous êtes devenues amies à Greenbriar, en seconde. Je sais qu'elle t'aimait plus que n'importe qui au monde, Jule, parce que... Voilà. C'est la chose dont je voulais m'entretenir avec toi. Notre avocat nous a informés qu'Immie t'avait légué toute sa fortune.

Jule sentit la tête lui tourner. Elle reposa sa fourchette.

La fortune d'Immie. Des millions.

Cela signifiait la sécurité et le pouvoir. Cela signifiait des billets d'avion, des clés de voiture, mais surtout, de quoi payer ses études, de quoi se nourrir et se faire soigner. Cela signifiait que plus personne ne pouvait lui dire « non ». Plus personne ne pouvait l'arrêter ou lui faire du mal. Jule n'aurait plus besoin de l'aide de personne, plus jamais.

– Je ne comprends rien à la finance, poursuivit Patti. Je devrais m'y intéresser, je le sais. Je faisais confiance à Gil, et j'étais soulagée qu'il s'en occupe. Toutes ces histoires m'ennuyaient à mourir. Mais Immie s'y intéressait, et elle a rédigé un testament. Elle l'a fait parvenir à notre avocat juste avant sa mort. Elle était à la tête d'une jolie petite fortune que nous lui avions transmise à sa majorité. L'argent était resté bloqué sur un compte jusqu'à ses dix-huit ans. Après son anniversaire, Gil a entrepris les démarches pour le transférer sur son compte à elle.

– Elle a reçu cet argent alors qu'elle était encore au lycée ?

– Oui, au mois de mai précédant son entrée à la fac. Peut-être était-ce une erreur. Mais c'est ainsi. Elle se débrouillait bien en matière de finances, poursuivit Patti. Elle vivait sur ses intérêts et ne touchait jamais au capital, sauf lorsqu'elle a acheté son appartement à Londres. C'est pour ça qu'elle n'a jamais eu besoin de travailler. Et elle t'a tout légué. Elle a effectué quelques dons à la Fondation nationale pour le rein – à cause de la maladie de son père – et à la North Shore Animal League, mais son testament était très clair sur le fait que *tu* étais l'héritière principale de sa fortune. Elle a envoyé un e-mail à notre avocat en lui expliquant qu'elle souhaitait que tu réintègres la fac.

Jule en fut très émue. Ça n'avait aucun sens, mais ça la touchait beaucoup.

Patti sourit.

– Elle a quitté ce monde en te permettant de retourner à l'université. C'est la beauté que je m'efforce d'y voir.

– Quand a-t-elle rédigé ce testament ?

– Quelques mois avant sa mort. Elle l'a fait authentifier par un notaire de San Francisco. Il n'y a que quelques papiers à signer, ajouta Patti en posant une grosse enveloppe sur la table. L'argent sera transféré directement vers ta banque, et en septembre, tu entreras en deuxième année à Stanford.

Quand l'argent arriva sur son compte, Jule le retira dans sa totalité et le déposa dans un autre établissement bancaire. Elle ouvrit plusieurs comptes courants associés à plusieurs cartes de crédit et s'arrangea pour que les sommes soient débitées automatiquement chaque mois.

Puis elle partit en mission shopping. Elle s'acheta des faux cils, du fond de teint, de l'eye-liner, du blush, de la poudre, des brosses, trois rouges à lèvres différents, deux ombres à paupières et une palette de maquillage, petite mais très coûteuse. Une perruque rousse, une robe noire et une paire d'escarpins à talons hauts. Elle aurait aimé s'acheter davantage de jolies choses, mais elle devait voyager léger.

Sur son ordinateur, elle s'acheta un billet d'avion pour L.A., réserva une chambre d'hôtel sur place et rechercha tous les concessionnaires automobiles autour de Las Vegas. D'abord Londres-Los Angeles par avion, puis trajet en bus jusqu'à Vegas. Et de là, en voiture pour le Mexique. Tel était le plan.

Jule relut tous les documents bancaires stockés dans son disque dur. Elle vérifia qu'elle connaissait tous ses numéros de comptes par cœur, les numéros de services client, les mots de passe, les numéros de cartes Visa et les codes. Elle mémorisa son numéro de passeport et celui de son permis de conduire.

Puis, un soir, bien après la tombée de la nuit, elle alla jeter son ordinateur et son portable dans la Tamise.

De retour à l'auberge de jeunesse, elle rédigea une lettre de remerciement sincère à l'intention de Patti Sokoloff sur un bloc de papier à lettres de la poste et l'envoya. Elle vida son casier et remplit son sac à dos. Ses documents et ses papiers d'identité étaient tous là, en bon ordre. Elle veilla à bien transférer ses lotions et ses produits capillaires dans des flacons de voyage qu'elle inséra dans des pochettes en plastique transparent.

Jule n'était jamais allée à Las Vegas. Elle se changea dans les toilettes de la gare routière. L'espace lavabo était occupé par une femme blanche âgée d'une cinquantaine d'années et son chariot à roulettes. Assise sur le plan de travail, elle mangeait un sandwich emballé dans du papier gras. Elle portait un legging noir taché sur ses cuisses maigres. Ses cheveux blonds étaient grisonnants aux racines, crêpés au-dessus du front. Et emmêlés. Ses stilettos en vinyle rose pâle gisaient sur le sol tandis qu'elle balançait ses pieds nus couverts de pansements au niveau des talons.

Jule entra dans la plus grande cabine et ouvrit sa valise. Elle remit ses créoles à ses oreilles pour la première fois depuis près d'un an. Elle se glissa tant bien que mal dans la minirobe noire qu'elle venait de s'acheter, qu'elle compléta d'une paire de sandales compensées en cuir. Elle sortit sa perruque rousse. Les cheveux étaient trop lisses pour avoir l'air naturel, mais la couleur s'accordait à merveille avec ses taches de rousseur. Jule sortit sa mallette de maquillage, referma son sac et se dirigea vers le lavabo.

La femme assise sur le plan de travail ne remarqua même pas son changement de coiffure. Elle froissa l'emballage de son sandwich et s'alluma une cigarette.

Jule avait appris l'art du maquillage en s'inspirant de vidéos en ligne. Toute l'année ou presque, elle s'était maquillée comme une étudiante ordinaire : teint et lèvres au naturel, un soupçon de blush, une pointe de mascara. Aujourd'hui, elle pouvait sortir les faux cils, l'ombre à paupières verte, l'eye-liner noir, le fond de teint, les brosses à contouring, le crayon à sourcils et le gloss corail.

Ce n'était pas vraiment nécessaire, cela dit. Elle n'avait guère besoin du maquillage, de la robe ou des chaussures. La perruque rousse aurait sans doute suffi. Mais cette transformation était un bon entraînement – du moins, elle l'analysait ainsi. Et elle adorait devenir quelqu'un d'autre.

La femme s'adressa à elle tandis qu'elle terminait de se maquiller les yeux.

– Tu bosses ?

Jule choisit de lui répondre, juste pour rire, avec un accent écossais.

– Non.

– Je veux dire, sur le trottoir ?

– Non.

– Fais jamais ça. C'est trop triste, crois-moi.

– Je vous assure que non.

– C'est du gâchis, c'est tout ce que je dis.

Jule garda le silence et s'appliqua de l'illuminateur sur les pommettes.

– Je l'ai fait, poursuivit la femme. (Elle se pencha pour remettre ses pieds abîmés dans ses chaussures.) Plus de famille, plus de fric : c'est comme ça que j'en suis arrivée là. Et ça n'a pas changé depuis. Mais c'est pas comme ça qu'on avance dans la vie, même avec des types riches. Tu peux me croire sur parole.

Jule enfila un gilet vert et souleva sa valise.

– Vous inquiétez pas pour moi. Tout va bien, je vous dis.

Elle se dirigea vers la sortie en traînant sa valise derrière elle, mais elle vacilla sur ses talons neufs.

– Ça va aller ? lui demanda la femme.

– Oh, bien sûr.

– C'est dur d'être une femme, parfois.

– Ouais, ça craint pas mal, répondit Jule. Sauf pour le maquillage.

Elle poussa la porte sans un dernier regard derrière elle.

Sa valise rangée dans l'un des casiers de la gare routière, Jule arrima son grand sac à son épaule et prit un taxi pour le Strip de Las Vegas. Elle était fatiguée – elle n'avait pas fermé l'œil pendant le trajet en bus, et elle souffrait encore du décalage horaire avec Londres.

Le casino brillait de mille feux entre les néons, les plafonniers immenses et le clignotement des machines à sous. Jule passa devant des hommes en maillot de sport, des retraités, des filles venues faire la fête et un groupe de bibliothécaires affublés de badges pour une conférence. Il lui fallut deux bonnes heures, en marchant d'un lieu à un autre, mais elle finit par trouver ce qu'elle cherchait.

Un petit groupe de femmes se tenait autour d'une rangée de machines à sous Batman et semblait beaucoup s'amuser. Toutes tenaient à la main un verre rempli d'une boisson violette et glacée. Deux d'entre elles étaient d'origine asiatique, deux autres étaient blanches. C'était un enterrement de vie de jeune fille, et la future mariée était parfaite – exactement ce que Jule recherchait : le teint pâle, plutôt petite, des épaules carrées et des taches de rousseur. Elle ne devait pas avoir plus de vingt-trois ans. Ses cheveux châtain clair étaient attachés en queue de cheval, et elle portait une robe rose vif ultracourte complétée d'une écharpe de miss incrustée de brillants sur laquelle on pouvait lire FUTURE MADAME. À son épaule gauche pendait un minuscule sac à main turquoise bardé de plusieurs fermetures Éclair. Elle regardait ses copines en train de jouer aux machines, radieuse de se sentir l'objet de l'adoration générale.

Jule se dirigea vers le groupe et prit un fort accent du Sud, comme on pouvait l'entendre dans l'Alabama.

– 'Scusez-moi, mesdames, vous pourriez... voilà, mon portable est déchargé et je dois envoyer un SMS à ma pote. Je l'ai vue près du bar à sushis pour la dernière fois mais je m'suis mise à jouer et maintenant, oups ! il s'est passé trois heures et ma pote est introuvable, alors...

Les femmes se retournèrent. Jule leur sourit.

– Oh, vous fêtez un enterrement de vie d'jeune fille, c'est ça ?

– Elle se marie samedi ! s'exclama l'une des femmes en serrant son amie dans ses bras.

– Wow ! s'écria Jule. C'est quoi, vot' petit nom ?

– Shanna, répondit la future mariée.

Elles faisaient la même taille, mais Shanna portait des chaussures plates si bien que Jule la dépassait de quelques centimètres.

– Shanna Dixie, voulez-vous devenir Shanna McFertridge ? pouffa l'une des femmes.

– Wow, répéta Jule. Vous avez déjà vot' robe et tout ?

– Bien sûr, répondit Shanna.

– Elle se marie pas à Las Vegas, précisa une autre. C'est une vraie cérémonie à l'église.

– Vous v'nez d'où, les filles ? voulut savoir Jule.

– De Tacoma, dans l'État de Washington. Vous connaissez ? On est venues à Vegas pour...

– Elles ont organisé tout ce week-end pour moi, expliqua Shanna. On est arrivées par avion ce matin, on est allées au spa et au salon de manucure. Regardez comme mes ongles brillent ! Après ça, on a décidé de faire la tournée des casinos, et demain on ira voir les tigres blancs.

– Et elle est comment, vot'robe ? Pour le mariage, j'veux dire ?

Shanna agrippa le bras de Jule.

– Elle est à tomber par terre. Je me sens comme une princesse dedans, je l'adore tellement !

– J'peux la voir ? Sur vot' téléphone ? Vous devez forcément avoir une photo… (Jule mit sa main sur sa bouche et pencha légèrement la tête.) Les robes de mariée me font rêver depuis que j'suis toute gamine.

– Bien sûr que j'ai une photo ! répondit Shanna.

Elle ouvrit son sac à main et sortit son portable, enchâssé dans un étui doré. La doublure intérieure de son sac était rose. Il contenait un portefeuille de cuir foncé, deux tampons dans des étuis en plastique, un paquet de chewing-gums et un tube de rouge à lèvres.

– Oh, faites-moi voir ! s'exclama Jule en pivotant face à l'écran.

Shanna fit défiler ses photos. Un chien. Le dessous rouillé d'un lavabo. Un bébé. Le même bébé.

– C'est mon fils, Declan. Il a dix-huit mois.

Des arbres près d'un lac.

– Ah, ça y est, la voilà !

C'était un modèle à bustier, très long, avec des froufrous au niveau des hanches. Sur la photo, Shanna posait dans une boutique de mariage au milieu d'une multitude de robes blanches.

Jule fit des *oooh* et des *aah*.

– Je peux voir vot' fiancé ?

– Bien sûr. Sa demande en mariage était fan-tas-tique, s'extasia Shanna. Il avait mis la bague dans un *donut* ! Il est en fac de droit. J'aurai même pas besoin de travailler, sauf si j'en ai envie.

Elle continuait à jacasser. Bla-bla-blabla-bla-bla et bla-bla-bla. Elle brandit son portable pour montrer à Jule l'heureux élu, souriant sur une piste de ski.

– Très mignon, commenta Jule. (Elle plongea la main dans le sac de Shanna, s'empara du portefeuille et le glissa dans le sien.) Paolo, mon amoureux, fait l'tour du monde en sac à dos, raconta-t-elle. Il est aux Philippines en ce moment. Vous vous rendez compte? Alors j'suis venue à Vegas avec ma pote. J'devrais plutôt me trouver un mec qui a envie de se poser, pas d'faire le tour du monde, vous croyez pas? Si je veux me marier un jour...

– Si c'est votre rêve, répondit Shanna, il se réalisera. On peut obtenir tout ce qu'on veut dans la vie si on est déterminé. Il suffit de prier et de... visualiser.

– Oui, la visualisation! renchérit l'une de ses amies. On est allées à une conférence. Ça marche vraiment!

– Écoutez, dit Jule. J'm'adresse à vous parce que j'ai besoin d'utiliser un téléphone. Le mien est mort. Vous voulez bien?

Shanna lui tendit son Smartphone et Jule envoya un SMS à un numéro imaginaire. «*RV 22h15 Cheesecake Factory.*» Elle rendit l'appareil à sa propriétaire.

– Merci. Vous allez être une mariée sublime!

– Vous aussi, ma belle, lui répondit Shanna. Un jour, c'est certain.

Les autres femmes du groupe agitèrent la main pour lui dire au revoir. Jule les salua également avant de foncer entre les rangées de machines pour rejoindre les ascenseurs.

Dès que la porte de la cabine se referma et qu'elle se retrouva enfin seule, elle ôta sa perruque. Elle se déchaussa, sortit un bas de jogging et une paire de Vans de son grand sac à main, enfila le pantalon par-dessus sa minirobe et enfonça ses pieds dans les baskets. La perruque et les sandales compensées atterrirent au fond du sac. Elle compléta son nouveau look d'un sweat à capuche, et les portes s'ouvrirent au dixième étage de l'hôtel.

Jule ne sortit pas de l'ascenseur. Pendant que la cabine redescendait, elle prit sa mallette de maquillage. Elle retira ses faux cils et essuya son gloss à lèvres. Pour finir, elle fouilla le portefeuille de Shanna, prit son permis de conduire et abandonna le reste par terre.

Quand les portes se rouvrirent au rez-de-chaussée, elle n'était plus du tout la même personne.

Quatre casinos plus loin, le long du Strip, Jule examina six restaurants différents avant de choisir l'endroit idéal, un snack où elle alla boire un café et papoter avec l'étudiante solitaire qui entamait tout juste son service du soir derrière le bar. L'endroit était décoré comme un *diner* des années 50. La serveuse était petite, le nez constellé de taches de rousseur, les cheveux bruns ondulés. Elle portait une robe à pois et un petit tablier blanc à fanfreluches. Lorsqu'un groupe de types éméchés débarqua en commandant des bières et des hamburgers, Jule en profita pour laisser ce qu'elle devait sur le comptoir et se glisser discrètement dans la cuisine. Par déduction, elle s'empara du sac à dos le plus féminin accroché à la rangée de portemanteaux du personnel et sortit par la porte de derrière, qui donnait sur le couloir de service du casino. Elle descendit une volée de marches et s'engouffra dans une ruelle, le sac arrimé à son dos, pour se frayer un chemin à travers la file de clients qui attendaient le début d'un spectacle de magie.

Quelques mètres plus loin, elle examina le contenu du sac. La poche fermée par une fermeture Éclair contenait un passeport. Le nom inscrit à l'intérieur était celui d'Adelaide Belle Perry, vingt et un ans.

Miracle. Jule n'aurait jamais cru dégoter un passeport aussi vite. Elle se sentit quand même désolée pour Adelaide et alla déposer son sac, délesté du précieux sésame, au bureau des objets trouvés.

De retour sur le Strip, elle trouva un magasin de perruques et deux boutiques de vêtements. Elle acheta ce dont elle avait besoin ; au petit matin, elle avait déjà sillonné deux casinos supplémentaires. Coiffée d'une perruque blonde ondulée, la bouche maquillée en orange, elle s'empara du permis de conduire d'une certaine Dakota Pleasance, un mètre cinquante-trois. Perruque noire et blouson argenté sur le dos, elle déroba le passeport de Dorothea von Schnell, une touriste allemande mesurant un mètre cinquante-quatre.

À huit heures du matin, le visage entièrement démaquillé, Jule renfila son jogging et ses Vans. Elle prit un taxi jusqu'à l'hôtel Rio et utilisa l'ascenseur pour rejoindre la terrasse au sommet. Elle avait entendu parler du VooDoo Lounge, situé cinquante et un étages plus haut.

À la fin de la journée, après avoir glorieusement livré bataille, le grand héros blanc et hétéro aime prendre de la hauteur et se rendre dans un lieu où il jouira d'une vue imprenable sur la ville en contrebas. Iron Man, Spider-Man, Batman, Wolverine, Jason Bourne, James Bond… c'est simple, ils le font tous.

Le héros contemple les lumières clignotantes de la métropole, symboles de souffrance et de beauté. Il repense à la mission qui est la sienne, à ses super-pouvoirs uniques et à sa force, il songe à la violence qui imprègne sa vie, à son étrange destin et aux sacrifices qu'il doit accomplir en son nom.

Le VooDoo Lounge, aux premières heures du matin, n'était guère plus qu'une étendue de béton parsemée de canapés rouges et noirs. Les fauteuils étaient en forme de mains géantes. Un escalier s'enroulait vers la terrasse panoramique. Les clients étaient libres d'y grimper pour profiter d'une meilleure vue sur le Strip en contrebas. Deux cages vides étaient censées accueillir des danseuses, mais la salle était déserte à l'exception d'un employé de ménage qui haussa les sourcils quand Jule entra.

– Je veux juste jeter un œil, dit-elle. Je serai sage, promis.

– Pas de problème, fit l'homme. Allez-y. Je passe la serpillière.

Jule grimpa sur le toit et contempla la ville. Elle pensa à toutes ces vies qui se déroulaient sous ses yeux, en ce moment même. Les gens s'achetaient du dentifrice, se disputaient, s'arrêtaient pour prendre des œufs en rentrant du travail. Chacun menait sa petite existence au milieu des paillettes et des néons, confit dans sa bienheureuse certitude que les femmes petites et jolies étaient forcément sages.

Trois années auparavant, Julietta West Williams est âgée de quinze ans. Elle se trouve dans une salle d'arcade – grande, climatisée, flambant neuve – et enchaîne les victoires à un jeu de simulation de guerre. Elle tire à tout-va, absorbée par sa partie, quand deux garçons de son collège se glissent derrière elle pour lui toucher les seins. Un de chaque côté.

Julietta enfonce violemment son coude dans le ventre grassouillet du premier avant de faire volte-face pour écraser le pied du second. Et de lui asséner un coup de genou à l'entrejambe pour faire bonne mesure.

C'est la première fois qu'elle frappe quelqu'un hors de son cours d'arts martiaux. La première fois qu'elle en éprouve le besoin.

Bon, d'accord : ce n'était pas vraiment un besoin. Plutôt une envie. Ça lui avait plu.

Quand le second garçon se retrouve plié en deux, à hoqueter de douleur, Jule pivote vers le premier et le frappe du plat de la main en plein visage. Sa tête part vers l'arrière, et elle l'empoigne par son tee-shirt pour lui hurler dans l'oreille : « Pas touche, c'est compris ? »

Elle voulait voir la peur sur son visage, voir son ami plié de douleur sur un banc à proximité. Ces deux types s'étaient toujours montrés si effrontés au collège, si sûrs d'eux.

Un employé de la salle d'arcade, le visage couvert d'acné, intervient et prend Juliette par le bras.

– Pas de bagarre ici, mademoiselle. Il va falloir vous en aller.

– Vous me touchez le bras ? lui répond-elle. Je vous ai jamais demandé de me toucher.

Il la lâche aussitôt.

Il a la trouille.

Il a trois ans et douze centimètres de plus qu'elle. C'est un adulte, et il a la trouille.

Quelle délicieuse sensation.

Julietta s'en va. Peu lui importe de savoir si les deux garçons la suivent ou pas. Elle se sent comme dans un film. Elle ne savait pas qu'elle pouvait se défendre comme ça, que la force physique qu'elle a travaillée en cours et dans la salle de muscu du collège se révélerait si utile. Elle réalise qu'elle s'était construit une armure. Peut-être était-ce son intention depuis le début.

De l'extérieur, elle n'a pas changé. Elle n'a rien de spécial. Mais son regard sur le monde se transforme, après cet épisode. Être une femme puissante sur le plan physique, ce n'est pas rien. On se sent libre d'aller partout et de faire ce qu'on veut quand on est difficile à attaquer.

Quelques étages plus bas, dans le hall de l'hôtel Rio, Jule trouva une femme de chambre en train de pousser un chariot à ménage. Grâce à un pourboire de quarante dollars, elle disposa d'une chambre où dormir jusqu'à quinze heures trente. La chambre devait être disponible pour les nouveaux arrivants à partir de seize heures.

Au terme d'une nuit supplémentaire à voler des portefeuilles et d'une pleine journée à dormir, Jule eut de quoi acheter un véhicule d'occasion à un type louche sur un parking. Elle paya en liquide. Elle alla récupérer ses affaires à la consigne de la gare routière et cacha sa collection de pièces d'identité sous le feutre qui tapissait le hayon arrière de la voiture.

Elle franchit la frontière mexicaine grâce au passeport d'Adelaide Belle Perry.

16

DERNIÈRE SEMAINE DE FÉVRIER 2017
LONDRES

Trois mois avant l'arrivée de Jule au Mexique, Forrest Smith-Martin se trouvait chez elle, sur le canapé, en train de grignoter des minicarottes de ses dents blanches et bien alignées. Cela faisait cinq jours qu'il occupait l'appartement londonien de Jule.

Forrest était l'ex d'Imogen. Il se comportait toujours comme s'il ne croyait pas un mot de ce que racontait Jule. Lorsqu'elle disait aimer les mûres, il haussait les sourcils d'un air dubitatif. Lorsqu'elle affirmait qu'Immie venait de partir pour Paris, il la bombardait de questions pour savoir où elle dormait. Jule se sentait toujours dans son tort, avec lui.

Le teint diaphane et la silhouette mince, Forrest appartenait à cette catégorie d'hommes qui se sent toujours mal à l'aise en présence de femmes plus robustes qu'eux. Ses articulations semblaient disjointes et les bracelets tissés à ses poignets avaient l'air sales. Il avait étudié la littérature internationale à l'université de Yale. Il aimait faire savoir qu'il était allé à Yale et y faisait souvent allusion dans la conversation. Il portait de petites lunettes rondes, tentait en vain de se faire pousser la barbe et attachait ses cheveux longs en un chignon serré sur le sommet de son crâne. Il avait vingt-deux ans et travaillait à l'écriture de son premier roman.

En ce moment, il lisait un livre traduit du français. Albert Camus – *Camoo*, comme il disait avec son accent. Il était élégamment affalé sur le canapé (pas juste assis), en boxer et sweat-shirt.

Forrest était venu à cause de la mort d'Immie. Il éprouvait le besoin de dormir sur le canapé-lit du bureau pour se sentir près d'elle, au milieu de ses affaires. Plus d'une fois, Jule le surprit en train de sortir les vêtements d'Immie du placard pour les renifler. Il lui arrivait même d'en suspendre au rebord des fenêtres. Il exhumait ses vieux livres (des éditions anciennes de *La Foire aux vanités* et autres romans victoriens) et les empilait à côté de son lit, comme s'il avait besoin de les voir avant de s'endormir. Et il ne rabaissait jamais la lunette des toilettes.

Jule et Forrest avaient assuré toute la gestion londonienne du décès d'Immie. Les Sokoloff étaient coincés à New York à cause de la santé de Gil. Ils avaient réussi à éviter que le suicide de leur fille fasse la une des journaux. Ils ne voulaient surtout pas que l'affaire s'ébruite, et la police excluait totalement la thèse de l'homicide. Le corps n'avait pas été retrouvé, mais la vérité s'imposait d'elle-même : Immie avait laissé une lettre d'adieu dans sa cuisine, au fond de la boîte à pain.

Tout le monde s'était accordé à dire qu'elle devait souffrir de dépression. Énormément de gens se jetaient dans la Tamise, d'après la police. Si la personne prenait soin de lester ses poches avant de sauter, comme Imogen en avait annoncé l'intention dans sa lettre, il était impossible de savoir quand le corps remonterait à la surface.

Assise à côté de Forrest, Jule alluma la télé. C'était le

programme de fin de soirée sur la BBC. Ils avaient passé la journée à vider la cuisine d'Immie et à faire des cartons, selon les souhaits de Patti. Une épreuve longue et difficile sur le plan émotionnel.

– Cette fille ressemble à Immie, déclara Forrest en désignant une actrice à l'écran.

– Pas du tout.

– Mais si, insista Forrest. Enfin, je trouve.

– Même pas en gros plan, rétorqua Jule. Elle a juste les cheveux courts. Moi aussi, de loin, on me compare souvent à elle.

Il la dévisagea calmement.

– Tu ne lui ressembles pas, Jule, dit-il. Imogen était un million de fois plus belle que tu le seras jamais.

Elle le foudroya du regard.

– Je ne savais pas que c'était ambiance vacheries, ce soir. Je suis un peu crevée. On peut laisser tomber, ou tu as vraiment envie qu'on s'engueule ?

Forrest se tourna vers elle en refermant son roman de Camus.

– Est-ce qu'Imogen t'avait prêté de l'argent ?

– Non, répondit Jule en toute franchise.

– Tu avais envie de coucher avec elle ?

– Non.

– Tu *as* couché avec elle ?

– Non !

– Est-ce qu'elle avait un nouveau mec ?

– Non.

– Il y a quelque chose que tu ne me dis pas.

– Il y a mille choses que je ne te dis pas, répondit Jule. Parce que je suis quelqu'un de pudique. Et que ma meilleure amie vient de mourir. J'ai du chagrin, j'essaie de faire mon deuil. Ça te va, comme ça ?

– Non, répliqua Forrest. J'ai besoin de comprendre ce qui s'est passé.

– Écoute. La règle dans cet appart, c'est « ne pas poser à Jule un milliard de questions à propos de la vie privée d'Immie – ni sur sa vie privée à elle ». Si tu respectes cet accord, on pourra s'entendre. OK ?

– La règle de cet appart ? Qu'est-ce que tu racontes ?

– Chaque lieu a ses propres règles. Quand on arrive quelque part pour la première fois, on cherche à les comprendre. Quand on est invité, on s'efforce de décrypter les codes et on s'y adapte. C'est clair ?

– C'est peut-être *ta* façon de faire.

– Non, c'est l'usage. On analyse à quel volume on peut parler, comment on doit s'asseoir, ce qu'il est poli ou impoli de dire. Ça s'appelle savoir se comporter en société.

– Pff. (Forrest croisa les jambes avec nonchalance.) Je ne suis pas quelqu'un d'artificiel comme toi. Je me comporte comme je le sens. Et tu sais quoi ? Ça ne m'a jamais posé le moindre problème, jusqu'à présent.

– Parce que tu es toi.

– Ça veut dire quoi, ça ?

– Tu es un mec. Tu proviens d'une famille aisée, tu es blanc, tu as une dentition saine, tu es diplômé de Yale…

– Et alors ?

– Ce sont les autres qui s'adaptent à toi, pauvre idiot. Si tu t'imagines que chacun fait ce qu'il veut, tu es aveugle, Forrest. Les autres s'adaptent, tout le temps, autour de toi.

– Pas faux, concéda-t-il. OK, tu marques un point.

– Merci.

– Mais si tu te prends la tête à analyser tous les paramètres chaque fois que tu t'exposes à une situation nouvelle, c'est quand même qu'un truc ne tourne pas rond chez toi, Jule.

– Mon amie est morte, dit-elle. Voilà ce qui ne tourne pas rond chez moi.

Immie n'avait pas confié ses secrets à Forrest. Elle les avait confiés à Jule.

Jule avait compris la vérité très tôt, bien avant qu'Immie lui révèle son nom de naissance et que Brooke Lannon débarque dans la villa de Martha's Vineyard.

C'était le 4 juillet, jour de fête nationale, peu après l'arrivée de Jule sur l'île. Immie avait trouvé une recette de pâte à pizza au barbecue. Elle avait mis de la levure plein la cuisine. Elle avait invité de vagues connaissances, des vacanciers qu'elle avait rencontrés deux jours plus tôt sur un marché de producteurs locaux. Ils étaient venus dîner à la maison. La soirée se passait bien, mais ils étaient pressés de repartir. « Allons en ville pour le feu d'artifice, disaient-ils. Il ne faut pas rater ça. Dépêchons-nous ! »

Jule savait qu'Imogen détestait la foule et les grands événements publics. Elle n'y voyait jamais rien. Il y avait toujours trop de bruit.

Forrest, lui, semblait peu s'en soucier. Il était monté en voiture avec les invités, après avoir pris une boîte de biscuits dans le placard.

Jule resta à la maison avec Immie. Elles laissèrent la vaisselle sale à l'intention de l'employé de ménage et enfilèrent leurs maillots de bain. Jule ouvrit le couvercle du Jacuzzi extérieur et Immie leur apporta deux grands verres d'eau gazeuse avec des rondelles de citron.

Elles firent trempette en silence pendant un moment. Le fond de l'air s'était rafraîchi, et de la vapeur s'échappait de la surface de l'eau.

– Tu te plais, ici ? finit par lui demander Immie. Dans ma maison, avec moi ?

Jule s'y plaisait énormément, et c'est ce qu'elle lui répondit. Voyant que son amie l'encourageait à poursuivre du regard, elle ajouta :

– Chaque jour qui passe, j'ai le temps de contempler le ciel et de savourer ce que je mange. J'ai la place de m'étendre. Pas de travail, pas d'injonctions, pas d'adultes.

– Les adultes, c'est nous, répondit Immie en posant sa tête en arrière contre le rebord du bassin. Toi, moi et Forrest. C'est nous, les putains d'adultes. Et c'est pour ça que c'est si bon d'être ici... Oups ! (Elle venait de renverser son verre dans le Jacuzzi et se mit à la poursuite des trois rondelles de citron qui s'enfonçaient lentement dans l'eau.) Je suis contente que tu te plaises ici, poursuivit-elle après avoir repêché toutes ses rondelles de citron, parce que, avec Forrest, je me sentais un peu... seule. Je serais incapable d'expliquer pourquoi. Peut-être parce qu'il écrit un livre, ou parce qu'il est plus âgé que moi. Mais c'est tellement mieux depuis que tu es là !

– Tu l'as rencontré comment ?

– À Londres. Je m'étais inscrite à un stage d'été avec son cousin. Un jour, je buvais un café au Black Dog et je l'ai reconnu d'Instagram. On a engagé la conversation. Il était venu passer un mois pour travailler à l'écriture de son roman. Il ne connaissait personne. C'est parti comme ça, grosso modo. (Immie laissait ses doigts flotter à la surface de l'eau.) Et toi ? Tu as quelqu'un ?

– J'avais quelques amoureux à Stanford, répondit Jule. Mais ils sont restés en Californie.

– *Quelques* amoureux ?

– Trois, pour être exacte.

– Trois mecs en même temps ? Ça fait beaucoup, Jule !

Elle haussa les épaules.

– Je n'arrivais pas à me décider.

– Quand je suis entrée à la fac, raconta Immie, Vivian Abromowitz m'a invitée à la soirée du Club des étudiants de couleur. Tu m'as déjà entendue parler d'elle, pas vrai ? Bref, sa mère est sino-américaine, et son père est un juif coréen. Elle avait très envie d'aller à cette fête parce qu'un mec qu'elle aimait bien était censé s'y rendre. J'étais un peu nerveuse à l'idée d'être la seule Blanche, mais tout s'est bien passé. Le seul truc un peu bizarre, c'est que tout le monde était branché politique et très ambitieux. Genre, à parler manifs, conseils de lecture en philo et documentaires sur la Renaissance de Harlem dans les années 1920. À une fête, tu te rends compte ? Moi, je me demandais surtout, *Quand est-ce qu'on danse ?* Et la réponse fut : jamais. Il y avait des soirées comme ça, à Stanford ? Sans alcool, avec des intellos partout ?

– Stanford a un système de fraternités classique.

– OK, alors non, j'imagine. Mais bref, un grand black avec des dreadlocks, trop mignon, m'a sorti : « T'es allée à Greenbriar et t'as jamais lu James Baldwin ? Toni Morrison, alors ? Tu devrais vraiment lire Ta-Nehisi Coates. » Je lui ai répondu : « Hey, je viens juste d'entrer à la fac. J'ai encore rien lu ! » Vivian se trouvait à côté de moi et elle m'a chuchoté : « Brooke vient de m'envoyer un texto, il y a une autre fête avec un DJ et toute l'équipe de rugby y est. On file ? » Je mourais d'envie d'aller danser. Alors on est parties.

Immie immergea sa tête dans l'eau et ressortit quelques secondes plus tard.

– Qu'est-il advenu du type condescendant qui t'avait parlé ?

Elle pouffa.

– Isaac Tupperman. C'est grâce à lui que je peux te raconter cette histoire. On est sortis ensemble pendant presque deux mois. C'est comme ça que je me souviens de ses auteurs préférés.

– C'était ton petit ami ?

– Ouais. Il m'écrivait des poèmes qu'il me laissait sur mon vélo. Il débarquait chez moi à pas d'heure, genre à deux du mat', en m'expliquant que je lui manquais. Mais il y avait une tension entre nous. Il avait grandi dans le Bronx et étudié à Stuy, il était...

– C'est quoi, Stuy ?

– Un lycée public pour élèves brillants à New York. Il avait un tas d'idées sur ce que je devrais être, ce que je devrais étudier, à quoi je devrais m'intéresser. Il voulait être mon mentor, élargir mon horizon intellectuel. J'étais très flattée, et assez admirative, mais parfois, c'était franchement gonflant.

– Bref, il était comme Forrest.

– Hein ? Non. J'étais si heureuse quand j'ai connu Forrest, c'était l'antithèse exacte d'Isaac ! affirma Immie avec aplomb. Isaac m'aimait parce que j'étais ignorante et qu'il pourrait tout m'apprendre, tu vois ? Ça renforçait son sentiment de virilité. Et il savait un tas de choses que je n'avais jamais étudiées ni vécues. Mais le truc, la grande ironie, c'est que mon ignorance lui tapait sur les nerfs. Quand il a fini par rompre avec moi, j'étais désespérée. Je suis venue me consoler ici et, un beau jour, je me suis dit : *Va te faire voir, Isaac. Je ne suis pas si bête que j'en ai l'air. Je sais juste tout un tas de choses à propos de trucs que tu juges inintéressants et puérils.* Tu vois ce que je veux dire ?

Je n'avais pas les centres d'intérêt d'Isaac. Je sais que les siens sont importants, mais pendant tout le temps qu'on a passé ensemble, je me sentais stupide. Avec son expérience de la vie, son âge supérieur au mien, sa culture générale, ses revues littéraires et tout le bazar, il était l'Homme avec un grand H et je le regardais la moitié du temps avec de grands yeux pleins d'admiration. C'était à la fois ce qui lui plaisait dans notre relation et ce qu'il méprisait en moi.

Et puis, il y a eu cette fameuse semaine où j'ai cru que j'étais enceinte, poursuivit Immie. Tu imagines ? Moi, une gamine adoptée, enceinte d'un enfant que j'allais sûrement devoir abandonner à la naissance. Ou dont j'allais devoir avorter. Enceinte d'un type que mes parents n'avaient rencontré qu'une fois avant de l'étiqueter comme un fêtard et un dépravé, tout ça à cause de sa couleur de peau et de ses dreads. J'étais complètement paumée. J'ai séché les cours toute la semaine pour lire des récits d'IVG sur le Net. Pour finir, surprise, j'ai eu mes règles et j'ai envoyé un texto à Isaac. Il a accouru toutes affaires cessantes… et là, il m'a annoncé qu'il me quittait. (Immie enfouit son visage entre ses mains.) Je ne m'étais jamais sentie aussi terrifiée que cette semaine, conclut-elle. Quand j'ai cru que j'avais un bébé à l'intérieur de mon ventre.

Plus tard, quand Forrest est rentré du feu d'artifice, Imogen était déjà partie se coucher. Jule était encore debout, à regarder la télé sur le canapé du salon. Elle le rejoignit dans la cuisine pendant qu'il fouillait le frigo pour en sortir une bière et un reste de côtes de porc grillées.

– Tu sais faire la cuisine ? lui demanda-t-elle.

– Je sais faire cuire des nouilles. Et réchauffer de la sauce tomate.

– Imogen est un vrai cordon-bleu.

– Ouais. Cool pour nous, hein ?

– Elle se donne beaucoup de mal. Elle a appris toute seule en regardant des vidéos en ligne et en empruntant des livres à la bibliothèque.

– Ah bon ? fit Forrest. Dis, tu sais s'il reste encore du crumble ? Je ressens un besoin de crumble, maintenant, tout de suite.

– J'ai tout mangé, répondit Jule.

– Veinarde. OK, je vais aller écrire. Mon cerveau est toujours plus productif la nuit.

Un soir, alors que Forrest vivait dans l'appart de Londres avec Jule depuis une semaine, il leur prit deux places pour aller voir *Le Conte d'hiver* à la Royal Shakespeare Company. C'était une idée comme une autre. Ils avaient besoin de mettre le nez hors de l'appartement.

Ils prirent la Jubilee Line, puis la Central Line jusqu'à St Paul et marchèrent jusqu'au théâtre. Il pleuvait. La représentation ne commençait pas avant une heure, et ils allèrent manger un *fish and chips* dans un pub. La salle était sombre, les murs garnis de miroirs. Ils mangèrent au bar.

Forrest parlait beaucoup de littérature. Jule l'interrogea à propos du roman de Camus qu'il était en train de lire, *L'Étranger*. Elle lui demanda de lui expliquer l'intrigue, qui racontait l'histoire d'un homme dont la mère vient de mourir et qui va en prison pour le meurtre d'un inconnu.

– C'est un roman policier ?

– Pas du tout, répondit Forrest. Les intrigues policières ne font que perpétuer le statu quo : le mystère est expliqué, tout rentre toujours dans l'ordre à la fin. Mais l'ordre n'existe pas vraiment, n'est-ce pas ? C'est une construction artificielle. Le roman à énigme renforce l'hégémonie des notions occidentales de causalité. Dans *L'Étranger*, on sait ce qui se passe depuis le début. Il n'y a rien à découvrir parce que la vie humaine n'a aucun sens, au final.

– Oh, c'est si sexy quand tu dis des mots en français, minauda Jule en tendant la main vers son assiette pour lui voler une frite. Ou pas.

Au moment de payer, Forrest sortit sa carte.

– C'est moi qui régale. Ou plutôt, Gabe Martin.

– Ton père ?

– Oui. Il règle toutes mes dépenses avec cette jolie demoiselle, dit-il en tapotant sa carte. Jusqu'à mes vingt-cinq ans. Pour me permettre de travailler à mon roman.

– Quelle chance. (Jule prit la carte. Elle apprit le numéro par cœur, retourna le rectangle de plastique et mémorisa le code à trois chiffres inscrit au verso.) Tu ne vois même pas passer les factures ?

Forrest éclata de rire et reprit sa carte, qu'il posa sur le comptoir.

– Non. Ça part directement dans le Connecticut. Mais je suis conscient de mon statut privilégié et je m'efforce de m'en montrer digne chaque jour.

Ils se dirigèrent vers le Barbican Centre sous la bruine. Forrest tint le parapluie au-dessus d'eux. Il acheta un programme, comme on en trouve toujours dans les théâtres londoniens, avec des photos de la troupe et des précisions sur la mise en scène. Ils allèrent s'asseoir dans le noir.

Pendant l'entracte, Jule resta adossée dans le foyer à observer la foule pendant que Forrest était parti aux toilettes. Elle écouta les différents accents des passionnés de Shakespeare autour d'elle : Londres, Yorkshire, Liverpool. Boston, Californie ou accent standard. Afrique du Sud. Londres, à nouveau.

Oh merde.

Paolo Vallarta-Bellstone était là.

Juste là. À l'autre bout du foyer, pile en face d'elle.

On ne pouvait pas le rater au milieu de cette foule de gens vêtue de couleurs ternes. Il portait un tee-shirt rouge sous une veste sport, une paire de baskets bleu et jaune. Le bas de son jean était effiloché. Paolo était né d'une mère philippine et d'un père américain blanc au pedigree disparate. C'était sa façon de les décrire, en tout cas. Il avait les cheveux noirs (coupés plus court que la dernière fois) et des sourcils bienveillants. Joues rondes, yeux marron, les lèvres charnues, presque gonflées. Un sourire aux dents bien alignées. Paolo était du genre à parcourir le monde avec un simple sac à dos, capable de lier connaissance avec de parfaits inconnus autour des tapis à bagages ou dans les musées de cires. C'était un pro de la conversation facile sans prétention. Il aimait les gens et voyait toujours le meilleur en eux. En cet instant précis, il mangeait des bonbons Swedish Fish dans un petit sachet jaune.

Jule se détourna. Elle n'aimait pas la joie qui l'envahissait soudain. Elle n'aimait pas la beauté renversante de ce garçon.

Non. Elle n'avait aucune envie de voir Paolo Vallarta-Bellstone.

Elle ne pouvait pas se le permettre. Ni ce soir, ni jamais.

Elle pivota sur ses talons et regagna l'intérieur du théâtre. Les doubles portes se refermèrent sur elle. La salle était presque déserte, à l'exception des souffleurs et d'un couple de gens âgés qui n'avaient pas eu envie de quitter leurs sièges.

Il fallait qu'elle sorte de là le plus vite possible, sans croiser Paolo. Elle récupéra son manteau. Tant pis pour Forrest.

Y avait-il une autre sortie quelque part ?

Elle remontait l'allée d'un pas vif, son manteau plié sur son bras... lorsqu'elle l'aperçut devant elle. Elle s'arrêta net. Elle n'avait plus aucune issue, désormais.

Paolo agita son paquet de Swedish Fish.

– Imogen ! (Il accéléra sur les derniers mètres et l'embrassa sur la joue. Jule sentit l'odeur sucrée de son souffle.) Je suis si heureux de te voir.

– Bonsoir, dit-elle froidement. Je te croyais en Thaïlande ?

– Mon projet de voyage a été décalé, expliqua Paolo. (Il recula d'un pas pour la contempler.) Ma parole, tu es la plus jolie fille de Londres. Bam !

– Merci.

– Je suis sincère. *Femme*, pas fille. Désolé. Est-ce que les gens te suivent dans la rue, la langue pendante ? Comment as-tu fait pour devenir encore plus belle que la dernière fois ? C'est terrifiant. Je parle trop parce que j'ai le trac, en vérité.

Jule sentit ses joues s'enflammer.

– Viens, dit-il. Je t'offre un thé. Ou un café. Ce que tu voudras. Tu m'as manqué.

– Toi aussi.

Elle ne voulait pas dire ça. Les mots étaient sortis tout seuls, et ils étaient sincères.

Paolo lui prit la main. Ou plus exactement, le bout des doigts. Il avait toujours irradié cette confiance totale en lui-même. Elle l'avait rejeté, mais il savait qu'elle ne le pensait pas vraiment. Il était à la fois sûr de lui et d'une gentillesse absolue. Il la touchait comme si c'était une chance inouïe, comme s'il savait qu'elle ne laissait pas grand monde l'approcher. Doigts contre doigts, il l'entraîna vers le foyer.

– Si je ne t'ai pas appelée, c'est uniquement parce que tu me l'as interdit, dit-il tandis qu'ils se plaçaient dans la queue pour commander un thé. J'en ai eu envie à chaque instant. Chaque jour. Je regarde mon portable et je me retiens parce que je ne veux pas t'embarrasser. Je suis heureux de t'avoir croisée. Mon Dieu, comme tu es jolie...

Jule aimait la manière dont son tee-shirt soulignait ses clavicules, et le frottement de ses poignets contre les manches de sa veste. Il se mordillait la lèvre inférieure quand il était soucieux. Son visage s'arrondissait délicatement derrière le noir de ses cils. Elle avait envie de le voir dès le matin, au réveil. Elle avait le sentiment que si elle pouvait contempler Paolo Vallarta-Bellstone en ouvrant les yeux chaque matin, tout rentrerait dans l'ordre.

– Tu n'as toujours pas l'intention de rentrer à New York ? lui demanda-t-il.

– Je ne veux plus jamais rentrer chez moi.

Comme beaucoup de choses qu'elle lui disait, c'était la stricte vérité. Ses yeux s'humectèrent.

– Moi non plus, dit-il. (Le père de Paolo était un magnat de l'immobilier qui venait d'être mis en examen pour délit d'initié quelques mois auparavant. La nouvelle avait fait le tour des journaux.) Ma mère a quitté mon père quand elle a découvert ses manigances. Maintenant, elle vit chez ma sœur dans le New Jersey et prend le train de banlieue tous les jours pour se rendre au boulot. L'argent est un gros problème, sans parler des avocats pour le divorce, des avocats criminels et des médiateurs… *Eurk*.

– Désolée.

– C'est un cauchemar. Le frère de mon père est devenu super-raciste avec le divorce. Tu n'imagines pas les horreurs qu'il sort. Du coup, ma mère se lâche aussi. C'est son droit, mais c'est devenu une corvée de lui parler au téléphone. Je n'ai vraiment plus rien qui me retient là-bas.

– Qu'est-ce que tu vas faire ?

– Continuer à voyager. Mon pote sera enfin prêt à partir dans deux semaines et on ira explorer la Thaïlande, le Cambodge et le Vietnam, comme prévu. De là, on ira à Hong Kong puis aux Philippines pour voir ma grand-mère. (Il reprit la main de Jule dans la sienne, caressa délicatement sa paume.) Tu ne portes pas tes bagues.

Elle avait peint ses ongles en rose pâle.

– Juste celle-ci, répondit Jule en lui montrant le serpent de jade à son autre main. Les autres appartenaient à une copine. Ce n'était qu'un emprunt.

– Je croyais qu'elles étaient à toi.

– Non. Si. Enfin, non, soupira Jule.

– Alors, c'est oui ou non ?

– Elle s'est suicidée récemment. On s'est disputées, et elle est morte fâchée contre moi.

Jule disait la vérité tout en mentant. La présence de Paolo

lui embrouillait l'esprit. Elle savait qu'elle ferait mieux de ne plus lui adresser la parole. Elle sentait que les histoires qu'elle racontait aux autres et celles qu'elle se racontait à elle-même ne cessaient de se modifier, de se mélanger, de prendre un autre sens. Ce soir, elle ne pouvait pas se permettre de citer de noms ni de clarifier le sens de ses paroles.

Paolo lui pressa la main.

– Je suis désolé.

– Dis, lâcha soudain Jule, tu crois qu'une personne est aussi mauvaise que ses pires actions ?

– Pardon ?

– Tu crois qu'une personne est aussi mauvaise que ses pires actions ? répéta-t-elle.

– Tu veux savoir si ton amie ira en enfer parce qu'elle s'est donné la mort ?

– Non. (Ce n'était pas du tout le sens de sa question.) Je veux dire, nos pires actions nous définissent-elles de notre vivant ? Ou crois-tu que les humains sont meilleurs que les pires choses qu'ils font dans la vie ?

Paolo réfléchit.

– Eh bien, prends le personnage de Leontes dans *Le Conte d'hiver*, par exemple. Il tente d'empoisonner son ami, fait jeter sa propre femme en prison et abandonne son bébé dans la nature. C'est la pire des ordures, non ?

– Absolument.

– Pourtant, à la fin... Tu as déjà vu la pièce avant ce soir ?

– Non.

– À la fin, il regrette. Il est sincèrement désolé pour tout ce qu'il a fait, et cela suffit. Tout le monde lui pardonne.

Shakespeare offre la rédemption à Leontes malgré les horreurs qu'il a commises.

Jule eut envie de tout raconter à Paolo.

Envie de lui révéler son passé, sa laideur et sa beauté, son courage et sa complexité. Elle aurait droit à la rédemption, elle aussi.

Mais rien ne sortit de sa bouche.

– Hmm, fit Paolo d'une voix lente. Il ne s'agit pas de la pièce, je me trompe ?

Jule secoua la tête.

– Je ne t'en veux pas, Imogen, dit-il. Je suis dingue de toi. (Il lui caressa la joue, effleura ses lèvres avec le pouce.) Je suis sûr que ton amie n'est plus en colère contre toi, malgré ce qui s'est passé de son vivant. Tu es un être unique, une perle rare. Je le sais.

Ils avaient atteint le début de la queue.

– Deux thés, demanda Jule à la femme derrière le comptoir.

Ses yeux la picotaient alors qu'elle ne pleurait même pas. Il fallait qu'elle arrête d'être aussi sentimentale.

– On serait mieux autour d'une table pour en discuter, fit Paolo. Tu veux aller dîner quelque part, après la pièce ? Pourquoi pas des bagels ? Je connais un pub qui en sert des vrais, comme à New York.

Jule savait que c'était de la folie, mais elle hocha la tête.

– OK, ça me va. Mais pour le moment, parlons de choses joyeuses.

Ils prirent leurs thés dans des gobelets en carton et se dirigèrent vers le coin libre-service avec les dosettes de crème et les cuillers.

– Je prends toujours deux sucres et une bonne grosse dose de crème, dit-il. Et toi ?

– Du citron, répondit Jule. J'ai besoin de quatre tranches de citron dans mon thé.

– Des choses joyeuses et distrayantes, disais-je, déclara Paolo comme ils se dirigeaient vers une table. Si on parlait de moi ?

– Rien ne pourra t'en empêcher, je suppose.

Il éclata de rire.

– Quand j'avais huit ans, je me suis cassé la cheville en sautant du toit de la voiture de mon oncle. J'avais un chien qui s'appelait Twister et un hamster prénommé St George. Je voulais devenir inspecteur de police. Je me suis rendu malade en mangeant trop de cerises, une fois. Et je ne suis sorti avec aucune autre fille depuis que tu m'as interdit de t'appeler.

Elle ne put retenir un sourire.

– Menteur.

– Je t'assure. Je suis venu ce soir avec Artie Thatcher.

– L'ami de ton père ?

– Je squatte chez lui. Il m'a dit que je n'avais rien vu de Londres tant que je n'avais pas vu la Royal Shakespeare Company. Et toi ?

Jule fut brutalement ramenée à la réalité.

Elle était venue avec Forrest.

Quelle idiote, quelle *incorrigible* idiote elle avait été de laisser Paolo la détourner de ses pensées.

Elle était sur le point de quitter le théâtre lorsqu'il lui avait caressé la joue avec ses lèvres. Ses doigts avaient effleuré les siens. Il avait remarqué ses mains, dit qu'il la trouvait jolie. Et aussi, qu'il avait envie de l'appeler tous les jours.

Paolo lui avait tant manqué.

Mais Forrest était ici.

Il ne fallait pas qu'ils se croisent. Paolo ne devait absolument pas tomber sur Forrest.

– Écoute, je suis obligée de…

Forrest apparut soudain à ses côtés, mou et indolent.

– Tu t'es trouvé un ami, dit-il à Jule comme s'il s'adressait à un petit chien.

Ils devaient partir, sur-le-champ. Jule bondit de sa chaise.

– Je ne me sens pas bien, annonça-t-elle. J'ai la migraine, j'ai mal au cœur. On peut rentrer ?

Elle saisit Forrest par le poignet et l'emmena vers la sortie.

– Tu allais très bien il y a une minute, dit-il en traînant les pieds derrière elle.

– C'était sympa de te revoir, lança-t-elle à Paolo. Ciao !

Elle espérait qu'il resterait assis sur sa chaise, mais il se leva pour les rattraper.

– Je suis Paolo Vallarta-Bellstone, dit-il en souriant à Forrest. Un ami d'Imogen.

– Il faut qu'on y aille, insista Jule.

– Et moi, Forrest Smith-Martin, répondit Forrest. Tu es au courant, j'imagine ?

– Partons, supplia Jule. *Maintenant.*

– Au courant de quoi ? s'étonna Paolo.

Il leur emboîta le pas tandis que Jule franchissait la sortie avec Forrest.

– Désolée, dit-elle. J'ai un problème. Prenons un taxi. Je t'en prie…

Ils se retrouvèrent dehors, sous une pluie battante. Le Barbican Centre avait de longues passerelles jusqu'à la rue. Jule entraîna Forrest sur l'une d'elles.

Paolo resta sous l'auvent de l'entrée, soucieux de ne pas se mouiller.

Jule héla un taxi noir, grimpa à l'intérieur et indiqua l'adresse de l'appartement, à St. John's Wood.

Là, enfin, elle prit une grande inspiration et se calma. Elle devait inventer un prétexte pour Forrest.

– J'ai oublié ma veste sur mon siège, grommela ce dernier. Tu es malade ?

– Non, pas vraiment.

– Alors que se passe-t-il ? Pourquoi est-ce qu'on rentre ?

– Ce type me harcèle.

– Paolo ?

– Oui. Il me téléphone sans arrêt. Genre, plusieurs fois par jour. SMS. E-mails. Je crois qu'il me suit.

– T'as de drôles d'amoureux.

– On ne sort pas ensemble. J'ai beau lui dire non, il ne comprend pas. C'est pour ça qu'il fallait que je m'en aille.

– Paolo Machin-Bellstone ? dit Forrest. C'est ça, son nom ?

– Ouais.

– Il a un lien de parenté avec Stuart Bellstone ?

– Aucune idée.

– Mais c'est bien son nom de famille, non ? Bellstone ? (Forrest sortit son portable.) Voyons ce que dit Wikipédia... Oui, c'est bien lui. Son père est Stuart Bellstone. Délit d'initié, bla-bla-bla... « *Il a un fils, Paolo Vallarta-Bellstone.* »

– J'imagine que c'est lui, commenta Jule. Pour ma part, je m'efforce de penser à lui le moins possible.

– Bellstone. Ça alors... Imogen le connaissait ?

– Oui. Non.

Elle s'empourpra.

– Oui ou non ?

– Leurs familles se connaissaient. On est tombées sur lui quand on est arrivées à Londres.

– Et maintenant, il te harcèle ?

– Oui.

– Ça ne t'est pas venu à l'esprit d'en parler à la police, rapport à la disparition d'Immie ?

– Ça n'a rien à voir.

– Tu n'en sais rien. Beaucoup de détails clochent dans cette affaire.

– Immie s'est suicidée, point à la ligne, répliqua-t-elle sèchement. Elle était dépressive, elle ne t'aimait plus et elle ne m'aimait pas assez pour rester en vie. Arrête de te faire croire que les choses auraient pu se passer autrement.

Forrest se mordilla la lèvre et ils gardèrent le silence un moment. Au bout d'une ou deux minutes, Jule lui jeta un regard en biais et vit qu'il pleurait.

Le lendemain matin, Forrest avait quitté l'appartement. Le canapé-lit était vide. Son sac de voyage n'était plus rangé dans le placard de l'entrée. Ses pulls pelucheux ne se trouvaient plus éparpillés aux quatre coins de la pièce. Son ordinateur avait disparu, ainsi que ses romans français. Il avait laissé sa vaisselle sale dans l'évier.

Jule songea qu'il allait lui manquer. Certes, elle ne voulait plus jamais le revoir. Mais elle regrettait qu'il soit parti sans lui expliquer pourquoi.

Que lui avait dit Paolo, la veille au soir? «*Je suis un ami d'Imogen*», et «*Au courant de quoi?*». Rien de plus.

Il n'avait pas entendu Paolo l'appeler *Imogen*, n'est-ce pas?

Non.

Peut-être.

Non.

Pourquoi Forrest s'était-il mis en tête de dénoncer Paolo à la police? Pensait-il qu'Imogen s'était fait assassiner par un harceleur? Pensait-il qu'Imogen avait entretenu une liaison avec lui? Pensait-il que Jule lui avait menti?

Elle fit ses bagages et partit s'installer dans une auberge de jeunesse dont elle avait entendu parler, située à l'autre bout de la ville.

15

TROISIÈME SEMAINE DE FÉVRIER 2017
LONDRES

Huit jours avant de partir pour l'auberge de jeunesse, Jule appela le portable de Forrest depuis l'appartement. Ses mains tremblaient. Elle était assise sur le plan de travail de la cuisine, à côté de la boîte à pain, les pieds ballants. Il était très tôt. Elle tenait à se débarrasser de ce coup de fil le plus vite possible.

– Salut, Jule, dit-il en décrochant. Imogen est revenue?

– Hélas, non.

– Ah. (Silence.) Alors pourquoi est-ce que tu m'appelles?

Le mépris dans sa voix était palpable.

– J'ai une mauvaise nouvelle, dit-elle. Je suis désolée.

– Quoi donc?

– Tu es où, là?

– Chez un vendeur de journaux. Ou plutôt, un *marchand* de journaux, comme disent les Anglais.

– Tu devrais sortir dehors.

– D'accord. (Jule attendit.) Alors, que se passe-t-il?

– J'ai retrouvé une lettre à l'appart. Signée d'Imogen.

– Quel genre de lettre?

– Elle était dans la boîte à pain. Je vais te la lire.

Jule tenait la feuille entre ses doigts. On y reconnaissait la signature d'Immie, avec ses lettres immenses et fantaisistes, son style et ses expressions préférées.

Salut, Jule. Quand tu liras ces mots, j'aurai avalé une surdose de somnifères. Puis j'aurai pris un taxi pour me rendre sur le Westminster Bridge.

J'aurai mis des cailloux dans mes poches. Plein de cailloux. J'en ai ramassé exprès pendant toute la semaine. Et je me serai noyée. Le fleuve m'aura engloutie, et je serai enfin soulagée.

Tu te demanderas pourquoi, j'en suis sûre. C'est difficile de donner une réponse. Rien ne va. Je ne me sens nulle part chez moi. D'ailleurs, je ne me suis jamais sentie chez moi où que ce soit. Et ça ne m'arrivera jamais.

Forrest ne comprendrait pas. Brooke non plus. Mais toi, oui – je suis certaine que tu me comprendras. Tu connais la vraie moi, celle que personne ne peut aimer. Si tant est qu'elle existe.

Immie.

– Oh mon Dieu. Oh mon Dieu… ! répéta Forrest.

Jule songea à la beauté de Westminster Bridge, avec ses voûtes de pierre et sa rambarde verte, ainsi qu'aux froides et puissantes eaux du fleuve qui s'écoulait en contrebas. Elle pensa au corps d'Immie, à son chemisier blanc flottant autour d'elle, son visage plongé dans l'eau, au milieu d'une mare de sang. Elle ressentait la perte d'Imogen Sokoloff dans sa chair, bien plus que Forrest n'en serait capable.

– Cette lettre date d'il y a plusieurs jours, annonça-t-elle à Forrest lorsqu'il se tut enfin. Elle est morte mercredi dernier.

– Tu m'as dit qu'elle était partie à Paris.

– Je le croyais, en effet.

– Peut-être qu'elle n'a pas sauté de ce pont.

– Elle a laissé une lettre d'adieu.

– Mais pourquoi ? Pourquoi se serait-elle suicidée ?

– Elle se sentait déracinée. Tu sais que c'est la vérité, tu la connaissais. Elle l'a dit dans sa lettre. (Jule déglutit et prononça les mots que Forrest aurait certainement envie d'entendre.) Et maintenant ? Je ne sais pas quoi faire. Tu es la première personne à qui j'en parle.

– J'arrive, répondit Forrest. Préviens la police.

Forrest arriva deux heures plus tard à l'appart, à bout de souffle et échevelé. Il avait rapporté ses affaires de l'hôtel et décréta qu'il allait dormir sur le canapé-lit du bureau jusqu'à ce que la situation soit réglée. Jule n'avait qu'à prendre la chambre. Aucun d'eux ne devrait rester seul, ajouta-t-il.

Elle n'avait aucune envie qu'il s'installe. Elle se sentait abattue et vulnérable. Avec Forrest, elle devrait conserver son armure en permanence. En même temps, il pouvait se montrer utile dans les moments de crise – au moins une qualité à son actif. Il s'attela à envoyer des textos et à passer des coups de fil, annonça la nouvelle avec une douceur et un tact que Jule n'aurait jamais soupçonnés en lui. Les Sokoloff, leurs connaissances de Martha's Vineyard, les copains de fac d'Immie : Forrest les contacta un par un avant de les rayer de la petite liste qu'il avait établie.

Jule appela la police londonienne. Les flics débarquèrent en force pendant que Forrest était au téléphone avec Patti. Ils confisquèrent la lettre manuscrite d'Imogen et prirent les dépositions des deux jeunes gens.

La police déclara qu'Immie ne semblait pas avoir fugué. Ses valises étaient encore rangées dans le placard, ainsi que ses vêtements. Ils retrouvèrent son portefeuille et ses cartes de crédit dans un sac. Son ordinateur avait disparu, en revanche, ainsi que son permis de conduire et son passeport.

Forrest demanda à l'un des policiers si la lettre d'adieu ne pourrait pas être un faux.

– Un kidnappeur a peut-être voulu brouiller les pistes,

expliqua-t-il. Ou peut-être l'a-t-on forcée à l'écrire ? Y a-t-il un moyen de le savoir ?

– Forrest, la lettre était dans la boîte à pain, lui rappela délicatement Jule. Immie l'a laissée là exprès, à mon attention.

– Pourquoi aurait-on kidnappé miss Sokoloff ? s'étonna le policier.

– L'argent. Quelqu'un aurait pu l'enlever pour demander une rançon. C'est bizarre que son ordi ait disparu. Ou alors, elle a été assassinée. Par la personne qui l'a obligée à écrire la lettre.

Les policiers écoutèrent Forrest égrener ses théories. Ils lui firent remarquer qu'il faisait lui-même figure de suspect idéal : l'ex-petit ami, récemment arrivé en ville à la recherche de la disparue. Mais ils s'empressèrent d'ajouter qu'ils ne soupçonnaient rien de criminel dans cette affaire. Ils cherchèrent des traces de lutte dans l'appartement, en vain.

Forrest insista, en affirmant qu'Imogen aurait pu se faire enlever hors de chez elle, mais les policiers lui rappelèrent l'histoire de la boîte à pain.

– Sa lettre de suicide est on ne peut plus claire, conclurent-ils.

Ils demandèrent si c'était bien son écriture, et Jule le leur confirma. Ils posèrent la question à Forrest, qui répondit la même chose. Ou du moins, que ça y ressemblait beaucoup.

Jule leur remit le portable anglais d'Imogen. Il comportait seulement la trace d'une poignée d'appels à des musées locaux et des échanges d'e-mails avec ses parents, Forrest, Vivian Abromowitz, et quelques autres personnes que Jule fut en mesure d'identifier. Les policiers demandèrent à voir les relevés bancaires d'Immie. Jule leur donna des documents imprimés depuis l'ordinateur disparu. Ils étaient rangés dans l'un des tiroirs du bureau.

Les policiers promirent d'inspecter le fleuve pour retrouver le corps, en précisant toutefois que s'il était réellement lesté avec des pierres, il ne remonterait pas à la surface avant un moment. Il avait sans doute été emporté loin de Westminster Bridge par le courant.

Quand bien même on la retrouverait, cela prendrait des jours, voire des semaines.

14

FIN DÉCEMBRE 2016
LONDRES

Six semaines plus tôt, Jule mettait le pied à Londres pour la première fois. C'était le lendemain de Noël. Elle prit un taxi pour l'hôtel où elle avait réservé une chambre. Les billets anglais étaient si grands qu'elle avait du mal à les ranger dans son portefeuille. La course lui coûta les yeux de la tête, mais c'était sans importance. Elle avait de quoi payer.

L'hôtel était une vieille bâtisse d'allure classique, mais entièrement modernisée à l'intérieur. Un homme vêtu d'une veste à carreaux se tenait assis à la réception. Il avait bien sûr reçu sa réservation et conduisit personnellement Jule à sa chambre. Il lui parla de choses et d'autres tandis qu'un groom portait ses bagages. Elle adorait son accent britannique si charmant, comme s'il sortait d'un roman de Dickens.

Les murs de sa suite étaient tapissés de papier peint noir et blanc en toile de Jouy. De lourdes tentures encadraient les fenêtres. La salle de bains bénéficiait d'un sol chauffant. Les serviettes couleur crème étaient incrustées d'un discret motif à damier. Des savonnettes à la lavande étaient emballées dans du papier brun.

Jule appela le service d'étage pour se commander un steak.

Lorsqu'on le lui apporta, elle le dévora et but deux grands verres d'eau. Puis dormit dix-huit heures d'affilée.

À son réveil, elle se sentait merveilleusement bien.

C'était une nouvelle ville dans un pays étranger, la ville de *La Foire aux vanités* et des *Grandes Espérances*. C'était la ville d'Immie, mais Jule saurait se l'approprier pour la faire sienne, tout comme elle avait adopté les romans préférés de son amie.

Elle écarta les rideaux. Londres s'étendait sous ses yeux. Bus rouges et taxis noirs grouillaient dans les rues étroites. Les bâtiments semblaient dater de plusieurs siècles. Elle pensa à toutes ces vies qui suivaient leur cours, à ces gens qui roulaient à gauche, mangeaient des *crumpets*, sirotaient leurs tasses de thé et regardaient des émissions anglaises à la télé.

Jule se sentit libérée du fardeau de la culpabilité et du chagrin, comme on se déleste d'une mue. Elle se voyait comme une guerrière solitaire, une super-héroïne au repos, une espionne. Elle avait plus de courage que les clients de cet hôtel, plus de courage que tout Londres réuni, plus de courage que quiconque et de loin.

Au cours de l'été à Martha's Vineyard, Immie avait expliqué à Jule qu'elle possédait un appartement à Londres. « Les clés sont là, avait-elle ajouté en tapotant son sac. On pourrait y aller, genre, demain. »

Mais elle n'en avait plus jamais reparlé.

Jule contactait à présent le concierge de l'immeuble pour le prévenir de l'arrivée d'Imogen à Londres. Serait-il possible de faire le ménage sur place et d'aérer ? D'acheter quelques produits frais, des fleurs ? Oui, absolument, tout serait réglé.

Quand l'appartement fut prêt, la clé d'Immie tourna parfaitement dans la serrure. Il s'agissait d'un grand trois pièces avec bureau et chambre à coucher situé à St. John's Wood, dans un quartier très commerçant, au dernier étage d'une maison de ville blanche. Ses fenêtres donnaient sur des arbres. Les placards étaient garnis de serviettes de bain moelleuses et de draps finement rayés. Pas de cabine de douche, mais une baignoire. Le frigo était minuscule, et la cuisine, à peine équipée. Immie avait meublé cet appartement avant de savoir cuisiner. Mais ça n'avait aucune importance.

Au mois de juin, après la remise des diplômes de terminale, Jule savait qu'Imogen s'était envolée pour Londres, afin de suivre un stage d'été. Elle en avait profité pour s'acheter cet appartement avec la bénédiction de son conseiller financier. La transaction s'était effectuée sans problème, et Immie et ses amis avaient chiné dans les boutiques d'antiquaires de Portobello Road et au rayon textile de chez Harrods. La jeune femme avait recouvert la porte d'entrée de Polaroid datant de ce fameux été – il devait y en avoir une bonne cinquantaine. Sur la plupart de ces images, on la voyait entourée d'une joyeuse bande de filles et de garçons, posant devant divers lieux touristiques comme la Tour de Londres ou Madame Tussauds.

Jule rangea toutes les affaires d'Immie et enleva les photos. Elle les jeta et descendit le sac jusqu'au local à poubelles souterrain.

Au fil des semaines suivantes, Jule s'acheta un nouvel ordinateur et balança les deux anciens à l'incinérateur. Elle se mit à fréquenter les musées et les restaurants, à manger des steaks dans de petits établissements feutrés et des burgers dans des pubs bruyants. Elle se montrait charmante avec les serveurs. Elle discutait avec les libraires et se présentait sous le nom d'Immie. Elle entamait la conversation avec les touristes (ces gens de passage) et il lui arrivait même de déjeuner ou de se rendre au théâtre avec eux. Elle se sentait comme elle imaginait qu'Immie devait se sentir : bienvenue partout. Elle faisait du sport chaque jour et ne mangeait que ce qui lui plaisait. À ces deux détails près, elle vivait exactement la vie d'Imogen.

Au début de sa troisième semaine à Londres, Jule alla visiter le musée de Madame Tussauds. C'était une attraction touristique célèbre, avec ses statues de cire d'acteurs bollywoodiens, de membres de la famille royale et de stars de boys band à fossettes. L'endroit grouillait de jeunes Américains bruyants, accompagnés de leurs parents exaspérés.

Jule était en train d'examiner la statue de Charles Dickens, assis d'un air morose sur une simple chaise en bois, quand quelqu'un s'adressa à elle.

– S'il vivait à notre époque, déclara Paolo Vallarta-Bellstone, il aurait rasé son crâne dégarni.

– S'il vivait à notre époque, rétorqua Jule, il écrirait des séries télé.

– Tu te souviens de moi ? dit le jeune homme. Paolo. On s'est croisés l'été dernier à Martha's Vineyard. (Sourire timide aux lèvres, il était vêtu d'un vieux jean et d'un tee-shirt orange pâle. Une paire de Vans éculées aux pieds. Jule savait qu'il avait bourlingué avec son sac à dos.) T'as changé tes cheveux, ajouta-t-il. J'étais pas sûr que c'était toi, au début.

Il était sublime. Jule avait oublié à quel point il était beau. Elle l'avait embrassé, une fois. Ses fins cheveux noirs lui balayaient le visage. Ses joues trahissaient un léger excès de soleil, ses lèvres semblaient un peu gercées. Il était peut-être allé skier.

– Je me souviens de toi, dit-elle. Tu n'arrives pas à te décider entre le coulis au caramel et le chocolat chaud, tu as mal au cœur sur les manèges, tu deviendras peut-être médecin un jour. Tu sais jouer au golf, ce qui est franchement la honte ; tu voyages aux quatre coins du monde, ce qui est fascinant ; tu suis les filles dans les musées et tu leur sautes dessus pendant qu'elles admirent les statues de cire d'écrivains célèbres.

– Je n'ai qu'un mot à dire : merci. Malgré ta remarque désobligeante sur le golf. Je suis heureux que tu te souviennes de moi. Tu as lu ses bouquins ? fit Paolo en désignant Dickens. J'étais censé l'étudier en classe, mais j'ai renoncé.

– J'adore.

– Quel est le meilleur, selon toi ?

– *Les Grandes Espérances.*

– Ça parle de quoi ?

Paolo ne regardait pas la statue de cire. Les yeux rivés sur Jule, il lui caressa lentement le bras pendant qu'elle répondait à sa question. C'était un geste plein d'aplomb, quelques secondes à peine après leurs retrouvailles. Jule ne laissait personne la toucher, d'habitude. Mais avec Paolo, c'était différent. Il était si doux.

– Un orphelin tombe amoureux d'une fille riche, dit-elle. Prénommée Estella. Toute son éducation la pousse à briser le cœur des hommes, et il se pourrait bien qu'elle n'en possède pas elle-même. Elle a été élevée par une vieille folle qui s'est fait larguer le jour de son mariage.

– Donc, cette Estella brise le cœur de l'orphelin ?

– À plusieurs reprises. Délibérément. Elle ne sait pas comment faire autrement. Briser les cœurs est son unique pouvoir en ce monde. (Ils s'éloignèrent de Dickens pour aller explorer une salle.) Tu es seul, à Londres ? voulut savoir Jule.

– Je squatte chez un pote de mon père depuis quelques jours. Il veut me faire visiter la ville, sauf qu'il doit s'asseoir tout le temps. Artie Thatcher, tu connais ?

– Non.

– Sa sciatique lui fait un mal de chien. Il est resté au salon de thé.

– Et que viens-tu faire ici ?

– J'ai visité l'Espagne, le Portugal, la France, l'Allemagne, les Pays-Bas et la France à nouveau. Avant d'arriver ici. Je voyageais avec un pote, mais il est rentré chez lui pour Noël. J'avais pas trop envie de faire comme lui, alors je suis venu passer les fêtes chez Artie. Et toi ?

– J'ai un appart ici.

Paolo se pencha vers elle et désigna un couloir plongé dans le noir.

– Tiens, c'est la chambre des Horreurs, par là. Tu veux bien m'accompagner ? J'ai peur…

– Peur de quoi ?

– Des statues de cire flippantes, bien sûr ! répondit Paolo. C'est le rendez-vous des pires criminels de l'histoire. J'ai regardé sur le Net. Ça regorge de sang et de tripes à l'air.

– Et tu veux voir ça ?

– J'adore le sang et les tripes à l'air. Mais pas tout seul, dit-il en souriant. Tu veux bien me protéger des fous échappés de l'asile, Imogen ?

Ils avaient atteint le seuil de la chambre des Horreurs.

– Bien sûr, répondit Jule. Compte sur moi.

Elle n'avait jamais eu trois amoureux à Stanford.

Elle n'avait jamais eu trois amoureux nulle part. Ni même un seul.

Jule n'avait pas besoin de mecs dans sa vie. Elle n'était même pas sûre d'aimer les garçons, ni d'aimer *qui que ce soit*.

Elle était censée retrouver Paolo à vingt heures. Elle se brossa les dents trois fois de suite et changea de tenue à deux reprises. Elle s'aspergea d'une bouffée de jasmin.

Lorsqu'elle l'aperçut près du manège où ils s'étaient donné rendez-vous, elle tourna discrètement les talons et repartit. Paolo était en train de regarder un performeur de rue, emmitouflé dans son écharpe pour résister aux assauts du vent glacial de janvier.

Jule se dit qu'elle devrait se tenir à distance des autres. Personne ne méritait qu'elle prenne de tels risques. Elle allait partir, elle s'apprêtait à le faire... quand Paolo l'aperçut et accourut dans sa direction, à toute vitesse, comme un petit garçon, pour piler net juste avant de lui rentrer dedans. Il la fit tournoyer par les poignets en s'exclamant :

– Wow, c'est comme dans un film ! Tu te rends compte qu'on est à Londres ? Tout ce qu'on connaît est de l'autre côté de l'Océan.

Il avait raison. De l'autre côté de l'Océan.

Tout allait bien se passer, ce soir.

Paolo l'emmena se promener le long de la Tamise. Des artistes jouaient de l'accordéon en marchant sur des cordes raides tendues à quelques centimètres du sol. Ils flânèrent dans une librairie, et Jule leur acheta de la barbe à papa. Tout en grignotant leurs nuages roses et sucrés, ils poursuivirent la promenade jusqu'au Westminster Bridge.

Paolo la prit par la main, et elle se laissa faire. De temps à autre, il lui caressait le poignet avec le pouce. Ce seul geste lui envoyait des ondes de chaleur le long du bras. Elle n'en revenait pas que son toucher lui apporte un tel réconfort.

Le Westminster Bridge était constitué d'une enfilade de voûtes de pierre dans les tons gris et verts. La lumière des lampadaires se reflétait dans le flot tumultueux de la Tamise en contrebas.

– Le pire truc dans cette chambre des Horreurs, déclara Paolo, c'était quand même Jack l'Éventreur. Tu sais pourquoi ?

– Non ?

– Primo, parce qu'il ne s'est jamais fait prendre. Et deuzio, parce qu'une rumeur affirme qu'il s'est jeté de ce pont.

– Arrête…

– C'est vrai. Il se tenait probablement ici même quand il a sauté. Je l'ai lu sur le Net.

– C'est absurde, répondit Jule. Personne ne connaît la véritable identité de Jack l'Éventreur.

– T'as raison, concéda-t-il. C'est n'importe quoi.

Il l'embrassa sous le lampadaire. Comme dans une scène de film. La pierre était luisante d'humidité dans le brouillard. Leurs manteaux claquaient dans le vent. Jule frissonna dans l'air glacé de la nuit, et Paolo enroula son bras bien chaud autour de ses épaules.

Il l'embrassa comme s'il ne pouvait rien imaginer de plus merveilleux sur cette planète, car n'était-ce pas magique, la meilleure des sensations ? Comme s'il savait qu'elle ne laissait personne l'approcher à part lui, et qu'il était l'homme le plus chanceux au monde. Jule avait la sensation que le fleuve sous ses pieds bouillonnait dans les veines.

Elle voulait être elle-même, avec lui.

Elle se demanda si elle l'était vraiment. Si elle pourrait continuer à l'être.

Et si quelqu'un pourrait jamais l'aimer pour ce qu'elle était.

Ils cessèrent leur étreinte et marchèrent en silence pendant une minute. Quatre jeunes femmes éméchées traversaient le pont dans l'autre sens en titubant sur leurs talons hauts.

– J'arrive pas à croire qu'ils nous ont foutues dehors, grommelait l'une d'elles, la voix pâteuse.

– Les cons, alors qu'on venait dépenser notre argent, renchérit une autre.

Leurs accents étaient typiques de la région du Yorkshire.

– Oooh, il est trop mignon, lui !

La première venait de repérer Paolo, à trois mètres.

– Vous croyez qu'il aurait envie de boire un verre ?

– T'es incorrigible !

L'une s'adressa directement à lui :

– Si t'as envie de t'amuser, jeune homme, tu peux te joindre à nous.

Paolo rougit.

– Pardon ?

– Tu veux nous suivre ? demanda-t-elle. Toi tout seul.

Paolo fit non de la tête. Les femmes s'éloignèrent en gloussant, et il les suivit du regard jusqu'à l'autre extrémité du pont. Puis il reprit la main de Jule.

Mais l'atmosphère avait changé. Ils ne savaient plus quoi se dire.

– Tu connaissais Brooke Lannon ? finit par lui demander Paolo.

Quoi ?

L'amie d'Imogen. Brooke. Quel lien Paolo avait-il avec elle ?

Jule prit un ton désinvolte.

– Oui, de Vassar. Pourquoi ?

– Brooke… est décédée la semaine dernière, répondit Paolo, les yeux rivés au sol.

– Quoi ? Oh non…

– Je ne voulais pas te l'annoncer comme ça. Je viens juste de réaliser que vous fréquentiez la même fac. C'est sorti tout seul.

– Tu la connaissais bien ?

– Pas vraiment. Elle était copine de colo avec ma sœur.

– Que s'est-il passé ?

Jule avait désespérément envie de savoir, mais elle s'efforça de maîtriser le ton de sa voix.

– C'était un accident. Pendant une rando dans un parc au nord de San Francisco. Elle séjournait chez des potes qui étudiaient là-bas, mais ils étaient trop occupés ou je ne sais quoi, donc elle a décidé d'aller se balader toute seule. C'était une simple excursion à la sortie de la ville, mais il se faisait tard, et la nuit commençait à tomber. Elle était seule dans cette réserve naturelle. Et elle… elle est tombée d'une passerelle. Dans un ravin.

– Elle est tombée ?

– On pense qu'elle avait bu. Elle s'est heurté le crâne et personne ne l'a retrouvée avant ce matin. Sauf quelques bêtes sauvages. Le corps était dans un sale état, apparemment.

Jule frissonna. Elle repensa à Brooke Lannon, à son rire bruyant et m'as-tu-vu. Brooke, qui picolait toujours trop.

Brooke et son humour retors, ses cheveux blonds et lisses, sa silhouette de phoque. Son air souverain et imbu d'elle-même. L'idiote, la jolie, la cruelle Brooke.

– Comment peut-on savoir avec certitude ce qui lui est arrivé ?

– Elle est passée par-dessus la rambarde. Peut-être qu'elle avait grimpé dessus pour voir quelque chose. On a retrouvé sa voiture sur le parking avec une bouteille de vodka vide à l'intérieur.

– Suicide ?

– Non. Simple accident. C'était aux infos aujourd'hui, raconté comme un avertissement. Genre, ne partez jamais seul en rando, ne buvez pas de vodka avant d'aller crapahuter en bordure d'un ravin. Sa famille s'est inquiétée de ne pas la voir rentrer pour les fêtes, mais la police a cru à une disparition volontaire.

Jule sentit un frisson étrange la parcourir. Elle n'avait pas repensé à Brooke depuis son arrivée à Londres. Elle aurait pu chercher de ses nouvelles sur le Net, mais elle ne l'avait pas fait. Elle l'avait complètement effacée de sa mémoire.

– Tu es sûr que c'était un accident ?

– Un accident affreux, oui, répondit Paolo. Je suis désolé.

Ils marchèrent un moment dans un silence de plomb.

Paolo descendit son bonnet sur ses oreilles.

Au bout d'un instant, Jule lui reprit la main. Elle avait envie de le toucher. L'admettre et faire le premier pas lui apparaissait comme le geste de bravoure le plus immense qu'elle avait accompli de toute sa vie.

– N'y pensons plus, dit-elle. Savourons notre chance d'être de l'autre côté de l'Océan.

Elle le laissa la raccompagner chez elle, et il l'embrassa une dernière fois sur le perron de son immeuble. Ils restèrent blottis dans les bras l'un de l'autre pour se réchauffer au milieu des jolis flocons de neige qui tourbillonnaient autour d'eux.

Le lendemain matin, de bonne heure, Paolo débarqua à l'appart avec un sac de toile léger pendu à l'épaule. Jule était en pyjama et débardeur lorsqu'il sonna à l'interphone. Elle le fit attendre dans le couloir tandis qu'elle s'habillait.

– J'emprunte la maison d'un ami dans le Dorset, dit-il en la suivant dans la cuisine. Et j'ai loué une voiture. Tout ce dont un être humain peut avoir besoin lors d'un week-end à la campagne est contenu dans ce sac.

Jule jeta un coup d'œil à l'intérieur : quatre barres Crunchie, des Hula Hoops, des Swedish Fish, deux bouteilles d'eau gazeuse et un paquet de chips au vinaigre.

– Tu n'as pas pris de vêtements. Ni ta brosse à dents.

– C'est bon pour les petits joueurs.

Elle s'esclaffa.

– Dégoûtant !

– OK, j'avoue : mon sac à dos est dans le coffre. Mais le vrai trésor est là-dedans, insista Paolo. On apercevra même Stonehenge en route. Tu y es déjà allée ?

– Non.

Jule était très curieuse de voir Stonehenge, à vrai dire. Il en était question dans le roman de Thomas Hardy qu'elle s'était acheté dans une librairie de San Francisco. De toute façon, elle avait envie de *tout* voir (c'était son état d'esprit du moment – voir tout ce qu'elle n'avait pas encore vu de Londres, de l'Angleterre et du reste du monde), envie de se sentir libre, puissante, et oui, riche du privilège de pouvoir explorer et comprendre ce qui l'entourait.

– Ça apportera une petite touche de mystère païen, ce sera

chouette, commenta Paolo. Quand on arrivera à la maison, on pourra se promener dans la campagne et admirer les moutons dans les prés. Ou les prendre en photo. Voire les caresser. Ce que font les gens à la campagne, quoi.

– Serait-ce une invitation officielle ?

– Absolument ! Et on dormira dans des chambres séparées. Si on veut.

Il eut un geste d'hésitation, comme s'il n'était pas sûr d'être le bienvenu. Comme si, peut-être, il était allé un peu trop vite.

– Tu es nerveux, fit-elle observer, histoire de gagner du temps.

Elle mourait d'envie de dire oui. Elle savait que c'était une bêtise.

– J'avoue, très nerveux.

– Pourquoi ?

Paolo ne répondit pas tout de suite.

– Je joue gros, cette fois. Ta réponse est très importante pour moi.

Il se leva lentement et l'embrassa dans le cou. Elle se laissa aller contre lui. Il tremblait un peu. Elle lui déposa un baiser sur le lobe de l'oreille, qu'il avait tout doux, puis sur les lèvres, dressée au milieu de la cuisine sur la pointe des pieds.

– Ça veut dire oui ?

Jule savait qu'elle ne devrait pas y aller.

C'était de la folie. Elle avait renoncé à cette possibilité depuis très longtemps. L'amour était ce qu'il fallait laisser derrière soi quand on devenait... ce qu'elle était devenue à présent. Géante. Dangereuse. Elle avait pris des risques, elle s'était réinventée.

Maintenant, ce garçon se tenait dans sa cuisine, tout tremblant au moment de l'embrasser, avec un sac rempli de *junk food* et d'eau gazeuse suspendu à son épaule. À déblatérer sur la campagne et les moutons.

Jule traversa la pièce pour se laver les mains à l'eau du lavabo. Elle avait l'impression que l'univers lui offrait un cadeau unique et merveilleux. Cette belle occasion ne risquait pas de se présenter une seconde fois.

Paolo la rejoignit et posa sa main sur son épaule, avec une délicatesse infinie, comme s'il lui demandait la permission. Comme émerveillé d'avoir le droit de la toucher.

Jule se retourna et lui dit oui.

Stonehenge était fermé.

Il pleuvait.

On ne pouvait s'approcher des monolithes à moins d'avoir réservé des billets à l'avance. Jule et Paolo aperçurent bien quelques rochers de loin, sur la route. Mais près du centre d'information du site, on ne voyait rien.

– Je t'ai promis un mystère païen et on se retrouve sur un parking, plaisanta Paolo avec amertume comme ils regagnaient la voiture.

– Ça ne fait rien.

– Je sais comment marche Internet.

– Oh, ne t'inquiète pas. J'ai surtout hâte de voir les moutons, à vrai dire.

Il sourit.

– Vraiment ?

– Mais oui. Tu me garantis la présence des moutons ?

– Tu es sérieuse ? Parce que non, je ne garantis pas les moutons, et je m'en voudrais de te décevoir une seconde fois.

– T'inquiète. Je me fiche pas mal des moutons.

Paolo secoua la tête d'un air dépité.

– J'aurais dû m'en douter. Un troupeau de moutons, ça ne vaut pas Stonehenge. C'est ainsi. Même les meilleurs ruminants ne remplaceront jamais des mégalithes du néolithique.

– Mangeons des Swedish Fish, dit-elle pour lui remonter le moral.

– Bonne idée, répondit-il. C'est ce que j'appelle un plan idéal.

Ce n'était pas une maison. C'était un manoir. C'est-à-dire une maison immense, mais construite au dix-neuvième siècle. Avec un parc tout autour et un grand portail à l'entrée. Paolo avait le code pour l'ouvrir. Il tapota les numéros sur le clavier et s'engagea dans une allée courbe.

La façade de briques était couverte de lierre. Une vaste pelouse avec rosiers et bancs de pierre s'étendait en pente douce d'un côté de l'édifice jusqu'à un kiosque rond en bordure d'un ruisseau.

Paolo fouilla dans ses poches.

– J'ai les clés quelque part.

Il pleuvait à verse, désormais. Ils se tenaient devant la porte, leurs bagages à la main.

– Bon sang, où est-ce qu'elles sont ? maugréa Paolo en palpant les poches de son manteau, celles de son jean, puis à nouveau celles de son manteau. Les clés, les clés...

Il fouilla dans son sac de toile. Dans son sac à dos. Courut même vérifier à l'intérieur de la voiture.

Assis devant l'entrée, à l'abri de la pluie, il vida le contenu entier de ses poches par terre. Puis celui de son sac. Et de son paquetage.

– Tu n'as pas les clés, conclut Jule.

– Non, je ne les ai pas.

C'était un escroc, un mythomane. Il ne s'appelait pas du tout Paolo Vallarta-Bellstone. Quelle preuve Jule avait-elle ? Ni papiers d'identité ni photo en ligne. Elle n'avait que sa parole, son attitude, sa familiarité avec les proches d'Imogen.

– Tu es vraiment ami avec ces gens ? lui demanda-t-elle en s'efforçant de prendre un ton désinvolte.

– C'est la maison de campagne de mon pote Nigel. J'y ai passé l'été en tant qu'invité, personne ne l'utilise en ce moment et je... je connaissais le code, pas vrai?

– Je te crois, bien sûr, mentit-elle.

– Faisons le tour par-derrière pour voir si la cuisine est ouverte, suggéra-t-il. Il y a un jardin potager qui date de... de l'époque des jardins potagers. Je crois qu'on dit «les temps anciens», dans le jargon technique.

Leurs manteaux sur la tête, ils s'élancèrent sous la pluie en riant et en courant dans les flaques d'eau.

Paolo tenta d'ouvrir la porte de la cuisine. Verrouillée. Il examina les alentours, souleva des pierres à la recherche d'un hypothétique double des clés pendant que Jule restait blottie sous le parapluie.

Elle sortit son téléphone et lança une recherche d'images sur son nom.

Ouf. C'était bien lui. Paolo Vallarta-Bellstone. On le voyait en photo lors d'un gala de charité ultrachic, sans cravate, posant à côté de ses parents. Sur un terrain de foot avec ses coéquipiers. À la cérémonie de remise des diplômes du lycée, avec des bagues dentaires et une coupe de cheveux atroce : son portrait officiel, trouvé sur le blog d'une grand-mère qui n'avait que trois posts à son actif.

Paolo finit par renoncer. Il avait les cheveux trempés.

– Les fenêtres sont équipées d'une alarme, dit-il. Je crois que c'est foutu.

– Qu'est-ce qu'on fait, maintenant?

– Je propose qu'on aille s'embrasser sous le kiosque, dit-il.

La pluie ne s'arrêta jamais.

Ils reprirent la route de Londres dans leurs vêtements trempés et s'arrêtent dans un pub pour manger des trucs frits.

Paolo se gara au pied de l'immeuble de Jule. Il ne l'embrassa pas, se contenta de prendre ses mains dans la sienne.

– Je t'aime beaucoup, dit-il. J'ai pensé… Je crois que c'était clair, non ? Mais j'ai pensé qu'il fallait que je te le dise.

Jule l'aimait beaucoup, elle aussi. Elle aimait bien qui elle était avec lui.

Mais ce n'était pas elle-même. Elle ignorait ce que Paolo aimait en elle – ou plutôt *qui* il aimait.

Peut-être Immie. Peut-être Jule.

Elle ne savait plus où tracer la frontière entre elles deux. Jule sentait le jasmin comme Imogen, s'exprimait comme Imogen, aimait les mêmes livres qu'Imogen. C'était la vérité. Comme Immie, Jule était une orpheline, une autodidacte, une femme au passé mystérieux. Imogen avait beaucoup déteint sur Jule. Et Jule avait mis beaucoup d'elle-même en Imogen.

Mais Paolo croyait que Patti et Gil étaient ses parents. Il croyait qu'elle allait à la fac avec cette pauvre Brooke Lannon. Il la croyait issue d'une famille juive, fortunée et propriétaire d'un appart à Londres. Ces mensonges faisaient partie de ce qu'il aimait en elle. Elle ne pouvait pas lui avouer la vérité. Et quand bien même elle le ferait, il la haïrait de lui avoir menti.

– On ne doit plus se revoir, dit-elle.

– Hein ?

– On ne doit plus se revoir. Pas comme ça. C'est terminé.

– Pourquoi ?

– Je ne peux pas.

– Tu as quelqu'un d'autre, c'est ça ? Tu as un petit ami ? Je peux prendre un ticket et attendre mon tour, tu sais.

– Non. Si. Enfin… non.

– Oui ou non ? Je ne peux pas te faire changer d'avis ?

– Je ne suis pas disponible.

Elle aurait pu prétendre qu'elle avait déjà un copain, mais elle n'avait plus envie de lui mentir.

– Pourquoi ça ?

Elle actionna la poignée de sa portière.

– Parce que je n'ai pas de cœur.

– Attends…

– Non.

– Je t'en prie.

– Il faut que j'y aille.

– Tu as passé un mauvais moment ? Je veux dire, en dehors de la pluie, de l'échec complet de Stonehenge, de la maison de campagne et des moutons ? Bref, en dehors du fait que cette journée n'a été qu'une succession de catastrophes ?

Jule aurait voulu rester dans la voiture. Caresser délicatement les lèvres de Paolo, se détendre dans la peau d'Immie et laisser les mensonges s'empiler les uns sur les autres.

Mais c'était impossible.

– Fous-moi la paix, OK ? asséna-t-elle sèchement.

Elle ouvrit sa portière en grand et sortit sous la pluie battante.

Deux semaines s'écoulèrent. Jule s'épila soigneusement les sourcils. Elle dévalisa les boutiques en s'achetant des tonnes de jolies fringues très chères. Elle fit l'acquisition de livres de recettes qu'elle rangea dans la cuisine sans jamais s'en servir. Elle se rendit au ballet, au théâtre et à l'opéra. Elle vit tout ce qu'il y avait à voir, des sites historiques de la ville aux musées, en passant par les édifices célèbres. Elle china chez les antiquaires sur Portobello Road.

Un soir, tard, Forrest se pointa à l'appart. Alors qu'elle le croyait aux États-Unis.

Jule ravala sa panique tant bien que mal en regardant à travers l'œilleton de la porte. Elle aurait voulu ouvrir la fenêtre pour escalader la gouttière jusqu'au toit, sauter sur l'immeuble voisin et fuir, juste fuir cet endroit. Elle aurait voulu modifier la forme de ses sourcils, son maquillage, sa coiffure et...

Il sonna une seconde fois. Jule se contenta d'enlever ses bagues et de troquer sa maxirobe contre un jogging et un tee-shirt. Elle alla se planter devant la porte et se souvint qu'elle avait toujours envisagé le risque de voir débarquer Forrest. C'était l'appart d'Immie, après tout. Elle avait une stratégie. Elle saurait le gérer. Elle tourna le verrou.

– Forrest. Quelle surprise, ça me fait plaisir de te voir.

– Salut, Jule.

– T'as l'air crevé. Tout va bien ? Entre.

Il avait un petit sac de voyage. Elle le lui prit des mains et l'emporta à l'intérieur.

– Je descends à peine de l'avion, dit-il en se frottant le menton, les yeux plissés derrière ses lunettes.

– T'as pris un taxi depuis l'aéroport d'Heathrow ?

– Oui. (Il l'observait froidement.) Je peux savoir ce que tu fais là ? Chez Imogen ?

– Je squatte ici quelque temps. Elle m'a filé ses clés.

– Où est-elle ? J'aimerais la voir.

– Elle n'est pas rentrée hier soir. Comment as-tu trouvé l'adresse ?

– C'est Mrs Sokoloff qui me l'a donnée. (Il baissa les yeux, mal à l'aise.) Le vol était interminable. Je peux avoir un verre d'eau ?

Jule l'emmena dans la cuisine. Elle lui servit un simple verre d'eau du robinet sans y ajouter de glaçons. Elle avait posé un grand bol plein de citrons sur le plan de travail, parce que c'était son idée de la manière dont on devait décorer une cuisine, mais rien dans les placards ou dans le frigo ne ressemblait au genre de produit qu'aurait acheté Imogen. Jule se nourrissait de crackers salés et de beurre de cacahuètes sucré, de salami en tranches et de barres chocolatées. Pourvu que Forrest ne réclame pas à manger.

– Tu m'as dit qu'Immie était partie où ça, déjà ?

– Je t'ai juste dit qu'elle n'était pas là.

– Mais, Jule...

Il lui prit le bras. L'espace d'un instant, elle eut peur de lui, peur de ses mains pressées autour de sa manche, malgré sa silhouette frêle et son absence totale de force physique.

– Si elle n'est pas là, où est-elle ?

Il prononça ces mots d'un ton lent. Elle détestait la sensation de la proximité de son corps.

– Ôte tes sales pattes, lâcha-t-elle. Je t'interdis de me toucher. C'est compris ?

Il la relâcha et entra dans le salon, où il s'affala sur le canapé sans attendre d'y être invité.

– Je crois que tu sais très bien où elle est. Voilà tout.

– Elle est peut-être allée à Paris pour le week-end. C'est très rapide, d'ici, par le tunnel sous la Manche.

– Paris ?

– Simple hypothèse.

– Est-ce qu'elle t'a donné pour consigne de ne pas me dire où elle allait ?

– Non. On ne s'attendait même pas à ton arrivée.

Forrest se renversa en arrière contre le canapé.

– J'ai besoin de la voir. Je lui ai envoyé un SMS, mais je crois qu'elle m'a bloqué.

– Elle a un portable anglais avec un numéro différent.

– Elle ne répond pas non plus à mes mails. C'est pour ça que j'ai fait le voyage jusqu'ici. J'espérais pouvoir lui parler.

Jule leur prépara du thé pendant que Forrest appelait des hôtels. Il dut en contacter une bonne douzaine avant de trouver une chambre disponible pour quelques jours.

Il avait eu l'arrogance de croire qu'Imogen l'hébergerait chez elle.

13

MI-DÉCEMBRE 2016
SAN FRANCISCO, CALIFORNIE

Deux jours avant son arrivée à Londres, Jule randonnait sur une colline de San Francisco avec une statue de lion dans son sac à dos.

Elle adorait cette ville. Cela ressemblait en tout point à la description qu'Immie en avait faite, vallonnée et provinciale, chère et élégante. Aujourd'hui, Jule s'était rendue à une exposition de céramique à l'Asian Art Museum sur les conseils insistants de sa logeuse.

Maddie Chung était une femme simple, quinquagénaire et lesbienne. Elle portait des jeans et fumait sur le porche de sa maison. Elle possédait également une petite librairie. Jule lui payait un loyer en liquide chaque semaine pour vivre dans l'appartement situé au dernier niveau de sa maison victorienne. Maddie et sa femme occupaient les deux étages du dessous. C'était une passionnée d'expos et d'histoire de l'art. Elle était très accueillante et semblait avoir pris la jeune femme sous son aile.

Ce jour-là, quand Jule rentra chez elle, quelqu'un l'attendait, assis sur les marches du perron. Brooke Lannon, la copine d'Immie à Vassar.

– Ça fait un moment que je poireaute, marmonna-t-elle.

Sa décapotable était garée devant la maison depuis la veille au soir. Elle avait besoin de la récupérer, mais Jule lui avait répondu par SMS en lui proposant de rester discuter un moment.

Brooke avait des cuisses fortes et la mâchoire carrée, des cheveux blonds et lisses toujours coiffés de la même manière. La peau très blanche et un rouge à lèvres couleur naturelle. Le style sportif. Elle avait grandi à La Jolla. Elle buvait trop, elle avait pratiqué le hockey au lycée, avait couché avec plusieurs garçons et avec une fille, une fois, mais sans jamais tomber amoureuse. Tout cela, Jule l'avait appris à Martha's Vineyard.

Brooke se leva et vacilla sur ses jambes.

– Ça va ? lui demanda Jule.

– Pas vraiment.

– Tu as bu ?

– Ouais, répondit Brooke, et alors ?

La nuit commençait à tomber.

– Allons faire un tour en voiture, proposa Jule. On pourra mieux discuter.

– Un tour en voiture ?

– Mais oui, ce sera chouette. Ta bagnole est tellement canon. Passe-moi les clés.

La voiture de Brooke correspondait tout à fait au genre de petit bijou que s'offraient les hommes d'un certain âge pour se convaincre qu'ils étaient encore séduisants. Les deux sièges avant étaient couleur caramel, la carrosserie vert vif et courbée. Jule se demanda si elle appartenait au père de Brooke.

– Je refuse de te laisser conduire si tu as bu.

– T'es qui, la police ?

– Pas vraiment.

– Une espionne alors ?

– Brooke…

– Sérieux, t'en es une ?

– Je refuse de répondre à une question pareille.

– Ah ah. C'est exactement ce que dirait une espionne.

Ce que Jule pouvait dire ou ne pas lui dire n'avait plus aucune importance.

– Allons nous promener, insista-t-elle. Je connais un coin super dans le parc national. On traversera le Golden Gate Bridge en voiture, tu verras, ce sera magnifique.

Brooke tripotait ses clés dans sa poche.

– Il se fait tard, quand même.

– Écoute, fit Jule, on s'est mal comprises à propos d'Immie. Je suis contente que tu sois venue. Allons quelque part, dans un endroit neutre, et disons-nous chacune ce que nous avons sur le cœur. Mieux vaut faire ça hors de chez moi.

– Je sais pas si j'ai envie de te parler…

– Tu es venue en avance, rétorqua Jule. C'est donc que tu avais envie de parler.

– OK, concéda Brooke. On va tirer ça au clair, enterrer la hache de guerre et toutes ces conneries. Ça fera au moins plaisir à Immie.

Sur ces mots, elle lui tendit ses clés.

L'alcool rendait vraiment les gens stupides.

On était deux jours avant Noël et il faisait bien trop froid pour rouler en décapotable mais la capote était cassée. Brooke insista. Jule portait un jean, des grosses bottes et un pull chaud en laine. Son sac à dos était rangé dans le coffre avec, à l'intérieur, son portefeuille, un deuxième pull et un tee-shirt propre, une bouteille d'eau à bouchon sport, un paquet de lingettes pour bébé, un sac-poubelle noir et la statue de lion.

Brooke sortit une bouteille de vodka à moitié vide de son sac, mais sans la boire. Elle s'endormit presque aussitôt.

Jule roula à travers la ville. Le temps d'arriver au pied du Golden Gate Bridge, elle se sentait extrêmement nerveuse. Rouler en silence était mauvais pour ses nerfs. Elle réveilla Brooke d'un coup de coude.

– Le pont, dit-elle. Regarde.

Il se dressait devant elles, orange et majestueux.

– Les gens adorent se jeter de ce pont, marmonna Brooke.

– Quoi ?

– C'est le deuxième pont le plus populaire du monde pour les suicides, dit-elle. J'ai lu ça quelque part.

– Et quel est le premier ?

– Un pont sur le fleuve Yang-tsé. J'ai oublié son nom. J'adore ce genre d'infos, expliqua Brooke. Les gens trouvent ça poétique de sauter d'un pont. C'est pour ça qu'ils le font. Alors que, par exemple, se taillader les veines dans sa baignoire, c'est juste dégueu. On est censé s'habiller comment pour se vider de son sang dans une baignoire ?

– On s'habille pas.

– Comment tu le sais ?

– Je le sais, un point c'est tout.

Jule regrettait déjà d'avoir entraîné Brooke sur ce terrain.

– Je veux pas que les gens me voient à poil quand je serai morte! hurla Brooke à pleins poumons pendant la traversée du Golden Gate Bridge. Mais j'ai pas envie d'être habillée dans ma baignoire parce que c'est trop chelou!

Jule ne réagit pas.

– En tout cas, ils sont en train de construire une barrière pour empêcher les gens de sauter, poursuivit Brooke. Ici, sur le Golden Gate.

Elles atteignirent l'autre rive sans un mot et prirent la direction du parc.

– J'aurais pas dû te dire ça, finit par ajouter Brooke. Je voudrais pas te donner des idées.

– Quelles idées?

– Te fous pas en l'air, s'il te plaît.

– Ce n'est absolument pas mon intention.

– Écoute, j'essaie juste d'être sympa avec toi, OK? Je te trouve vraiment bizarre.

Jule garda le silence.

– J'ai grandi au milieu de gens très normaux et très stables, poursuivit Brooke. On jouait à la normalité toute la journée dans ma famille. Tellement que j'avais envie de m'arracher les yeux. Je suis donc une experte en la matière. Et toi, t'es tout sauf normale. Tu devrais en parler, consulter un psy, c'est tout ce que je dis.

– Pour toi, la normalité, c'est avoir plein de fric.

– Pas du tout. Vivian Abromowitz est boursière à Vassar, et plus normale qu'elle, tu meurs.

– Tu trouves normal de toujours obtenir ce qu'on veut,

répliqua Jule. Que les choses soient faciles. Mais c'est faux. La plupart des gens n'obtiennent pas ce qu'ils veulent. Genre, *jamais*. On leur claque systématiquement la porte au nez. Ils doivent se battre en permanence. Ils ne vivent pas dans ton petit monde enchanté avec voitures décapotables, belles dents blanches, voyages en Italie et manteaux de fourrure.

– Et voilà, commenta Brooke. C'est exactement ce que je disais.

– Comment ça?

– C'est pas normal de raconter des trucs comme ça. Tu débarques comme par magie dans la vie d'Immie après des années sans l'avoir vue, et hop, tu t'incrustes dans sa baraque, tu lui empruntes ses fringues, tu nages dans sa putain de piscine et tu la laisses te payer le coiffeur. T'es allée à Stanford et oh, *trop dommage*, on t'a retiré ta bourse, mais arrête de te faire passer pour une victime de la lutte des classes. Personne ne te claque de portes au nez, Jule. En plus, je te signale que, pour des raisons éthiques, plus personne ne porte de manteau de fourrure. Les vieilles grand-mères, peut-être, mais c'est tout. Et je n'ai jamais fait de commentaire sur tes dents. Putain, apprends à te détendre et à te comporter comme un être humain si tu veux avoir de vrais amis dans la vie et pas seulement des gens qui te *tolèrent*.

Aucune d'elles ne prononça un mot pendant le reste du trajet.

Quand elles se garèrent, Jule alla récupérer son sac à dos dans le coffre et sortit ses gants de sa poche de jean.

– Laissons nos portables dans le coffre, suggéra-t-elle.

Brooke la dévisagea un long moment.

– Ouais, pourquoi pas. À nous la nature, dit-elle d'une voix pâteuse.

Elles se délestèrent de leurs Smartphone et Jule rangea les clés de voiture dans sa poche. Elles allèrent consulter le plan du parc en bordure du parking. Les sentiers de randonnée y étaient tracés en plusieurs couleurs.

– Allons jusqu'au point d'observation, proposa Jule en désignant la ligne bleue. Je n'y suis jamais allée.

– Comme tu veux, soupira Brooke.

Le trajet faisait une boucle de six kilomètres. Le parc était quasi désert en raison du froid et de l'approche de Noël. Quelques familles étaient en train de regagner leurs voitures avant la tombée de la nuit. Les enfants, fatigués, geignaient ou se faisaient porter par leurs parents. Une fois lancées à l'assaut du sentier en côte, les deux jeunes femmes se retrouvèrent totalement seules.

Jule sentit son pouls s'accélérer. Elle marchait devant.

– T'es un peu amoureuse d'Imogen, la taquina Brooke, brisant le silence. Ne crois pas que ça te rende unique. *Tout le monde* est un peu amoureux d'Imogen.

– C'est ma meilleure amie. Ça n'a rien à voir avec ça.

– Ce n'est la meilleure amie de personne. C'est une briseuse de cœurs.

– Ne dis pas de mal d'elle. Tu es juste énervée parce qu'elle ne t'a pas écrit.

– Oh si, elle m'a écrit. La question n'est pas là, répondit Brooke. Écoute. Quand on est devenues potes pendant notre première année de fac, Immie squattait ma chambre de dortoir sans arrêt : le matin, elle venait m'apporter un *latte* avant les cours. Elle me traînait aux projections du ciné-club. Elle voulait toujours m'emprunter mes boucles d'oreilles. Elle m'achetait mes biscuits d'apéro préférés, ceux en forme de petits poissons, juste pour me faire plaisir.

Jule ne dit rien.

Immie l'avait emmenée au cinéma. Immie lui avait offert des chocolats. Immie lui avait apporté son café au lit lorsqu'elles vivaient ensemble. Brooke poursuivit :

– Elle passait me voir chaque mardi et jeudi matin parce qu'on avait un cours d'italien très tôt. Et au début, je dormais encore quand elle arrivait. Elle devait poireauter là pendant que je me préparais. Ça rendait ma coloc dingue, alors j'ai fini par mettre une alarme sur mon portable. Je me levais, je m'habillais et j'attendais Immie devant la porte.

« Et puis, un jour, elle s'est pas pointée. C'était début novembre, je crois. Elle n'est plus jamais revenue chez moi, après ça. Finis, les *latte* et le ciné-club. Elle était passée à Vivian Abromowitz. Et tu sais quoi, Jule ? J'aurais pu faire un caprice comme à l'école primaire. J'aurais pu prendre un air tragique et bouder, genre, *oh, je suis triste parce que tu m'as quittée pour une autre, snif snif.* Mais non. J'étais cool avec elles deux. On était toutes amies, et tout allait très bien.

– Tant mieux.

Jule avait détesté cette histoire. Comme elle se détestait

soudain de n'avoir pas compris que la raison de la rivalité entre Vivian et Brooke était Imogen elle-même.

– Ce que je veux dire, poursuivit Brooke, c'est qu'Imogen a aussi fini par briser le petit cœur de Vivian. Et celui d'Isaac Tupperman. Elle flirtait avec d'autres pendant qu'elle sortait avec lui alors, bien sûr, ça le rendait jaloux et malheureux. Quand il a rompu, Immie est tombée des nues... mais elle s'attendait à quoi, en draguant tous ces mecs ? Son truc, c'était de tester son pouvoir d'attraction sur les gens et de les rendre dépendants d'elle. Et tu sais quoi ? C'est exactement ce qui t'est arrivé. À toi, et à des tas de gens. Imogen adore ça, elle se sent toute-puissante et irrésistible. Et quand tu ne peux plus te passer d'elle, c'est le moment où elle te jette. La meilleure façon de le surmonter, c'est de se comporter en adulte. Imogen comprend alors que tu as autant de personnalité qu'elle, voire davantage. Du coup, elle te respecte et elle te garde comme amie.

Jule ne disait toujours rien. C'était une nouvelle version de l'histoire d'Isaac Tupperman, Isaac du Bronx, le lecteur de Coates et de Morrison, celui qui laissait des poèmes sur le vélo d'Imogen, celui dont elle s'était crue enceinte. Immie n'était-elle pas éperdue d'admiration pour lui ? Elle était tombée amoureuse de lui, puis elle avait déchanté – mais seulement après qu'il la quitte. Jule avait du mal à croire qu'elle ait pu le tromper.

Soudain, elle comprit. C'était l'évidence même. Imogen, qui s'était toujours sentie idiote et insignifiante dans l'ombre virile et intellectuelle de Tupperman, l'avait trompé pour reprendre le pouvoir et se sentir plus forte.

Elles continuèrent leur marche à travers bois. Le soleil commençait à décliner.

Le sentier était désert.

– Tu veux être comme Immie? Aucun problème, fais-toi plaisir, disait Brooke. (Elles venaient d'arriver au pied d'une passerelle qui enjambait un ravin. La passerelle permettait d'accéder à une volée de marches en bois menant jusqu'à un promontoire avec une vue plongeante sur la vallée et les collines environnantes.) Mais tu n'es pas Imogen, tu comprends?

– Je le sais très bien.

– Je n'en suis pas sûre, répondit Brooke.

– Mêle-toi de tes affaires.

– Justement. Je pense que tu es instable et que la meilleure chose pour toi serait de prendre tes distances avec Immie, consulter quelqu'un et tâcher de régler tes problèmes psychologiques.

– Dis-moi plutôt une chose, répondit Jule. Pourquoi sommes-nous ici?

Elle se tenait sur les marches, devant Brooke.

Le ravin s'étendait juste en dessous.

Le soleil avait presque atteint la ligne d'horizon.

– Je t'ai posé une question : pourquoi sommes-nous ici? répéta-t-elle d'un ton désinvolte en faisant basculer son sac à dos sur une épaule avant de l'ouvrir comme pour en sortir sa bouteille d'eau.

– Pour discuter franchement. C'était ton idée. Je veux que tu sortes de la vie d'Immie, que tu arrêtes de profiter de son fric, de l'éloigner de ses amis et toutes tes petites combines.

– Je t'ai demandé pourquoi on était venues jusqu'ici, insista Jule, penchée au-dessus de son sac.

Brooke haussa les épaules.

– Ici, dans ce parc ? C'est toi qui nous y as emmenées.

– Exactement.

Jule souleva le sac contenant la statue de lion de l'Asian Art Museum. Elle l'abattit de toutes ses forces sur le front de Brooke et entendit un craquement épouvantable.

La statue avait tenu bon.

Brooke eut la tête projetée en arrière et tituba sur la passerelle en bois.

Jule s'avança et frappa à nouveau. Cette fois, à la tempe. Le sang de Brooke jaillit et l'éclaboussa en plein visage.

Brooke s'effondra contre la rambarde, agrippée aux barreaux en bois.

Jule lâcha la statue et se pencha vers elle pour l'attraper par les genoux. Brooke réussit à lui décocher un coup de pied à l'épaule et se cramponna tant bien que mal à la rambarde pour tenter de reprendre son équilibre. Le coup fut si violent que Jule sentit son épaule se déboîter. La douleur fut foudroyante.

Putain.

Un voile blanc passa devant ses yeux. Elle lâcha Brooke. Son bras gauche étant devenu inerte, elle serra le poing droit et balança un coup sec dans les avant-bras de son adversaire pour l'obliger à lâcher la rambarde. Puis elle se pencha à nouveau vers elle. Elle lui saisit les jambes, non sans mal car Brooke ruait comme un beau diable, glissa son épaule droite sous son corps, la souleva et la fit basculer par-dessus bord.

Silence total.

Le vent s'engouffra dans les cheveux blonds de Brooke.

Un premier craquement sourd retentit quand son corps heurta la cime des arbres, suivi d'un second lorsqu'elle atterrit au fond du ravin rocailleux.

Jule se pencha pour voir. On devinait le corps sous la végétation.

Elle jeta un regard circulaire. Toujours personne.

Son épaule était déboîtée. La douleur était si violente qu'elle avait du mal à rassembler ses pensées.

Elle n'avait pas prévu cela. Si elle ne pouvait plus bouger le bras gauche, elle était fichue. Brooke était morte, il y avait du sang partout et elle devait absolument se changer. Maintenant.

Elle s'obligea à respirer calmement. Força son regard à se focaliser.

Son poignet gauche soutenu par sa main droite, elle souleva son bras inerte en un mouvement circulaire vers l'extérieur. Une fois, deux fois – oh mon Dieu, la douleur était intolérable – et à la troisième, son épaule se remit en place.

La douleur disparut.

Jule avait vu quelqu'un accomplir ce geste, un jour, durant son cours d'arts martiaux. Elle lui avait demandé comment faire.

Bien. Elle baissa les yeux vers son pull : il était maculé de sang. Elle l'enleva. Le tee-shirt en dessous était taché, lui aussi. Elle l'ôta également et utilisa un coin propre pour s'essuyer les mains et le visage. Elle retira ses gants. Elle sortit son paquet de lingettes pour bébé et se frictionna la peau (poitrine, bras, cou, doigts) en grelottant dans l'air glacé. Elle fourra ses vêtements ensanglantés et les lingettes sales dans le sac-poubelle, qu'elle referma, et rangea le tout dans son sac à dos.

Puis elle enfila le tee-shirt propre et le pull.

Il y avait du sang sur le sac contenant la statue.

Jule le vida et le retourna. Elle inséra la statue dans son sac à dos et le sac taché dans sa bouteille d'eau à bouchon sport.

Elle reprit les lingettes pour frotter les traces de sang sur la passerelle avant de les fourrer elles aussi dans la bouteille.

Elle balaya les alentours du regard.

Toujours personne.

Jule palpa délicatement son épaule. Tout semblait OK. Elle se passa d'autres lingettes sur le visage, les oreilles et les cheveux en regrettant de ne pas avoir emporté un miroir de poche. Elle se pencha par-dessus la rambarde pour examiner le fond du ravin.

On ne voyait plus du tout le corps de Brooke.

Elle repartit sur le sentier. Elle avait le sentiment de pouvoir marcher sans plus jamais s'arrêter. Elle ne vit personne sur le chemin du retour et regagna le point de départ, où elle croisa quatre types à l'allure sportive, coiffés de bonnets de Père Noël et munis de lampes-torches, lancés à l'assaut du sentier jaune.

Arrivée devant la décapotable, elle réfléchit.

Il fallait que la voiture reste ici. Si Jule l'emmenait ailleurs, les gens auraient des doutes en découvrant le cadavre de Brooke dans le ravin.

Prudemment, elle entra à l'intérieur. Elle ressortit ses lingettes et commença à essuyer le frein à main, puis s'arrêta net.

Non, non. Mauvaise idée. Pourquoi n'y avait-elle pas pensé plus tôt ? Une voiture sans empreintes digitales, voilà qui semblerait suspect. Celles de Brooke devaient absolument y rester. La poignée du frein était trop propre, à présent.

Réfléchis. Vite. La bouteille de vodka gisait au pied du siège passager. Jule la souleva avec une lingette et dévissa le bouchon. Elle versa de l'alcool sur le frein à main, comme si la bouteille s'était renversée par accident. De quoi, peut-être, rendre l'absence d'empreintes plus crédible. Elle ignorait si les enquêteurs de la police tenaient compte de ce genre d'indice. Elle ignorait de quel genre d'indice ils tenaient compte, à vrai dire.

Merde.

Elle ressortit de la voiture. S'obligea à réfléchir posément. Ses propres empreintes ne figuraient dans aucune base de données. Elle n'avait pas de casier judiciaire. La police constaterait sans doute que quelqu'un d'autre que Brooke avait conduit la voiture, mais elle n'aurait aucun moyen de savoir qu'il s'agissait de Jule.

Il n'existait pas le moindre élément permettant de prouver qu'une personne du nom de Jule West Williams avait séjourné ou seulement mis les pieds à San Francisco.

Elle ouvrit le coffre, récupéra le Smartphone de Brooke ainsi que le sien. Puis, toujours tremblante, elle verrouilla la voiture et s'en alla.

La nuit était glaciale. Jule marchait vite pour se réchauffer. Au bout d'un kilomètre et demi, elle commença à se sentir plus calme. Elle jeta la bouteille d'eau dans une poubelle située en bordure de la route. Un peu plus loin, c'est le sac-poubelle empli de vêtements ensanglantés dont elle se débarrassa dans une benne à ordures.

Elle continua à marcher.

Le Golden Gate Bridge scintillait dans la nuit. Jule se sentait toute petite, en dessous, mais c'était comme si une lumière l'éclairait du ciel. Elle jeta les clés de voiture et le téléphone de Brooke par-dessus la glissière du pont. Ils s'enfoncèrent dans l'eau en contrebas.

Sa vie était comme un film. Elle paraissait sublime dans la

lueur des réverbères. Elle avait toujours les joues roses après une bonne bagarre. Des ecchymoses se formaient déjà sous ses vêtements, mais sa coiffure était impeccable. Oh, et ses fringues lui allaient à ravir. Certes, elle était d'une violence criminelle. Explosive, même. Mais c'était son boulot, et elle était exceptionnellement qualifiée pour le faire. Donc c'était sexy.

La lune formait un croissant dans le ciel. Un vent âpre soufflait. Jule respira de grandes bouffées d'air, appréciant toute la souffrance et la beauté des héroïnes d'action.

De retour chez elle, elle sortit la statue de lion de son sac et la nettoya à l'eau de Javel. Elle la rinça sous la douche, la sécha et la posa sur le rebord de la cheminée.

Imogen aurait beaucoup aimé cette statue. Elle adorait les chats.

Jule réserva un billet d'avion pour Londres au départ de Portland, Oregon, sous le nom d'Imogen. Puis elle se rendit en taxi jusqu'à la gare routière.

Arrivée sur place, elle s'aperçut qu'elle venait de rater le bus de vingt et une heures. Le suivant ne partait pas avant sept heures le lendemain matin.

Elle n'avait plus qu'à attendre. Le surplus d'adrénaline des dernières heures se dissipa pour de bon. Elle s'acheta trois paquets de M&M's à un distributeur et s'assit sur ses bagages. Soudain, la fatigue et la peur s'abattirent sur elle.

Il n'y avait que deux ou trois personnes dans la salle d'attente, des SDF venus s'abriter pour la nuit. Jule suçotait ses M&M's pour les faire durer plus longtemps. Elle essaya de lire, mais impossible de se concentrer. Au bout de vingt-cinq minutes, un type bourré qui dormait sur un banc se réveilla et se mit à chanter à tue-tête :

Que Dieu vous garde en joie, messieurs,
Que rien ne vous chagrine,
Souvenez-vous que le Christ, notre Sauveur,
Est né le jour de Noël
Pour nous sauver de l'emprise de Satan
Quand nous avions dévié du droit chemin[1].

Jule savait qu'elle avait dévié de ce putain de droit chemin. Elle avait assassiné une fille stupide et trop bavarde avec une

1. Chant traditionnel de Noël.

préméditation brutale. Rien ni personne ne pourrait laver son âme de ce qui l'avait poussée à accomplir ce geste. Elle n'avait jamais eu de sauveur.

Elle était au pied du mur, cette fois. Plus de retour en arrière possible. Elle était seule dans une gare routière glaciale le soir du 23 décembre, à écouter brailler un clochard tout en grattant le sang séché d'une autre incrusté sous son ongle à l'aide de son billet de bus. Les autres gens, les gens bien, étaient en train de confectionner des biscuits, de grignoter des chocolats et d'emballer leurs cadeaux de Noël. Ils se chamaillaient, décoraient la maison, débarrassaient la table après un bon repas, un peu ivres à cause du vin chaud, et regardaient de vieux films qui faisaient du bien au moral.

Jule était ici. Elle méritait le froid et la solitude, les SDF, la crasse, un millier de tortures et de punitions bien pires encore.

L'aiguille acheva le tour du cadran. Ce fut minuit et la veille de Noël, officiellement. Jule s'acheta un chocolat chaud au distributeur.

Elle le but et se sentit réchauffée. Elle se parla à elle-même pour chasser le désespoir. Après tout, elle était courageuse, intelligente et forte. Elle avait fait ce qu'il fallait avec une belle efficacité. Avec style, même. Elle avait commis un meurtre à l'aide d'une putain de statue de félin dans un parc national magnifique, au-dessus d'un ravin digne d'un décor de film. Le tout sans un seul témoin. Elle n'avait pas laissé la moindre goutte de sang derrière elle.

Tuer Brooke avait un été geste d'autodéfense.

Les gens avaient besoin de se protéger. C'était dans la nature humaine, et Jule avait passé des années à s'entraîner dans cet objectif. Les événements de cette journée prouvaient qu'elle était encore plus puissante qu'elle n'aurait pu l'espérer. Elle était phénoménale, à vrai dire : une mutante de combat, une super-créature. Wolverine ne perdait pas son temps à pleurnicher sur ceux qu'il transperçait de ses griffes. Il tuait sans arrêt pour se protéger ou pour défendre une cause noble. Même chose avec Bourne, Bond et toute la clique. Les héros ne rêvaient pas de biscuits au gingembre, de cadeaux et de chocolat. Et Jule non plus. Ce n'était pas comme si elle y avait jamais eu droit, de toute manière. Elle n'avait aucune raison de broyer du noir.

Que Dieu vous garde en joie, messieurs,
Que rien ne vous chagrine…

L'ivrogne avait remis ça.

– Tu ferais mieux de la fermer avant que je m'énerve ! vociféra-t-elle.

L'autre s'arrêta.

Elle glissa la dernière bille de chocolat dans sa bouche. Elle ne penserait plus au droit chemin dont elle s'était écartée. Elle n'éprouverait pas la moindre culpabilité. Elle poursuivrait son destin d'héroïne, et elle laisserait sa force s'exprimer.

Jule West Williams passa la journée du 24 décembre à rouler dix-neuf heures dans un bus et s'endormit à l'aube, le jour de Noël, dans un hôtel de l'aéroport de Portland, Oregon. À onze heures du matin, elle se rendit au terminal des départs et fit enregistrer ses bagages pour Londres, vol de nuit, en classe affaires. Elle mangea un burger dans l'aire de restauration. Elle s'acheta des livres et s'aspergea d'un parfum inconnu dans une boutique duty-free.

12

MI-DÉCEMBRE 2016
SAN FRANCISCO

La veille de la randonnée, Jule reçut un appel de Brooke.

– T'es où ? aboya cette dernière sans même lui dire bonjour. T'as vu Immie ?

– Non.

Jule sortait juste de la salle de sport. Elle s'assit sur un banc devant le Haight-Ashbury Fitness.

– Je lui ai envoyé un milliard de textos, pas de réponse, poursuivit Brooke. Elle a désactivé son Snapchat et son Instagram. Ça commence à m'énerver, alors j'ai eu l'idée de t'appeler pour voir si tu savais quelque chose.

– Immie ne répond jamais à personne, dit Jule.

– T'es où, là ?

Jule ne vit aucune raison de lui mentir.

– San Francisco.

– Toi aussi ?

– Comment ça, moi aussi ?

La Jolla, où vivait Brooke, se trouvait à huit heures de route de là.

– J'ai des potes de lycée qui étudient à San Francisco, alors je me suis trouvé une chambre d'hôtel pour venir les voir.

Mais ils ont tous un boulot ou des partiels aujourd'hui. J'étais censée retrouver Chip Lupton ce matin mais il m'a plantée, ce connard. Il m'a prévenue à la dernière minute alors que je l'attendais déjà dans cette espèce de hall sinistre rempli de serpents morts.

– Des serpents morts ?

– Eurk, fit Brooke. Je suis à l'Académie des sciences. Ce petit con de Lupton m'a expliqué qu'il voulait voir l'expo d'herpétologie. Faut vraiment que j'aie envie de coucher avec lui pour avoir accepté. Immie est avec toi ?

– Non.

– C'est quand, Hanoukka ? Elle rentre chez elle pour le fêter avec ses parents, ou pas ?

– C'est aujourd'hui. Et non, ce n'est pas son genre. Je crois qu'elle est à Bombay. Je ne sais pas trop.

– OK. Alors passe me voir, si t'es dans le coin.

– Chez les serpents ?

– Ouais. Je me fais tellement chier. T'es loin ?

– J'ai...

– Me dis pas que t'as des trucs à faire. On bombardera Immie de textos et on l'obligera à revenir. Son portable capte à Bombay ? Pas grave, on lui enverra des mails. Viens me retrouver à l'expo, insista Brooke. Il faut réserver. Je t'envoie le numéro.

Jule avait envie de *tout* voir. Or elle ne s'était pas encore rendue à l'Académie des sciences. Et puis, elle voulait aussi entendre ce que Brooke avait à raconter sur Imogen après Martha's Vineyard. Elle sauta donc dans un taxi.

L'Académie était un muséum d'histoire naturelle rempli d'os de dinosaures et de spécimens empaillés.

– J'ai rendez-vous pour une visite à quatorze heures, déclara Jule à l'homme au guichet d'accueil.

– Pièce d'identité, je vous prie.

Jule lui montra la carte d'étudiante de Vassar et il la laissa entrer.

– Nous avons plus de trois cent mille spécimens venus de cent soixante-six pays, expliqua-t-il. Bonne visite.

Le musée était constitué d'une enfilade de salles. L'ambiance était à mi-chemin entre la bibliothèque et le hangar de stockage. Sur les étagères s'alignaient des bocaux en verre avec des animaux conservés dans le formol : serpents, lézards, crapauds et de nombreuses créatures que Jule fut incapable d'identifier. Chaque bocal était soigneusement étiqueté.

Jule savait que Brooke l'attendait, mais elle ne lui écrivit pas pour lui signaler son arrivée. Elle déambula dans les allées à pas lents et silencieux.

Elle retint les noms de la plupart des choses qu'elle voyait. *Xenopus laevis,* grenouille onglée du Cap. *Crotalus cerastes,* crotale cornu. *Crotalus ruber,* crotale à écailles rouges. Elle mémorisa les noms des vipères, des salamandres, des grenouilles rares et des petits serpents qui vivaient sur des îles au loin.

Les vipères étaient enroulées sur elles-mêmes et plongées

dans un liquide visqueux. Jule effleura leurs gueules venimeuses et frissonna d'effroi.

En tournant à l'angle, elle aperçut Brooke assise par terre au milieu d'une allée, les yeux rivés sur une énorme grenouille jaune entreposée sur une étagère inférieure.

– T'en as mis du temps, dit-elle.

– Je me suis laissé absorber par les serpents. Ils sont si puissants, dit Jule.

– Ils ne sont pas puissants. Ils sont morts, rétorqua Brooke. Ils sont enroulés dans des bocaux et personne ne les aime. T'imagines la déprime, genre, après ta mort, si ta famille décidait de te mettre dans un bocal géant pour te conserver dans le formol ?

– Ils contiennent du poison en eux, expliqua Jule. Certains peuvent tuer un animal qui fait trente fois leur taille. Tu ne crois pas que ça doit procurer une sensation géniale, d'avoir une arme pareille à l'intérieur de soi ?

– Ils sont effrayants de laideur. Ça ne vaudrait pas le coup. Bref. J'en ai marre des reptiles. Allons plutôt boire un café.

La buvette servait de minuscules tasses d'espresso très amer ainsi que des glaces italiennes en pots. Brooke lui recommanda la vanille et elles versèrent leurs cafés sur la crème glacée.

– Ce truc porte un nom, dit-elle, mais j'ai pas fait gaffe quand on est allés en Italie. On en a mangé dans un petit resto sur une espèce de place. Ma mère n'arrêtait pas de me raconter l'histoire de cette place, et mon père était genre : « Essayez de pratiquer votre *italiano* ! » Mais ma sœur et moi, on s'ennuyait à mourir. On a passé tout le voyage comme ça, à lever les yeux au ciel, mais chaque fois – je dis bien chaque fois – que la bouffe arrivait, on s'empiffrait comme des goinfres. T'es déjà allée en

Italie ? On touche à un niveau de pâtes que tu peux même pas imaginer. Je te jure. Ça devrait être classé comme une drogue dure. (Elle souleva son pot de glace et but la dernière goutte de café.) OK, je viens dîner chez toi, annonça-t-elle.

Elles n'avaient pas encore abordé la question d'Imogen, alors Jule accepta.

Elles s'achetèrent des saucisses, des pâtes et de la sauce tomate. Brooke avait une bouteille de vin dans le coffre de sa voiture. À l'appartement, Jule fourra sa pile de courrier à l'envers dans un tiroir et planqua son portefeuille pendant que Brooke faisait le tour des lieux.

– Sympa, chez toi.

Elle effleura les coussins porc-épic, les bocaux remplis de jolies billes et de pierres fantaisie. Elle étudia la nappe à carreaux, les meubles de cuisine rouges, les statues décoratives et les livres laissés par les précédents locataires. Puis elle ouvrit les placards et remplit une casserole d'eau pour faire bouillir les pâtes.

– Il te faudrait un sapin de Noël, dit-elle. Attends, t'es juive ou pas ? Non, t'es pas juive.

– Je ne suis rien.

– Tout le monde est quelque chose.

– Pas moi.

– Fais pas ton asociale, Jule. Moi, je suis néerlandaise de Pennsylvanie du côté de ma mère, et catholique irlandaise et cubaine du côté de mon père. Ça fait pas de moi une chrétienne pour autant, mais ça veut dire que je dois rentrer chez moi pour Noël et faire semblant de m'intéresser à la messe de minuit. Alors, t'es quoi ?

– Je ne fête rien. (Jule espérait que Brooke allait changer de sujet. Elle n'avait aucune réponse à lui fournir. Pas d'histoire personnelle, hormis son récit d'enfance héroïque.)

– Quelle tristesse, commenta Brooke en ouvrant le vin. Alors, dis-moi où est passée Immie.

– On est venues ici ensemble, répondit Jule. Mais juste une

semaine. Elle m'a annoncé qu'elle partait pour Paris, elle m'a dit au revoir, puis m'a envoyé un texto pour me dire que Paris était une ville aussi banale que New York et qu'elle préférait voir Bombay à la place. Ou Le Caire.

– Je sais qu'elle n'est pas rentrée chez elle parce que sa mère m'a encore envoyé un mail, expliqua Brooke. Oh, et je sais aussi qu'elle a rompu avec Forrest. Elle m'a écrit qu'elle le trouvait déprimant comme un chat de gouttière et qu'elle était trop contente de l'avoir largué, mais elle ne m'a pas expliqué le contexte. Elle t'a parlé de l'homme de ménage ?

C'était justement le sujet que Jule voulait aborder. Mais elle savait qu'elle devait manœuvrer avec prudence.

– Un peu, oui. Et toi, elle t'a raconté quoi ?

– Elle m'a appelée le lendemain de mon départ de Martha's Vineyard pour me dire que tout était de sa faute et qu'elle partait s'aérer avec toi à Porto Rico pendant une semaine.

– On n'est pas allées à Porto Rico, rétorqua Jule. On est venues ici.

– C'est vraiment pénible, tous ces secrets, soupira Brooke. Je l'adore, mais il faut toujours qu'elle se la joue mystérieuse et libre comme l'air. Ça a le don de m'énerver.

Jule eut envie de prendre la défense d'Imogen.

– Elle s'efforce de rester elle-même au lieu de toujours penser aux autres d'abord.

– Ah ouais ? fit Brooke. Ben justement, ça lui ferait pas de mal de s'intéresser aux autres, putain. Rien qu'un peu, pour changer.

Sur ces mots, elle se dirigea vers le téléviseur, comme si le débat était clos. Elle zappa sur plusieurs chaînes avant de tomber sur un vieux film de Bette Davis qui venait de commencer.

– Tiens, si on se matait ça ? dit-elle.

Elle se versa un deuxième verre de vin et servit les pâtes.

Elles regardèrent le film ensemble. C'était en noir et blanc. Les personnages portaient des tenues sublimes et se traitaient de façon épouvantable. Au bout d'une heure, on frappa à la porte.

C'était Maddie, la propriétaire.

– J'ai besoin d'ouvrir et refermer le robinet de ton lavabo, dit-elle. J'ai fait venir un plombier. Il cherche à comprendre d'où vient la fuite.

– Vous pourriez revenir plus tard ?

– Le type est là, insista Maddie. Il y en a pour une minute. Je serai repartie en un rien de temps.

Jule jeta un coup d'œil à Brooke. Elle avait les pieds posés sur la table basse.

– Entrez.

– Merci, ma mignonne. (Jule suivit Maddie dans la salle de bains, où elle tripota les robinets pendant un moment.) Voilà, ça devrait aller, dit-elle en ressortant. Je vais voir si ça fuit toujours chez moi. Avec un peu de chance, je ne remonterai pas.

– Merci, dit Jule.

– Non, merci à toi, Imogen. Désolée de t'avoir dérangée pendant ta soirée.

Merde.

Merde.

La porte se referma derrière Maddie.

Brooke éteignit la télé. Elle tenait son téléphone à la main.

– Elle a dit quoi, là ?

– Il est temps que tu repartes, déclara Jule. Tu as trop bu pour conduire. Je t'appelle un taxi.

Jule jacassa sans discontinuer jusqu'à ce que Brooke monte enfin dans le taxi. Mais à la seconde où la voiture démarra, le portable d'Immie vibra dans sa poche.

BROOKE L : Immie ! T où ?

BROOKE L : Jule m'a dit à Bombay ? ou au Caire ?

BROOKE L : C vrai ?

BROOKE L : Tu sais, Vivian a été immonde avec moi, j'arrive pas à croire cette histoire entre Isaac et elle. Enfin si, je peux, mais bon.

BROOKE L : Chip Lupton m'a peloté les seins hier soir et ajdh, il m'a posé un lapin. Portnawak. J'aimerais trop que tu sois là, mais tu te ferais chier grave.

BROOKE L : Oh, et Jule fait croire à sa proprio qu'elle s'appelle Imogen ????!!!!

Jule finit par répondre.

IMOGEN S : Coucou.

BROOKE L : Salut !!!!!!

IMOGEN S : Chip t'a peloté les seins ?

BROOKE L : Ah ah, faut que je te parle de mes nibards pour que tu te décides enfin à me répondre.

IMOGEN S : Ben oui, c'est important les nibards !

Jule attendit une minute avant de poursuivre :

IMOGEN S : Et aucun souci avec Jule. C'est ma plus vieille pote.

IMOGEN S : Je lui ai trouvé un appart pour qu'elle se pose un peu. J'ai signé le bail en mon nom, la proprio croit que c'est moi. Elle est fauchée.

BROOKE I : Mouais. Je la trouve bizarre, quand même. Sérieux, elle a laissé la proprio l'appeler Imogen !

IMOGEN S : T'inquiète pas pour ça.

BROOKE I : Chais pas trop. Ta cote de solvabilité risque d'en prendre un coup et je sais que tu fais gaffe à ces trucs-là. En plus, c'est chelou, sérieux. Le vol d'identité, tu connais ?? c'est pas une légende urbaine, ça existe vraiment !

BROOKE I : Bon, et t'es où, au fait ? Bombay ?

Jule ne répondit pas. Rien de ce qu'elle pourrait dire n'avait d'importance si Brooke avait décidé de fourrer son nez dans ses affaires.

11

DERNIÈRE SEMAINE DE SEPTEMBRE 2016
SAN FRANCISCO

Douze semaines avant sa soirée avec Brooke, Jule s'envola de Porto Rico vers San Francisco et se prit une chambre au Sir Francis Drake Hotel, dans le quartier de Nob Hill. La déco était toute de velours rouge, avec chandeliers et ornements rococo. Il y avait même des moulures au plafond. Jule utilisa la carte de crédit et les papiers d'identité d'Imogen. Le réceptionniste ne lui posa pas la moindre question et l'appela mademoiselle Sokoloff.

Jule avait réservé une suite au dernier étage. Les fauteuils étaient en cuir capitonné, la commode ornée de dorures. Dès qu'elle y entra, elle commença à se sentir mieux.

Elle prit une longue douche pour se débarrasser de la transpiration du voyage et des souvenirs de Porto Rico. Elle se frotta rudement avec le gant de toilette et se fit deux shampoings à la suite. Elle enfila un pyjama qu'elle mettait pour la première fois et dormit jusqu'à ce que la douleur qui lui vrillait la nuque s'estompe enfin.

Jule séjourna une semaine entière au Sir Francis Drake. Elle s'y sentait comme dans un œuf. La solide et scintillante coquille de l'hôtel lui apportait la protection dont elle avait besoin.

À la fin de la semaine, elle parcourut un listing, envoya quelques mails et se rendit chez Maddie Chung. Celle-ci lui fit visiter l'appartement au dernier étage de sa maison. Il était meublé, mais pas du tout dans le style banal auquel on pouvait s'attendre. Les pièces étaient ornées de sculptures étonnantes et d'une ravissante collection de bocaux en verre : boutons, billes et fausses pierres précieuses s'alignaient sur des étagères de façon à capter la lumière. La cuisine était équipée de placards peints en rouge et d'un parquet. Les plats étaient en verre, les casseroles énormes et en fonte.

Au moment de lui remettre les clés, Maddie lui expliqua qu'elle avait eu le même locataire pendant dix ans, un homme célibataire et sans famille, aujourd'hui décédé.

– Je n'ai pu prévenir personne à sa mort. Personne n'est venu récupérer ses affaires. Il avait un goût exquis, il était si soigneux… Je me suis dit : autant le louer meublé, comme une location de vacances. Les gens apprécieront, j'en suis sûre. (Elle effleura un bocal de billes.) Aucun organisme de charité n'en voulait.

– Pourquoi n'avait-il personne autour de lui ? voulut savoir Jule.

– Aucune idée. Il avait à peu près mon âge quand il est mort. Cancer de la gorge. Je ne lui ai découvert aucun parent proche. Il n'avait pas d'argent. Peut-être avait-il changé de nom ou s'était-il brouillé avec sa famille. Ce sont des choses qui arrivent. (Elle haussa les épaules. Elles se tenaient devant la porte, à présent.) Vous ferez venir des déménageurs ? voulut savoir Maddie. Je pose juste la question parce que j'aimerais autant être à la maison si la porte d'en bas doit rester ouverte toute la journée, mais ça ne me pose aucun problème.

Jule secoua la tête.

– Je n'ai que ma valise.

Maddie la dévisagea avec bienveillance et sourit.

– Faites comme chez vous, Imogen. J'espère que vous serez heureuse, ici.

Salut, papa et maman,

J'ai quitté Martha's Vineyard il y a un peu plus d'une semaine et j'ai décidé de voyager. Je n'ai pas encore décidé où ! Peut-être Paris, Bombay ou Le Caire.

La vie sur l'île était paisible et un peu coupée du reste du monde. Tout était très lent. Je m'excuse d'avoir peu donné de nouvelles. J'ai besoin de prendre du recul pour savoir qui je suis loin de la fac, loin de ma famille et de tout ce qui me définit. C'est un peu confus, je sais, mais j'espère que vous me comprenez.

J'avais un petit ami à Martha's Vineyard. Il s'appelait Forrest. On a rompu depuis, et j'ai envie de poursuivre mon exploration du monde.

Surtout, ne vous inquiétez pas pour moi. Je ne prendrai aucun risque et je ferai bien attention à moi.

Vous avez toujours été des parents géniaux. Je pense à vous tous les jours.

Gros bisous,

Imogen.

Dès qu'elle put se connecter au WiFi de l'appartement, Jule rédigea ce message depuis la boîte e-mail d'Imogen.

Elle écrivit également à Forrest. Elle employa les termes préférés d'Immie, son argot, sa signature, ses « tu vois » et ses « en fait ».

Salut, Forrest.

Ce message est hyper-dur à écrire, mais il faut que tu saches :

je ne reviendrai pas. Le loyer est payé jusqu'à la fin septembre, donc tâche juste d'être parti d'ici le 1er octobre.

Je ne veux plus te revoir. Je m'en vais. En fait, je suis déjà partie.

Je mérite d'être avec quelqu'un qui ne me traite pas avec mépris, tu vois. Reconnais que c'est ton cas. Parce que tu es un homme, et moi une femme. Parce que je suis plus petite que toi. Parce que j'ai été adoptée, et que tu n'aimes pas te l'avouer mais en fait tu accordes de l'importance aux lignées familiales. Tu te considères comme mon supérieur parce que j'ai plaqué la fac et pas toi. Et tu crois qu'écrire un roman est plus important que tout ce que je fais, ou tout ce que j'ai envie de faire de ma vie.

La vérité, Forrest, la voilà : c'est moi qui ai le pouvoir. Moi qui avais loué cette maison. Cette voiture. C'est moi qui payais les factures, tu vois ? Je suis une adulte, Forrest. En fait, tu n'es qu'un petit garçon trop gâté et dépendant des autres.

Bref, tout ça pour dire que tu ne me reverras pas. Mais je tenais à ce que tu saches pourquoi.

La réponse de Forrest ne tarda pas. Il était triste et désolé. En colère. Il la suppliait.

Jule ne répondit pas. À la place, elle envoya un texto à Brooke avec deux *vines* de chatons et un court message.

IMOGEN S : Je viens de larguer Forrest. Je crois qu'il se sent un peu comme ce chat tigré triste.

IMOGEN S : Mais moi, comme le chat en moumoute orange (trop soulagée).

Brooke lui répondit.

BROOKE L : T'as des news de Vivian ?

BROOKE L : ou des gens de Vassar ?

BROOKE L : Immie ???

BROOKE L : Parce que j'ai entendu dire par Caitlin (Cailtin Moon, pas Caitlin Clark) que

BROOKE L : Vivian sortait avec Isaac.

BROOKE L : Mais je crois rien de ce qui sort de la bouche de Caitlin Moon.

BROOKE L : Alors c'est peut-être pas vrai.

BROOKE L : Mais c'est dégueulasse.

BROOKE L : J'espère que tu le prends pas trop mal.

BROOKE L : Je le prends mal pour toi.

BROOKE L : Mais bon débarras Forrest ! Immie, tu mérites bien mieux.

BROOKE L : Oh là là je me fais grave chier à La Jolla, pourquoi tu me réponds pas ? Réponds-moi, méchante fille, va.

Plus tard dans la journée, un e-mail lui parvint de la part de Vivian en personne pour lui annoncer qu'elle était amoureuse d'Isaac Tupperman et qu'elle espérait qu'Imogen comprendrait, parce qu'on ne contrôle pas les élans de son cœur.

Les jours suivants, Jule s'efforça de se fondre dans la peau d'Immie. Un matin, elle frappa à la porte de Maddie Chung pour lui offrir un *latte* qu'elle avait rapporté du café au coin de la rue.

– J'ai pensé que ça vous ferait plaisir.

Les traits de sa logeuse s'illuminèrent. Jule fut invitée à entrer et rencontra la femme de Maddie, cheveux argentés et look ultra-chic, qui s'excusa de devoir partir parce qu'elle avait « une société à gérer ». Jule exprima le souhait de voir la librairie, et Maddie l'y conduisit dans sa Volvo.

La boutique était minuscule et en désordre, mais agréable. On y trouvait des livres neufs et d'occasion. Jule s'acheta deux romans victoriens écrits par des auteurs qu'Immie n'avait sans doute jamais lus : Gaskell et Hardy. Maddie lui recommanda *Au cœur des ténèbres* et *Docteur Jekyll et Mister Hyde,* ainsi qu'un livre signé d'un certain Goffman intitulé *La Mise en scène de la vie quotidienne*. Jule suivit scrupuleusement ses conseils.

Les autres jours, elle se rendit à des expositions dont lui avait parlé Maddie. S'inspirant de l'exemple d'Imogen, elle ralentit le pas et se laissa guider par le hasard.

Immie n'était pas du genre studieux dans les musées. Elle n'aurait jamais essayé d'apprendre l'histoire de l'art ni de mémoriser des dates.

Non, Immie aurait flâné dans les allées en s'imprégnant de l'atmosphère des lieux. Elle aurait répondu à l'appel de la beauté, elle aurait vécu l'instant présent sans y penser.

Il y avait tant d'Immie en elle, désormais. C'était au moins une consolation.

10

1 TROISIÈME SEMAINE DE SEPTEMBRE 2016
ÎLE DE CULEBRA, PORTO RICO

Une semaine avant son départ pour San Francisco, Jule se retrouva ivre à Culebra. Elle n'avait jamais autant bu de sa vie.

Culebra est un archipel situé au large de Porto Rico. Sur l'île principale, des chevaux sauvages se promènent en pleine rue. Des hôtels de luxe bordent le rivage, mais le centre-ville attire peu les touristes. Le site est réputé pour ses paysages de randonnée aquatique et abrite une petite communauté d'expats américains.

Il était vingt-deux heures. Jule connaissait ce bar. Une partie était ouverte en plein air. Des ventilateurs blancs et sales vrombissaient dans les coins. L'endroit était surtout fréquenté par des Américains ; quelques touristes, mais une majorité d'habitués installés sur l'île. Le barman ne chercha même pas à savoir l'âge de Jule avant de la servir. Ça ne faisait pas partie des mœurs, à Culebra.

Ce soir-là, Jule avait commandé un Kalhua & Crème. Un homme qu'elle avait déjà croisé alla s'asseoir le long du bar, deux tabourets plus loin. Il était blanc et barbu, la cinquantaine. Il arborait une chemise hawaïenne et un coup de soleil sur le front. Il parlait avec un accent de la côte Ouest

– Portland, avait-il expliqué à Jule. Elle ne connaissait pas son nom. Il était accompagné d'une femme du même âge que lui, les cheveux grisonnants et ondulés, mal peignés. Son tee-shirt rose au décolleté profond semblait en léger décalage avec le reste de sa tenue, jupe imprimée et sandales. Elle se mit à grignoter des biscuits apéritif dans une coupelle posée sur le bar.

Le cocktail de Jule arriva. Elle le but d'un trait et recommanda la même chose. Le couple était en train de se disputer.

– Mon problème, c'est la pute au grand cœur, expliquait la femme.

Elle avait un accent du sud des États-Unis. Tennessee, peut-être. Ou Alabama. Un coin familier, en tout cas.

– Ce n'est qu'un film, répondit l'homme.

– La p'tite amie parfaite, c'est une pute qui te fait pas payer. Je trouve ça répugnant.

– Je ne pouvais pas deviner de quoi ça parlait, rétorqua son compagnon. Je ne savais même pas que ça t'avait pas plu jusqu'à ce qu'on vienne ici. Manuel me l'avait conseillé. Bah, ça se laissait regarder, pas de quoi en faire un plat.

– Ce film insulte la moitié de l'humanité, Kenny.

– Je t'ai jamais obligée à le regarder. Et puis, c'est peut-être une vision de la prostitution sans a priori, ajouta Kenny en ricanant. On n'est pas censés mépriser cette femme à cause du boulot qu'elle fait.

– Il faut dire travail sexuel, intervint le barman. Pas prostitution.

Jule finit son deuxième verre et en commanda un troisième.

– C'était juste un tas d'explosions et un type en costard rouge, poursuivit Kenny. Tu traînes trop avec tes copines du club de lecture. Je te retrouve toujours remontée à bloc quand tu les vois.

– Oh, la ferme, répondit sa compagne sans méchanceté. T'es jaloux d'elles, c'est tout.

Kenny vit que Jule les observait.

– Eh, salut, dit-il en levant sa bière.

Jule sentit l'effet des trois Kalhua déferler en elle comme une vague poisseuse. Elle sourit à l'inconnue assise à côté de Kenny.

– Vous êtes sa femme, dit-elle.

– Sa compagne, nuança l'autre.

Jule acquiesça.

La soirée commença à s'accélérer. Kenny et sa copine parlaient. Jule riait. Ils décidèrent d'aller manger un morceau tous ensemble.

Elle ne trouvait plus sa bouche. Les frites étaient trop salées.

Kenny et sa copine continuaient à se chamailler autour du film. Elle détestait le type en costume rouge.

Qui était-il ? Avait-il un raton laveur ? Il était ami avec un arbre. Non, une licorne. Le type en cailloux était toujours triste. Il était tout le temps coincé dans ses cailloux et personne ne l'aimait. Et puis il y avait celui qui ne parlait jamais de lui. Il était vieux mais il avait un corps bien conservé et un squelette métallique. Eh, minute. Il y avait un bonhomme tout bleu, aussi. Et une femme nue. Ça faisait deux personnages bleus. Tout à coup, Jule se retrouva par terre.

Elle ne comprenait pas comment elle était arrivée là. Ses mains lui faisaient mal. Elles avaient un truc pas normal. Sa bouche était toute bizarre, aussi, avec un goût sucré à l'intérieur. Trop de Kalhua.

– Tu crèches au Del Mar, l'hôtel en haut de la rue ? lui demanda la copine de Kenny.

Jule hocha la tête.

– On devrait la ramener, Kenny, dit-elle, accroupie auprès de Jule. La route n'est pas éclairée. Elle pourrait se faire écraser par une voiture.

Elles se retrouvèrent dehors. Kenny avait disparu. La femme tenait Jule par le bras. Elle l'aida à marcher dans la pénombre en direction du Del Mar.

– Faut que j'te raconte une histoire ! s'écria Jule.

Elle avait des choses à dire à cette dame.

– Ah bon ? fit la femme. Tiens, regarde plutôt où tu mets les pieds. Il fait noir.

– C'est l'histoire d'une meuf. Non, d'un mec. Y a longtemps. Eh ben, ce mec, il a plaqué une meuf contre un mur. Une autre meuf, hein, pas moi.

– Hmm.

Jule savait qu'elle s'y prenait mal pour raconter son histoire mais, au moins, elle la racontait. Rien ne pourrait plus l'arrêter.

– Ce mec, il a bien abusé d'elle, en pleine nuit, dans la petite allée derrière le supermarché… OK, hein ? Tu vois ce que j'veux dire ?

– Je crois, oui.

– La meuf, elle le connaissait et elle y est retournée quand il lui a demandé parce qu'il était mignon. Cette idiote, elle savait pas dire non correctement. Genre, avec ses poings. Ou peut-être que ça servait à rien qu'elle le dise de toute manière puisqu'il l'écoutait pas. Le truc, c'est qu'elle avait pas de force. Pas de muscle. Rien qu'un sac en plastique avec du lait et des beignets dedans.

– Tu viendrais pas du sud, ma belle ? lui demanda la copine de Kenny. J'avais pas remarqué ton accent jusqu'à présent. J'suis du Tennessee. Et toi ?

– Elle a jamais dit aux adultes ce qui lui était arrivé, elle l'a juste raconté à ses copines dans les toilettes des filles. C'est comme ça que je l'ai appris.

– Hmm.

– Ce mec, le même mec, il rentrait du ciné à pied, un soir. Deux ans plus tard. Moi j'avais seize ans et, genre, je m'étais mise au sport. Tu savais, ça ? J'fais du sport, moi. Donc bref, un soir, je suis allée au ciné et je l'ai vu. J'ai vu le type rentrer chez lui. J'avais rien à faire dans la rue toute seule, je sais. Mais j'y étais. Lui non plus, il aurait pas dû être là.

L'idée lui parut soudain très drôle. Jule décida de s'arrêter pour mieux en rigoler. Elle se planta sur ses deux pieds, immobile, et attendit que le fou rire la submerge. En vain.

– J'avais un grand gobelet de granité bleu, ceux qu'on vous sert au ciné. Des sandales à talons hauts. C'était l'été. T'aimes les jolies chaussures, toi ?

– J'ai des cors aux pieds, répondit la femme. Allez, viens.

Jule se remit en marche.

– J'ai retiré mes sandales. Et j'ai appelé le mec par son prénom. Je lui ai raconté que j'avais besoin d'appeler un taxi, là, dans ce petit recoin sombre. Je lui ai dit que mon portable avait plus de batterie et que j'avais besoin de son aide. Il a pensé que j'étais inoffensive. J'avais une chaussure dans une main, un verre dans l'autre. Mon autre sandale était par terre. Il s'est approché. Je lui ai jeté mon granité à la figure et je l'ai frappé avec mon talon. À la tempe.

Jule attendit que la femme réagisse. Mais elle garda le silence. Sans lui lâcher le bras.

– Il s'est jeté vers moi tête la première mais je lui ai balancé un coup de genou à la mâchoire. Puis je l'ai de nouveau frappé avec mon talon. En plein sur le haut du crâne. C'est le point sensible. (Il lui semblait important de préciser chaque fois l'endroit exact où s'était abattu son talon.) J'ai continué à le frapper, encore et encore…

Jule s'arrêta de marcher et obligea la femme à la regarder droit dans les yeux. Il faisait très sombre. Elle apercevait seulement les rides bienveillantes au coin des paupières de la quinquagénaire, mais pas ses yeux.

– Il gisait par terre la bouche ouverte, poursuivit-elle. Il saignait du nez. Il avait l'air mort, tu vois ? Il se relevait pas. J'ai regardé autour de moi. Il était tard. Aucun porche de maison n'était allumé. Je savais même pas s'il était mort. J'ai récupéré mon gobelet, mes sandales, et je suis rentrée chez moi. Puis j'me suis déshabillée et j'ai mis toutes mes fringues dans un sac plastique. Le lendemain matin, j'ai fait semblant d'aller en cours.

Jule laissa ses mains retomber. Elle se sentit soudain fatiguée, vidée. La tête lui tournait.

– Il était mort ? voulut savoir la copine de Kenny.

– Non, répondit Jule d'une voix lente. J'ai cherché son nom sur Internet. J'ai vérifié tous les jours et j'ai jamais rien trouvé, sauf dans un journal local, avec sa photo. Il avait gagné un concours de poésie.

– Vraiment ?

– Il a jamais porté plainte. C'est ce soir-là que j'ai appris qui j'étais, dit Jule. J'ai su de quoi j'étais capable. Tu m'comprends ?

– Heureusement qu'il est pas mort, ma belle. Je crois que tu tiens pas très bien l'alcool.

– Je bois jamais.

– Écoute. Ce truc m'est arrivé à moi aussi, il y a des années. Comme à cette fille. J'aime pas trop en parler, mais c'est la vérité. J'ai fait un gros travail sur moi, et maintenant je vais bien. Tu m'entends ?

– Ouais.

– Il fallait que je te le dise.

Jule dévisagea la femme. Elle était très belle. Kenny avait beaucoup de chance.

– Tu connais le vrai nom de Kenny ? lui demanda-t-elle. Tu sais comment il s'appelle, en vrai ?

– Je vais te ramener jusqu'à ta chambre, dit la femme. Histoire d'être sûre qu'il t'arrivera rien.

– C'est là que j'ai senti naître l'héroïne en moi, dit Jule.

Elle se retrouva bientôt dans sa chambre, et le monde vira au noir.

Jule se réveilla le lendemain avec des cloques à l'intérieur des mains. Quatre bulles gonflées de liquide, dans chaque paume, juste à la base des doigts.

Elle les observa, couchée dans son lit. Prit la bague en jade posée sur sa table de nuit. Elle n'arrivait même plus à l'enfiler. Ses doigts avaient trop gonflé.

Elle perça les ampoules une à une et laissa le jus transparent imprégner ses draps blancs. La peau cicatriserait plus vite, de cette manière.

Elle n'était pas dans un film à propos d'une fille qui largue son petit ami envahissant, songea-t-elle. Ni dans un film à propos d'une fille qui s'éloigne d'une mère autoritaire. Il n'y avait pas de grand héros blanc et hétéro amoureux de la femme qu'il doit sauver ou associé à une pouffe en combinaison moulante.

J'occupe le centre de ma propre histoire, à présent, se dit Jule. Je n'ai pas besoin d'être mince, à moitié nue ou de me faire refaire les dents.

Je suis au centre.

À peine debout, elle sentit la nausée l'envahir. Elle se rua dans la salle de bains, pressa ses paumes endolories sur le carrelage frais et ne vomit rien dans les toilettes.

Rien, et toujours rien. Les haut-le-cœur semblèrent durer des heures. Sa gorge se contracta et se relâcha. Elle se passa un gant de toilette sur le visage. Il en ressortit trempé. Elle se berça elle-même, tremblante et à bout de souffle.

Enfin, sa respiration s'apaisa.

Jule se releva. Elle se fit un café, le but. Puis elle ouvrit le sac à dos d'Immie.

Il y avait là son portefeuille, avec sa multitude de petites poches et son fermoir argenté. À l'intérieur, Jule découvrit des cartes de crédit, des reçus de paiement, sa carte de bibliothèque municipale de Martha's Vineyard, sa carte d'étudiante de Vassar, sa carte de resto U, sa carte fidélité de Starbucks, sa carte d'assurance maladie et la clé magnétique de sa chambre d'hôtel. Plus six cent douze dollars en liquide.

Elle ouvrit ensuite le colis d'Immie, livré la veille par FedEx. Il comportait des vêtements achetés sur une boutique en ligne : quatre robes, deux tee-shirts, un jean et un pull gris. Chacun de ces articles était si cher que Jule porta involontairement la main à sa bouche en lisant le montant de la facture glissée à l'intérieur du paquet.

La chambre d'Immie était située juste à côté de la sienne. Jule avait la clé, désormais. L'intérieur était propre. Dans la salle de bains, une trousse à maquillage crasseuse était posée sur le rebord du lavabo. Jule y trouva un passeport ainsi qu'un nombre hallucinant de tubes de rouge à lèvres et de poudriers, tous en vrac. Un moche soutien-gorge beige pendait au porte-serviettes. Quelques poils étaient restés coincés dans la lame d'un rasoir à main.

Jule prit le passeport d'Immie et compara sa photo avec son propre visage dans le reflet du miroir. Leur différence de taille n'était que d'un centimètre et demi. La couleur des yeux indiquait « vert ». Les cheveux d'Immie étaient plus clairs. Jule avait quelques kilos de plus qu'elle, mais c'était surtout du muscle, indétectable sous ses vêtements.

Elle sortit toutes ses cartes de Vassar et les examina une par une. La photo d'identité sur sa carte de resto U montrait clairement le long cou d'Immie et son triple piercing à l'oreille.

Celle de sa carte d'étudiante était plus petite, plus floue. Son oreille n'y apparaissait pas. Jule pourrait facilement utiliser celle-là.

Elle découpa la carte de resto U à l'aide d'une paire de ciseaux à ongles et jeta les morceaux dans la cuvette des toilettes avant de tirer la chasse d'eau.

Elle s'attela à l'épilation de ses sourcils – fins, comme ceux d'Immie. Elle se raccourcit sa frange avec les petits ciseaux. Elle retrouva la collection de bagues vintage d'Immie : le renard en améthyste, la silhouette, le canard sculpté en bois, un saphir orné d'une abeille, un éléphant en argent, un lapin bondissant (lui aussi en argent) et une grenouille de jade verte. Aucune n'allait à ses doigts gonflés.

Les quelques jours suivants furent consacrés à l'examen approfondi de tous les dossiers contenus dans l'ordinateur d'Immie. Jule occupait désormais leurs deux chambres. Elles étaient climatisées. Parfois, elle ouvrait l'un des balcons pour se laisser submerger par une onde de chaleur. Elle se nourrissait de pancakes aux pépites de chocolat et de jus de mangue commandé au room service.

Les comptes bancaires et les placements financiers d'Immie s'élevaient à un total de huit millions de dollars. Jule mémorisa les numéros de comptes et les mots de passe. Tous les numéros de téléphone et les adresses mail.

Elle apprit à imiter la signature fantaisiste d'Imogen d'après son passeport et le rabat intérieur des jaquettes de ses livres. Elle retrouva d'autres spécimens de son écriture dans un carnet qui lui servait à griffonner ses listes de courses et autres. Après s'être créé une signature électronique, Jule retrouva le nom de l'avocat familial des Sokoloff. Elle l'informa qu'elle (Immie) allait sans doute beaucoup voyager au cours de l'année à venir avec pour ambition de faire le tour du monde. Elle avait donc décidé de rédiger son testament. Elle léguerait toute sa fortune à une amie proche qui ne possédait pas grand-chose, une orpheline comme elle qui avait perdu sa bourse d'études : Julietta West Williams. Elle voulait également faire un don à la North Shore Animal League et à la Fondation nationale pour le rein.

L'avocat mit plusieurs jours avant de lui répondre, mais il lui promit de s'en occuper. Aucun problème. Imogen Sokoloff était majeure et libre de ses décisions.

Jule s'intéressa au style d'Immie dans ses e-mails et ses posts Instagram : sa façon de signer, de structurer ses paragraphes, ses tics de langage et expressions favorites. Elle clôtura tous ses comptes sur les réseaux sociaux. Ils étaient inactifs, de toute manière. Elle retira l'identification d'Immie sur le plus de photos possible. Elle s'assura que toutes les factures automatiques étaient bien débitées des comptes bancaires d'Immie. Elle modifia tous ses mots de passe en passant par son adresse e-mail personnelle.

Elle éplucha les journaux locaux pour voir s'il y avait du nouveau, mais rien à signaler.

Elle s'acheta de la teinture pour cheveux dans une supérette et balaya soigneusement ses mèches à l'aide d'une brosse à dents. Elle s'entraîna à sourire sans dévoiler ses dents. Elle avait une méchante douleur persistante dans le cou.

L'avocat finit par lui envoyer un brouillon de testament. Jule l'imprima dans le bureau administratif de l'hôtel. Elle rangea les documents dans sa valise et décida qu'elle avait assez attendu. Elle réserva un billet d'avion pour San Francisco sous le nom d'Imogen. Puis elle rendit les clés des chambres en leurs noms à toutes les deux.

9

DEUXIÈME SEMAINE DE SEPTEMBRE 2016
CULEBRA, PORTO RICO

Deux semaines et demie avant son départ pour San Francisco, Jule était assise à côté d'Imogen dans un taxi-Jeep brinquebalant depuis l'aéroport de Culebra. Immie avait déjà réservé l'hôtel.

– Je suis déjà venue ici avec ma copine Bitsy Cohan et sa famille quand on avait douze ans, raconta Immie en contemplant le paysage alentour. Bitsy s'était fait ligaturer la mâchoire après un accident de vélo. Je me souviens qu'elle buvait des daiquiris sans alcool toute la journée. Sans rien manger. Un matin, on est allées en bateau sur une île minuscule qui s'appelait Culebrita. Elle était couverte de roches volcaniques noires, j'avais jamais rien vu de pareil. On a fait de la randonnée aquatique mais Bitsy avait des problèmes avec son masque à cause de sa mâchoire, donc elle était un peu à cran.

– Moi aussi, fit Jule, on m'a déjà ligaturé la mâchoire.

C'était la vérité. Mais elle regretta ces mots à peine prononcés. Ce n'était pas une histoire très drôle.

– Ah bon ? T'as eu un accident de moto avec l'un de tes

amants à Stanford, ou bien c'était à cause du méchant coach qui te harcelait sexuellement?

– Je m'étais battue dans les vestiaires, mentit Jule.

– *Encore* une bagarre de vestiaires? C'est tout?

Immie lui jeta un regard déçu.

– Sauf... qu'on était entièrement nues, ajouta Jule pour l'amuser.

– Arrête!

– C'était après l'entraînement, pendant mon année de terminale. Lutte féminine à poil, sous la douche. Trois contre une.

– Comme une scène de porno dans une prison.

– Mais en moins sexy. Elles m'ont fracturé la mâchoire.

– Chevaux! nous signala notre chauffeur en désignant la route devant lui.

En effet, trois chevaux sauvages à la crinière magnifiquement hirsute se tenaient plantés au beau milieu de la chaussée. L'homme les klaxonna.

– Non, ne faites pas ça! se récria Imogen.

– Ils n'ont pas peur, dit-il. Regardez.

Il donna un nouveau coup de Klaxon et les chevaux s'écartèrent d'un pas lent, l'air à peine contrarié.

– Tu préfères les animaux aux êtres humains, fit observer Jule.

– Les êtres humains sont des pourritures, comme le prouve l'histoire que tu viens de me raconter. (Imogen sortit un paquet de mouchoirs de son sac et en prit un pour s'essuyer le front avec.) Tu as déjà vu un cheval se comporter comme une pourriture? Ou une vache? Non, ça m'étonnerait.

– Les serpents, si, lança le chauffeur depuis le siège avant.

– Pas du tout, protesta Immie. Ils essaient juste de survivre, comme nous tous.

– Sauf ceux qui mordent, fit l'homme. Ceux-là, ils sont vicieux.

– Les serpents mordent quand ils sont effrayés, répliqua Immie en se penchant vers lui. Ils le font pour se protéger.

– Ou pour se nourrir, insista le chauffeur. Ils doivent bien mordre un truc par jour, au moins. Je déteste ces sales bêtes.

– Il est bien plus agréable pour une souris de mourir d'une morsure de serpent que de se faire attraper par un chat. Les chats jouent avec leurs proies, expliqua Immie. Ils les tripotent, les laissent s'échapper pour mieux les rattraper.

– Alors ce sont des pourritures eux aussi, conclut l'homme.

Jule s'esclaffa.

Ils s'arrêtèrent devant l'hôtel. Immie régla la course en dollars américains.

– Je suis dans le camp des serpents, dit-elle. Je les aime bien. Merci pour le trajet.

Le chauffeur sortit leurs bagages du coffre et repartit.

– Tu aimerais sans doute moins les serpents si tu en croisais un, fit Jule.

– Pas du tout. Je l'aimerais de tout mon cœur et je le dresserais pour en faire mon animal de compagnie. Je le porterais autour de mon cou comme un bijou...

– Même un serpent venimeux ?

– Mais oui. Je suis bien ici, avec toi, non ? (Imogen passa son bras autour de Jule.) Je te nourrirais de délicieuses petites souris blanches et autres friandises pour serpent. Je te transporterais sur mes épaules. Et de temps en temps, en cas d'absolue nécessité, tu aurais le droit d'étrangler mes ennemis à mort quand tu serais toute nue. Ça te va ?

– Les serpents sont toujours nus, fit observer Jule.

– Pas toi. Tu n'es pas un serpent comme les autres. Tu seras habillée.

Sur ces mots, Immie se dirigea vers l'entrée de l'hôtel en tirant ses deux valises.

C'était une sorte d'hôtel chic version bord de mer, hyper-turquoise, avec des plantes et des bouquets de fleurs multicolores partout. Jule et Imogen étaient voisines de chambre. L'établissement comportait deux piscines et donnait sur une plage qui s'étirait en un long croissant de sable blanc jusqu'à la marina tout au bout. Le menu était à base de poissons et de fruits tropicaux.

Une fois leurs valises défaites, les deux copines se retrouvèrent pour aller dîner. Immie, radieuse, savoura son repas avec délice. Elle n'exprimait ni culpabilité ni chagrin. Elle vivait le moment présent, tout simplement.

Plus tard, elles allèrent dans un bar situé un peu plus bas dans la même rue et présenté sur Internet comme un bar d'expats. Le comptoir formait un cercle complet avec le serveur au milieu. Elles s'assirent sur des tabourets en osier. Immie se commanda un Kahlua & Crème, Jule un Coca Light avec une goutte de sirop de vanille. Les gens engageaient facilement la conversation. Imogen se mit à discuter avec un type blanc et âgé vêtu d'une chemise hawaïenne. Il leur raconta qu'il vivait à Culebra depuis vingt-deux ans.

– Je gérais un petit trafic de marijuana, expliqua-t-il. J'en faisais pousser dans mon dressing avec des lampes spéciales et je la revendais moi-même. C'était à Portland. Tout le monde s'en foutait, là-bas. Mais les flics m'ont serré et quand ils m'ont libéré sous caution, j'ai sauté dans le premier avion pour Miami. De là, j'ai pris le ferry pour Porto Rico, puis un autre pour arriver ici.

Il fit signe au barman de lui apporter une autre bière.

– Vous êtes en cavale ? lui demanda Immie.

L'homme s'esclaffa.

– Voyons plutôt les choses comme ça : mon activité n'étant pas à mes yeux un crime répréhensible, j'estimais ne pas mériter le péril judiciaire qui me pendait au nez. J'ai déménagé. Je ne fuis rien ni personne. Tout le monde sait qui je suis, ici. Mais ils ne connaissent pas le nom inscrit sur mon passeport, voilà tout.

– Et quel est ce nom ? s'enquit Jule.

– Je ne vous le dirai pas, dit l'homme en riant. Ni à vous, ni à personne. Ce genre de détail n'intéresse pas les gens, ici.

– Vous gagnez votre vie comment ?

– Beaucoup d'Américains et de riches Portoricains possèdent des maisons de vacances sur l'île. Je m'occupe de leurs villas en leur absence. Ils me paient en liquide. J'assure la sécurité, les travaux d'entretien, ce genre de chose.

– Vous avez de la famille ? demanda Immie.

– Pas vraiment. J'ai une petite amie qui vit ici. Mon frère sait où j'habite. Il est déjà venu me voir une fois ou deux.

Immie plissa le front.

– Et vous n'avez jamais envie de rentrer aux États-Unis ? insista-t-elle.

L'homme fit non de la tête.

– Je n'y pense jamais. Quand on s'absente trop longtemps de chez soi, on finit par ne plus avoir aucune raison de rentrer.

Elles passèrent les trois jours suivants à se prélasser au bord de l'énorme piscine incurvée, parmi les parasols et les chaises longues turquoise. Jule était pendue au cou d'Imogen. Elles bouquinèrent. Imogen regardait des vidéos de cuisine sur YouTube. Jule passa du temps à la salle de sport, Imogen alla se faire dorloter au spa. Elles nagèrent et firent des balades sur la plage.

Immie buvait pas mal. Elle se faisait apporter des margaritas au bord de la piscine. Mais elle n'avait pas l'air triste. La magie et l'euphorie de leur départ de Martha's Vineyard continuaient de se faire sentir chaque jour. Pour Jule, leur victoire était totale. C'était tout à fait la vie de rêve dont lui avait parlé Imogen, une vie libérée du piège des ambitions et des attentes, sans personne à satisfaire ou à décevoir. Elles profitaient du moment présent, ensemble ; leurs journées s'écoulaient, paisibles et parfumées à la noix de coco.

Le quatrième soir, elles se retrouvèrent assises au bord du Jacuzzi, les pieds dans l'eau, comme elles l'avaient fait tant de fois dans la villa d'Immie à Martha's Vineyard.

– Je devrais peut-être rentrer à New York, lâcha Imogen d'un air pensif. Histoire de voir un peu mes parents.

Elles avaient déjà dîné. Immie sirotait une margarita dans un gobelet en plastique muni d'un couvercle et d'une paille.

– Non, protesta Jule. Reste avec moi.

– Ce type au bar, l'autre soir, tu te souviens ? Il a dit que plus on s'absente de chez soi, moins on a de raisons d'y retourner.

Sans crier gare, Imogen se leva, ôta son short et son tee-shirt. Elle portait en dessous un maillot de bain une pièce gris métallique avec un décolleté plongeant retenu par un gros anneau doré. Lentement, elle se glissa dans l'eau chaude du Jacuzzi.

– Je ne voudrais pas qu'il ne me reste plus rien. Avec mes parents. En même temps, je ne supporte pas d'être chez eux. C'est juste que… ils me dépriment. Je t'ai raconté mon dernier passage à la maison ? Pendant les vacances d'hiver ?

– Non.

– J'étais si heureuse de m'éloigner de la fac. J'avais échoué au partiel de sciences politiques. Brooke et Vivian s'engueulaient tout le temps. Isaac venait de me larguer. Quand je suis arrivée chez moi, j'ai trouvé mon père encore plus malade que je ne m'y attendais. Ma mère n'arrêtait pas de pleurer. Mes frayeurs de grossesse débiles, mes mélodrames avec mes copines, mes chagrins d'amour, mes mauvaises notes… tout ça me paraissait trop insignifiant pour en parler. Mon père était couché, recroquevillé sur lui-même et relié à une machine pour respirer. La table de la cuisine était couverte de médicaments. Un jour, il m'a agrippé le bras et il m'a chuchoté : « Va chercher un babka pour ton vieux père. »

– C'est quoi, un babka ?

– Tu connais pas ? C'est comme un roulé à la cannelle, puissance mille.

– Et tu lui en as apporté ?

– Je suis sortie lui acheter six babkas et je lui en ai donné un par jour jusqu'à la fin de la semaine. J'avais l'impression de faire quelque chose pour lui alors qu'en réalité j'étais impuissante… Le jour de mon retour à Vassar, pendant le trajet en voiture avec ma mère, j'ai senti l'effroi m'envahir. Je n'avais aucune envie de retrouver Vivian, Brooke ou Isaac. Je ne voyais pas l'intérêt des études, sinon d'apprendre à devenir le genre de petite fille modèle dont rêvait ma mère. Ou l'intellectuelle raffinée que recherchait Isaac. Ça n'avait rien à voir avec moi. Dès qu'elle est repartie, j'ai appelé un taxi et j'ai filé à Martha's Vineyard.

– Pourquoi là-bas ?

– Pour m'évader. On y avait passé des vacances quand j'étais petite. Au bout de quelques jours, j'ai laissé mon portable se décharger. Je ne voulais répondre à personne. Je sais que ça peut paraître égoïste, mais il fallait que je coupe les ponts de manière radicale. Avec la maladie de mon père, je n'avais pas pu parler de mes problèmes. Ma seule façon de prendre du recul et faire le point sur ma vie, c'était de fuguer. Sans tous ces gens qui attendaient des choses de moi et que je décevais en permanence. Et puis j'ai fini par rester. Je vivais à l'hôtel depuis un mois quand j'ai compris que je ne rentrerais pas chez moi. J'ai envoyé un e-mail à mes parents pour les prévenir, et j'ai loué la villa.

– Comment ont-ils réagi ?

– Par une avalanche de mails et de textos : « Reviens à la maison, juste pour deux jours. On te paie le billet d'avion », « Ton père veut savoir pourquoi tu ne le rappelles pas ». Tu vois le genre. La dialyse de mon père les empêchait de venir me chercher alors, à la place, ils m'ont harcelée. J'ai bloqué leurs messages. Je les ai chassés de ma tête. C'était magique de pouvoir les éteindre comme ça, comme on appuie sur un interrupteur. Ça m'a sauvé la vie de ne plus penser à eux. C'est horrible à dire, je sais, mais c'était tellement agréable de ne plus culpabiliser en permanence.

– Ça n'a rien d'horrible, répondit Jule. Tu voulais changer

de vie. Il te fallait prendre cette décision radicale pour devenir la personne que tu es en train de devenir.

– Exactement. (Immie posa sa main humide sur le genou de Jule.) Bon, et toi ?

C'était sa technique : monopoliser la parole jusqu'à ce qu'elle soit allée au bout de son idée puis, fatiguée de parler, poser une question.

– Je ne rentrerai pas chez moi, déclara Jule. Jamais.

– Ça se passe si mal que ça? demanda Immie en cherchant son regard.

Dans un éclair de joie, Jule réalisa qu'elle était digne d'être aimée et de s'aimer elle-même. Oui, Immie comprendrait tout ce qu'elle avait sur le cœur. Absolument tout.

– On est pareilles, dit-elle. Je ne veux plus être la fille que j'étais autrefois. Je veux être telle que je suis, là, maintenant. Avec toi.

C'était la confidence la plus sincère qu'elle faisait de toute sa vie.

Immie se pencha pour l'embrasser sur la joue.

– Les familles bousillent le monde, dit-elle.

Jule se sentit transportée :

– Toi et moi, on forme une famille, désormais. Je suis ta nouvelle famille, et tu seras la mienne.

Elle attendit. Regarda son amie.

Immie était censée lui répondre qu'elles étaient comme deux sœurs.

Elle était censée lui répondre qu'elles étaient ensemble pour la vie et que oui, elles formaient une famille.

Elles venaient de se confier l'une à l'autre. C'était le moment où Imogen devait lui promettre de ne jamais la quitter comme elle avait quitté Forrest, et comme elle avait quitté ses parents.

À la place, Immie esquissa un sourire en coin. Elle se releva et se dirigea vers la piscine dans son maillot de bain gris métallique. Sourit à la bande d'adolescents qui barbotaient dans le petit bain. Des Américains.

– Salut, les gars ! lança-t-elle. L'un de vous pourrait aller me chercher un sachet de chips ou de bretzels au bar ? J'ai les pieds mouillés. Je ne voudrais pas mettre de l'eau partout...

Ils étaient encore plus trempés qu'elle, mais un volontaire sortit du bassin et se sécha dans sa serviette. Il était maigre et boutonneux, avec un sourire étincelant et le genre de corps long et étroit qu'Immie aimait tant chez les garçons.

– À votre service, dit-il avec une révérence comique.

– Tu es un prince parmi les hommes.

– Vous avez entendu ? lança-t-il à ses copains restés dans la piscine. Je suis un prince !

Pourquoi Immie avait-elle besoin de séduire tout le monde ? Ce n'était qu'une bande d'ados sans intérêt. Mais elle faisait le coup chaque fois que la situation devenait un peu trop tendue pour elle. Elle vous tournait le dos et projetait son aura sur de parfaits inconnus, des gens nouveaux qui se sentaient flattés de cette attention soudaine. C'est ce qu'elle avait fait quand elle avait planté ses copines de Greenbriar pour des élèves de la Dalton School. Quand elle avait délaissé son père malade et ses nouveaux amis de Dalton pour aller étudier à Vassar, avant de plaquer Vassar pour se réfugier à Martha's Vineyard. Elle avait quitté Forrest et Martha's Vineyard pour Jule, mais Jule ne semblait déjà plus lui suffire, à présent. Immie avait besoin de renouveler son stock d'admirateurs.

L'ado boutonneux lui rapporta plusieurs paquets de chips. Imogen s'installa sur une chaise longue pour grignoter et lui poser des questions.

D'où venaient-ils ? « Du Maine. »

Quel âge avaient-ils ? « L'âge de faire ce qu'on veut, hé hé ! »

Allez, pour de vrai ? « Seize ans. »

Le rire d'Imogen résonna à l'autre bout de la piscine. « Quels gamins ! »

Jule se leva et enfila ses chaussures. Quelque chose la mettait mal à l'aise chez ces garçons. Elle ne supportait pas de les voir rivaliser d'efforts pour amuser Imogen, s'éclabousser et jouer les machos dans l'eau. Elle n'avait pas de temps à perdre avec une bande de lycéens en chaleur. Immie pouvait bien rester dorer son égo, si telle était son envie.

Le lendemain, Jule décida de louer un bateau pour se rendre à Culebrita – la petite île volcanique aux roches noires, la réserve naturelle bordée de plages dont Immie avait parlé le jour de leur arrivée. On pouvait y aller en bateau-taxi, mais il fallait attendre son tour à la station. C'était plus sympa d'y aller par ses propres moyens. En plus, on pouvait rester aussi longtemps qu'on le souhaitait. Le concierge de l'hôtel indiqua à Jule le numéro de téléphone d'un type qui avait un bateau à louer.

Immie ne voyait pas l'intérêt de conduire un bateau soi-même quand quelqu'un d'autre pouvait le faire à votre place. Surtout, elle ne voyait pas l'intérêt de se rendre à Culebrita. Elle y était déjà allée. Il y avait une plage aux eaux scintillantes et cristallines juste sous leurs yeux. Un restaurant. Et deux piscines chauffées. Des gens à qui parler.

Mais Jule ne supportait pas l'idée de passer une journée de plus au bord de la piscine avec ces lycéens débiles. Elle voulait visiter Culebrita, voir les fameux rochers noirs et marcher jusqu'au phare.

Le loueur de bateaux leur donna rendez-vous à la marina située au bout de la plage. C'était très informel. Jule et Immie s'y rendirent à pied et deux jeunes Portoricains arrivèrent dans deux petits bateaux à moteur séparés. Immie les paya en liquide. L'un d'eux montra à Jule comment démarrer le moteur et fixer les rames, en cas de besoin. Il leur suffirait de prévenir par téléphone au moment de rendre le bateau.

Immie boudait. Elle décréta que les gilets de sauvetage étaient trop usagés et que la coque avait besoin d'un coup de peinture. Mais elle monta à bord quand même.

La traversée de la baie dura une demi-heure. La chaleur grimpait. L'eau était d'un bleu éclatant.

À quelques mètres de Culebrita, Jule et Imogen sautèrent à l'eau pour pousser le bateau sur la plage. Jule choisit un sentier et elles se mirent en marche. Immie ne disait rien.

– Gauche ou droite ? lui demanda Jule lorsqu'elles se retrouvèrent à un croisement.

– Comme tu voudras.

Elles prirent à gauche. La pente était dure. Au bout d'un quart d'heure, Immie se blessa sur un caillou. Elle alla s'appuyer contre un arbre pour examiner son pied.

– Ça va ? lui demanda Jule.

Elle saignait, mais juste un peu.

– Ouais.

– Dommage qu'on n'ait pas de pansements, commenta Jule. J'aurais dû y penser.

– Tant pis, ça fait rien.

– Désolée.

– Ce n'est pas de ta faute, dit Immie.

– Je veux dire, désolée que tu te soies fait mal.

– Laisse tomber, lâcha Immie avant de repartir grimper la colline.

Arrivées au sommet, elles découvrirent enfin les rochers noirs.

C'était une vision différente de celle à quoi s'attendait Jule. Encore plus belle. Presque effrayante. La pierre était sombre, glissante. La mer tourbillonnait autour, s'engouffrait entre les rochers et formait des piscines naturelles chauffées par les rayons du soleil. Certaines roches étaient recouvertes de délicates algues vertes.

Il n'y avait personne.

Immie se mit en maillot de bain et, sans un mot, se glissa dans la plus grande des piscines d'eau de mer. Sa peau était bronzée, elle portait un bikini noir attaché par une cordelette derrière la nuque.

Jule se sentit moche et masculine. Elle avait soudain honte de ses muscles, pourtant acquis au prix de tant d'efforts, et le maillot de bain bleu pâle qu'elle avait porté tout l'été lui parut vulgaire.

– Elle est chaude ? demanda-t-elle en parlant de l'eau.

– Pas mal, oui, marmonna Immie.

Penchée en avant, elle s'aspergeait les bras et la nuque. Jule était irritée par son attitude. Après tout, ce n'était pas de sa faute si Imogen s'était blessé au pied. Son seul crime était d'avoir voulu louer un bateau pour visiter Culebrita.

Immie n'était qu'une enfant gâtée qui boudait quand elle n'obtenait pas ce qu'elle voulait. C'était l'un de ses grands défauts. Personne ne disait non à Imogen Sokoloff.

– Si on allait jusqu'au phare ? proposa Jule.

C'était le point culminant de l'île.

– Pourquoi pas.

Jule voulait qu'elle se montre plus enthousiaste. Mais Immie refusait de jouer le jeu.

– Ton pied, ça ira ?

– J'imagine.

– Tu as *envie* qu'on aille jusqu'au phare ?

– Si tu veux.

– Mais est-ce que ça te fait plaisir ?

– Qu'est-ce que tu veux que je te dise, Jule ? *Oh oui, je rêve d'aller voir le phare* ? À Martha's Vineyard, je voyais un nom de Dieu de phare tous les jours. Tu veux m'entendre dire que je meurs d'envie de grimper une colline avec le pied en sang sous cette chaleur pour voir ce truc qui ressemble à un million d'autres trucs que j'ai vus dans ma vie ? Hein, c'est ça ?

– Non.

– Alors qu'est-ce que tu veux ?

– Je voulais juste avoir ton avis.

– Eh bien, je veux retourner à l'hôtel.

– Mais on vient d'arriver !

Imogen sortit de l'eau et se rhabilla avant de renfiler ses sandales.

– On peut rentrer ? J'ai envie d'appeler Forrest. Mon portable ne capte pas ici.

Jule se sécha les jambes au soleil et remit ses chaussures.

– Pourquoi est-ce que tu veux appeler Forrest ?

– Parce que c'est mon mec et qu'il me manque, rétorqua Immie. Tu t'imaginais quoi, que je l'avais largué ?

– Je ne m'imaginais rien du tout.

– Je ne l'ai pas largué. Je suis juste venue à Culebra pour faire un break, c'est tout.

Jule reprit le sac qu'elles avaient emporté pour deux.

– Si tu veux rentrer, alors rentrons.

Jule se sentait vidée de la joie qui l'habitait ces derniers jours. Il faisait trop chaud, et tout lui semblait banal.

Elles avaient tiré leur bateau si haut sur la plage qu'elles durent le pousser sur plusieurs mètres de sable. Elles grimpèrent à l'intérieur et se servirent des rames afin de propulser l'embarcation vers une profondeur suffisante pour redémarrer le moteur.

Imogen n'était pas très bavarde.

Jule remit le moteur en marche et désigna Culebra, qu'on apercevait au loin.

Immie s'assit à la proue du bateau, son profil théâtral découpé par le bleu de la mer. En l'observant, Jule sentit une bouffée de tendresse monter en elle. Immie était une jeune femme sublime, et sa beauté laissait transparaître sa bienveillance. Son amour des animaux. C'était le genre d'amie capable de vous apporter un café préparé exactement comme vous l'aimiez, capable de vous offrir des fleurs, des livres, et de vous confectionner des muffins. Elle savait s'amuser comme personne. Son charisme était magnétique ; tout le monde l'aimait. Elle dégageait une sorte de pouvoir – richesse, vivacité, indépendance – qui brillait autour d'elle comme une aura. Et Jule avait beaucoup de chance de se trouver là, en pleine mer, cette mer d'un bleu turquoise prodigieux, en présence de cet être si rare et exceptionnel.

Leur dispute d'aujourd'hui n'avait aucune importance. C'était lié à la fatigue, rien de plus. Même les plus belles amitiés traversaient des moments d'orage. C'était la preuve qu'on était soi-même et sincère l'un envers l'autre.

Jule coupa le moteur. La mer était très calme. Pas un seul autre bateau à l'horizon.

– Un problème ? lui demanda Imogen.

– Je m'excuse d'avoir insisté pour qu'on loue ce bateau débile.

– T'inquiète. Écoute, j'ai un truc à te dire : je repars à Martha's Vineyard retrouver Forrest demain matin.

Jule eut soudain le tournis.

– Comment ça ?

– Il me manque, je te l'ai dit. Je culpabilise un peu de l'avoir planté comme ça. J'étais en colère à cause de... (Immie se tut, le temps de bien choisir ses mots.) À cause de ce qui s'est passé avec l'employé de maison. Et de la manière dont Forrest a géré la situation. Mais je n'aurais pas dû m'enfuir. C'est vraiment une mauvaise habitude que j'ai prise.

– Tu n'as pas à y retourner sous prétexte que tu culpabilises envers lui. *Surtout* lui.

– Je l'aime.

– Alors pourquoi est-ce que tu lui mens en permanence ? rétorqua sèchement Jule. Pourquoi es-tu venue ici avec moi ? Pourquoi penses-tu encore à Isaac Tupperman ? Ce ne sont pas des façons d'agir quand on est amoureux. On ne quitte pas une personne au milieu de la nuit en espérant qu'elle nous fera la fête à notre retour. On n'abandonne pas les gens comme ça.

– Tu es jalouse de Forrest, je l'ai bien compris. Mais je ne suis pas une poupée dont tu peux faire ce que tu veux. (Le ton d'Immie se fit plus dur.) Je croyais que tu m'appréciais pour ce que j'étais. Pas pour mon fric ni tout le reste. Je croyais qu'on était pareilles, que tu me comprenais. Je pouvais tout te dire. Mais plus ça va, plus j'ai l'impression que tu t'es construit une image de moi, *Imogen Sokoloff*... (Elle prononça son propre nom comme s'il était en italique.) Tu t'es inventé une amie idéale, mais ce n'est pas moi. Tu veux juste m'emprunter mes fringues, lire mes bouquins et profiter de mon argent. Ce n'est pas ce que j'appelle l'amitié, Jule. Pas quand c'est à moi de tout payer, que tu me piques sans arrêt mes affaires et que ça ne s'arrête jamais. Tu me laisses te confier tous mes secrets pour me les rebalancer en pleine figure. J'ai de la peine pour toi, tu sais. Je t'aime beaucoup, mais souvent j'ai l'impression de me retrouver face à mon propre clone. Je m'excuse du fond du cœur de te dire une chose pareille, mais...

– Mais quoi ?

– Je n'arrive pas à te cerner. Tu passes ton temps à modifier les détails de tes histoires comme si tu ne les connaissais pas toi-même. Je n'aurais jamais dû te proposer de rester avec nous à Martha's Vineyard. C'était sympa au début, mais j'ai vraiment l'impression que tu t'es servie de moi. Voire que tu m'as menti. J'ai besoin de prendre mes distances avec toi. Voilà la vérité.

La tête lui tournait de plus en plus fort.

Immie ne pouvait pas dire ce qu'elle était en train de dire.

Ça faisait des semaines que Jule lui passait tous ses caprices. Elle l'avait laissée tranquille quand Immie avait besoin d'intimité, accompagnée en ville lorsqu'elle avait envie d'une virée shopping. Elle avait supporté Brooke et Forrest. Elle avait su quand se taire et l'écouter ou quand lui raconter des histoires. Elle s'était adaptée à son environnement, avait appris tous les codes de son monde. Elle n'avait pas eu un mot plus haut que l'autre. Elle avait lu des centaines de pages de romans de Dickens.

– Je ne suis pas mes fringues, poursuivit Imogen. Je ne suis pas mon fric. Tu veux que je sois comme…

– Je ne veux pas que tu sois quelqu'un que tu n'es pas, l'interrompit Jule. Pour rien au monde.

– Si, insista Imogen. Tu voudrais mon attention exclusive. Tu voudrais que je sois belle et insouciante, alors que certains jours je me sens juste moche et minable. Tu me mets sur un piédestal, tu voudrais que je cuisine toujours de bons petits plats, que je lise des chefs-d'œuvre de la littérature et que je sois un ange avec tout le monde, mais ce n'est pas moi, et c'est épuisant. Je n'ai pas envie de te faire plaisir sous prétexte que tu m'as assigné un rôle.

– C'est faux !

– C'est un poids trop lourd à porter, Jule. Tu m'écrases. Tu m'obliges à être importante dans ta vie. Ça ne m'intéresse pas.

– Mais tu es ma meilleure amie !

C'était la vérité. Ces mots lui échappèrent comme un cri du cœur, à la fois plaintif et retentissant. Jule avait toujours louvoyé entre les gens. Elle ne voulait pas s'attacher à eux ; ils ne laissaient aucune trace en elle et ne lui manquaient jamais. Elle avait multiplié les mensonges pour séduire Immie. Cet amour, elle l'avait bien mérité en échange.

Mais Immie secoua la tête.

– Après quelques semaines de vacances chez moi ? Ta meilleure amie ? Arrête. J'aurais dû te demander de partir au bout d'un week-end.

Jule se leva. Immie était assise au bord de la proue.

– Qu'est-ce que je t'ai fait pour que tu me détestes ? lui demanda-t-elle. Je ne comprends pas.

– Tu n'as rien fait de mal. Je ne te déteste pas.

– Je veux savoir ce que tu me reproches.

– Écoute. Je t'ai fait venir ici avec moi parce que je ne voulais pas que tu parles, répliqua Imogen. Je t'ai invitée pour que tu te taises. Voilà, t'es contente ?

Il y eut un silence. Ces mots restèrent suspendus entre elles. *Je t'ai invitée pour que tu te taises.*

– J'en ai marre de ce voyage, poursuivit Imogen. J'en ai marre que tu me piques mes fringues, que tu m'observes comme si je n'étais jamais à la hauteur, comme si tu me jugeais, et j'en ai marre de ta soif d'amour envahissante. Je n'en veux pas.

Jule ne pensait plus à rien. Elle ne pouvait même plus penser.

Elle s'empara d'une des rames posée au fond du bateau. Et cogna avec, de toutes ses forces.

L'objet heurta le crâne d'Imogen. L'extrémité tranchante en premier.

Immie s'effondra. Le bateau tangua violemment. Jule s'avança, et Immie se tourna vers elle. La surprise se lisait sur son visage. Jule savoura un moment de triomphe : son adversaire l'avait sous-estimée.

Elle abattit de nouveau son arme sur ce visage angélique. Le coup fendit le nez, les pommettes. Creva l'un des yeux. Jule frappa une troisième fois et le son fut atroce, fracassant et sans appel. La mâchoire d'Imogen, son orgueil, sa beauté et son égoïsme, tout cela fut anéanti par la puissance du bras droit de Jule. Elle avait *gagné*, putain. L'espace d'un instant, elle ressentit l'ivresse de la victoire.

Immie bascula de la proue. Le bateau pencha vers l'arrière, soudain délesté de son poids. Jule perdit l'équilibre et se cogna violemment la hanche contre la coque.

Il y eut deux éclaboussures dans l'eau. Immie se débattait,

pantelante. Elle avait du sang plein les yeux. Il ruisselait dans la mer turquoise. Son chemisier blanc flottait autour d'elle.

Le triomphe de Jule s'évanouit et elle sauta dans l'eau pour l'empoigner par les épaules. Elle voulait une réponse.

Immie lui devait une réponse.

Elles n'en avaient pas encore terminé, nom de Dieu. Immie ne pouvait pas lui filer entre les doigts comme ça.

– Et là, tu dis quoi ? s'écria Jule en moulinant des jambes tout en maintenant tant bien que mal Immie hors de l'eau. Hein, tu dis quoi ? (Le sang d'Immie lui dégoulinait sur les bras.) Parce que je suis pas ton putain de petit caniche, et je suis plus ta putain de copine, tu m'entends ? vociféra-t-elle. Tu me regardes de haut mais c'est moi la plus forte, c'est moi la plus forte, bordel ! Tu comprends ça, Immie ? T'as compris ?

Jule tenta de la retourner, de sortir son visage de l'eau, de la faire respirer et de l'obliger à l'écouter, mais les blessures étaient monstrueuses. Le visage d'Imogen était une bouillie infâme, elle saignait de l'oreille, du nez, de sa pommette éclatée. Son corps se convulsait et tremblait. Sa peau était glissante, inexorablement glissante. Elle agitait les bras et frappa Jule en pleine figure d'un revers de main spasmodique.

– Alors, tu dis quoi, bordel ? répéta Jule d'un ton implorant. Qu'est-ce que t'avais à me dire ?

Le corps d'Imogen Sokoloff fut parcouru d'un dernier soubresaut avant de se figer.

Son sang formait une flaque autour d'elles.

Jule remonta dans le bateau et le temps s'arrêta.

Une heure s'écoula. Peut-être deux. Ou quelques minutes à peine.

Aucun combat ne s'était jamais déroulé ainsi. C'était toujours une question d'action, d'héroïsme, de défense, de compétition. Parfois de vengeance. Là, c'était différent. Un cadavre flottait dans la mer. Un petit lobe d'oreille au triple piercing. Des boutons de manche de chemisier, bleu pâle sur du lin blanc.

Jule avait aimé Imogen Sokoloff autant qu'elle savait aimer quelqu'un. De tout son cœur.

Mais Imogen n'avait pas voulu de cet amour.

Pauvre Immie. Si belle, exceptionnelle.

Jule sentit son estomac se retourner. Elle se pencha au-dessus de l'eau, prise de haut-le-cœur. Elle s'agrippa au rebord de la coque, persuadée qu'elle allait vomir, les épaules tremblantes. Elle sentit un premier soubresaut la parcourir mais rien ne sortit. Ni cette fois, ni la suivante. Elle mit une bonne minute ou deux avant de s'apercevoir qu'elle pleurait.

Ses joues ruisselaient de larmes.

Elle ne voulait pas faire de mal à Imogen.

Bien sûr que si.

Bien sûr que non.

Elle regrettait de lui avoir fait du mal.

Elle aurait voulu revenir en arrière. Être quelqu'un d'autre, habiter un autre corps, vivre une autre vie. Elle aurait voulu qu'Immie l'aime aussi et elle sanglota parce que c'était impossible, désormais.

Elle tendit le bras dans l'eau pour attraper la main molle d'Immie. Elle la tint longuement dans la sienne, penchée par-dessus le rebord du bateau.

Un moteur d'avion vrombit dans le ciel.

Jule lâcha les doigts d'Immie et ravala ses larmes. Son instinct de survie reprit le dessus.

Elle était vraiment loin des côtes. À vingt minutes de Culebra et dix minutes de Culebrita. Jule testa l'eau. Un courant se dirigeait vers le large depuis le chenal de navigation très fréquenté entre les deux îles. Elle reprit la main d'Immie pour la rapprocher de la coque et lui passa une corde sous les bras en veillant à ce qu'elle reste suffisamment lâche pour ne pas comprimer sa peau. La corde était rugueuse, et la nouer fut difficile. Jule s'en écorcha les doigts. Elle rata plusieurs tentatives avant de réussir à exécuter un nœud solide.

Elle redémarra le moteur et mit tranquillement le cap vers le large dans la direction du courant. Quand la mer devint verte et plus profonde, lorsqu'elles furent suffisamment à l'écart de la ligne droite entre Culebra et Culebrita, Jule détacha la corde et laissa Imogen s'en aller.

Son corps coula lentement, très lentement.

Jule rinça la corde et la frotta à l'aide d'une brosse qu'elle trouva dans une petite caisse à outils. Elle avait les paumes râpées, à vif, mais à part ça, aucune trace. Elle enroula soigneusement la corde et la rangea au fond du bateau. Elle rinça et nettoya la rame.

Puis elle prit le chemin du retour.

– Mademoiselle Sokoloff ? la héla le réceptionniste dans le hall de l'hôtel.

Jule s'arrêta net et le dévisagea.

Il l'avait prise pour Imogen. C'était la première fois que cela lui arrivait.

Elles ne se ressemblaient pas vraiment. Mais après tout, elles étaient jeunes, blanches et pas très grandes, avec les cheveux courts et des taches de rousseur. Elles avaient le même accent de la côte Est. Il n'était pas difficile de les confondre.

– Un paquet est arrivé pour vous hier, mademoiselle, annonça l'homme en souriant. Je l'ai ici, à l'accueil.

Jule lui rendit son sourire.

– Vous êtes un sucre, lui dit-elle. Merci infiniment.

8

DEUXIÈME SEMAINE DE SEPTEMBRE 2016
MENEMSHA, MARTHA'S VINEYARD, MASSACHUSETTS

Six jours avant que Jule récupère le paquet d'Immie à la réception de l'hôtel, l'employé de maison ne se présenta pas à leur domicile de Martha's Vineyard. Il s'appelait Scott. Il devait avoir vingt-quatre ans, c'est-à-dire qu'il était à peine plus âgé qu'Immie, Jule, Brooke, et même Forrest. Mais Imogen l'appelait quand même l'employé de maison.

Scott lui avait été recommandé par les propriétaires de la villa pour les travaux de jardinage et le ménage. La piscine et le Jacuzzi avaient besoin d'être entretenus. La maison était lumineuse et pleine de fenêtres, avec un plafond très haut dans le salon et la salle à manger. Six lucarnes, cinq chambres à coucher. Des terrasses à l'avant et à l'arrière. Des rosiers et autres plantations. Tout cela demandait beaucoup de travail.

Scott avait un visage large et ouvert, le nez plat. Il était blanc, avec les joues roses, la mâchoire carrée et les cheveux noirs en bataille. Il avait des hanches étroites et les bras sérieusement musclés. Le plus souvent, il portait une casquette de base-ball sur la tête et restait torse nu.

Quand elle fit la connaissance de Scott, Jule ne comprit pas tout de suite ce qu'il venait faire là. Il était dans la cuisine en train de passer la serpillière. Il ne semblait pas très différent des amis provisoires de Forrest et Immie sur l'île; pourtant il était là, torse nu, en train de lessiver par terre.

– Salut, moi c'est Jule, dit-elle, debout sur le seuil.

– Scott, répondit-il sans interrompre son geste.

– Tu viens à la plage? lui demanda-t-elle.

– Ah, non merci. Je reste là. Je suis l'employé de maison d'Imogen.

Il s'exprimait avec un accent standard.

– Oh, je vois. (Jule se demanda si Imogen lui adressait la parole ou si Scott était censé être invisible. Elle ne connaissait pas encore les codes en usage dans ce genre de situation.) Je suis une vieille copine de lycée d'Immie.

Il ne fit aucun commentaire.

Jule le regarda un moment.

– Tu veux boire quelque chose? ajouta-t-elle. On a du Coca et du Coca Light.

– Vaut mieux que je travaille. Imogen n'aime pas que je reste à me tourner les pouces.

– Elle est stricte à ce point?

– Elle sait ce qu'elle veut. Je respecte ça, dit-il. Et puis, elle me paie.

– Mais est-ce que tu veux un Coca?

Scott s'agenouilla et aspergea du produit sous le lave-vaisselle, là où la saleté s'accumulait. Puis il frotta à l'aide d'une éponge métallique. Les muscles de son dos étaient luisants de sueur.

– Elle me paie pas pour que je lui pique des trucs dans son frigo, finit-il par répondre.

Les jours suivants, il devint évident que Scott n'était pas

précisément censé être invisible : sa présence était si décorative que nul ne pouvait l'ignorer, même si personne ne lui adressait la parole au-delà des politesses d'usage. Immie se contentait d'un vague « salut » lorsqu'elle le croisait avant de laisser son regard glisser vers le reste de son corps. Scott nettoyait les toilettes, sortait les poubelles et ramassait ce que les gens laissaient traîner dans le salon. Jule ne lui proposa plus jamais de boire un Coca.

Le matin où Scott ne se présenta pas au travail, c'était un vendredi. Ce jour-là, il faisait généralement la cuisine et les salles de bains avant d'arroser la pelouse. Il finissait son service à onze heures, si bien que personne ne remarqua trop son absence.

Mais le lendemain, il ne vint pas non plus. Le samedi, il s'occupait de la piscine et du jardinage. Immie lui laissait toujours sa paie de la semaine posée sur le plan de travail de la cuisine. L'argent était bien là, mais Scott ne vint pas le récupérer.

Jule descendit au rez-de-chaussée dans sa tenue de sport. Brooke était assise sur le comptoir de la cuisine, en train de grignoter une grappe de raisin. Forrest et Immie mangeaient des bols de muesli avec du fromage blanc et des framboises sur la table de la salle à manger. L'évier était rempli de vaisselle sale.

– Où est passé le mec qui fait le ménage ? lança Brooke pendant que Jule se servait un verre d'eau.

– Il est contrarié à cause de moi, répondit Immie.

– C'est *moi* qui suis contrarié à cause de lui, répliqua Forrest.

– Moi aussi, je suis contrariée, fit Brooke. Je voudrais qu'il me lave mon raisin, qu'il se déshabille et me lèche des pieds à la tête. Mais il ne fait rien de tout ça. Il n'est même pas là. Que se passe-t-il ?

– Très drôle, commenta Forrest.

– Il incarne mon idéal masculin absolu, poursuivit Brooke. Il est costaud, pas trop bavard et, contrairement à toi… (Elle goba un grain de raisin)… il sait faire la vaisselle.

– Je fais très bien la vaisselle, protesta Forrest.

Immie s'esclaffa.

– Ouais, tu laves ton assiette et c'est tout.

Forrest resta un moment interdit avant de reprendre la conversation au début.

– Tu l'as appelé pour savoir où il était ?

– Non. Il m'a réclamé une augmentation et j'ai refusé, répondit Immie d'une voix veloutée en croisant le regard de Jule. Il bosse bien, mais il arrive parfois en retard. Je déteste trouver une cuisine en désordre à mon réveil.

– Tu l'as viré ? demanda Forrest.

– Non.

– Quand tu lui as refusé son augmentation, il t'a dit s'il reviendrait travailler quand même ?

– Je crois. Je ne sais plus.

Immie se leva pour aller rincer son mug et son bol.

– Comment peux-tu ne pas t'en souvenir ?

– Je croyais qu'il reviendrait. Mais visiblement, on s'est mal compris, lança-t-elle de l'évier.

– Je l'appelle, décida Forrest.

– Non, ne fais pas ça, dit-elle en revenant vers lui.

– Pourquoi ? dit Forrest en prenant le téléphone d'Imogen. On a besoin de quelqu'un pour le ménage, et il connaît déjà la maison. Il doit y avoir un malentendu.

– Je t'ai dit de ne pas l'appeler, asséna froidement Immie. C'est mon portable, et c'est ma maison.

Forrest reposa l'appareil, l'air de nouveau éberlué.

– J'essaie juste de t'aider, dit-il.

– Sauf que tu ne m'aides pas.

– Mais si !

– Tu me laisses toujours tout faire d'habitude, répliqua Immie. Je dois m'occuper de la cuisine, des repas, de l'employé de ménage, des courses et du WiFi. Et tout à coup, voilà que tu t'énerves parce que je ne gère pas les choses comme *tu* voudrais ?

– Imogen…

– Je ne suis pas ta petite femme d'intérieur, Forrest, dit-elle. C'est même tout le contraire de ce que je suis.

Le jeune homme alluma son ordinateur.

– C'est quoi, le nom de famille de Scott ? dit-il. Je crois qu'on devrait mener notre petite enquête pour voir si quelqu'un s'est déjà plaint de ses services. Il doit bien y avoir un site de ce genre quelque part.

– Cartwright, répondit Immie, visiblement soucieuse de mettre un terme à leur dispute. Mais tu ne trouveras rien. C'est juste un mec du coin qui fait des petits boulots au noir pour arrondir ses fins de mois. Il n'est inscrit sur aucun site.

– Eh bien, c'est ce que nous allons… Oh mon Dieu.

– Quoi ?

– Scott Cartwright, originaire d'Oak Bluffs ?

– Oui, pourquoi ?

– Il est mort.

Immie accourut. Brooke descendit de son perchoir, et Jule revint précipitamment du couloir où elle était en train de s'étirer. Ils se pressèrent autour de l'ordinateur.

Un article mis en ligne sur le site du *Martha's Vineyard Times* évoquait le suicide d'un dénommé Scott Cartwright. Il s'était pendu à une poutre dans la grange d'un voisin après avoir shooté dans une échelle de six mètres de haut.

– C'est ma faute, déclara Imogen.

– Pas du tout, répondit Forrest sans quitter l'écran des yeux. Il voulait une augmentation alors qu'il était toujours en retard. Tu as refusé de la lui accorder. Ce n'est pas une raison pour se donner la mort.

– Il devait être dépressif, avança Brooke.

– L'article précise qu'il n'a pas laissé de lettre d'adieu, dit Forrest. Mais la police est convaincue qu'il s'agit d'un suicide.

– Pas moi, fit Immie.

– Allons, personne ne l'a obligé à grimper sur cette échelle pour se pendre au bout d'une corde.

– Si. J'en suis sûre.

– Tu es sous le choc, répondit Forrest. Scott était un type sympa, et sa mort est très triste, mais personne ne l'a *tué*. Réfléchis, voyons.

– Ne me parle pas comme à une débile, rétorqua sèchement Immie.

– Personne n'irait assassiner un homme de ménage et maquiller sa mort en suicide.

Forrest se leva et rassembla ses cheveux en queue de cheval à l'aide de l'élastique qu'il portait autour de son poignet.

– Imogen, tu es bouleversée, et c'est compréhensible, mais…

– Ça n'a rien à voir avec Scott ! s'écria Immie. C'est toi et ta condescendance ! Tu te crois supérieur sous prétexte que tu es diplômé de la fac. Et parce que tu es un homme. Et parce que tu es un Martin de la famille Martin de Greenwich et…

– Immie…

– Laisse-moi finir, vociféra-t-elle. Tu vis chez *moi*. Tu manges *ma* nourriture, tu conduis *ma* voiture, et ce pauvre garçon nettoyait ton bordel parce que *je* le payais pour ça. Et au fond de toi, tu m'en veux, Forrest. Tu m'en veux parce que j'ai les moyens de m'offrir cette vie et de prendre mes décisions moi-même. Alors pour te venger, tu me regardes de haut et tu critiques tout ce que je dis !

– Je t'en prie, discutons-en plutôt en privé.

– Laisse-moi. J'ai besoin d'être seule, rétorqua Immie d'un ton agacé.

Forrest marmonna et disparut à l'étage. Brooke lui emboîta le pas.

Dès qu'ils furent partis, Immie éclata en sanglots. Elle alla vers Jule et la prit dans ses bras. Elle sentait bon le jasmin et le café frais. Les deux jeunes femmes restèrent ainsi un long moment, immobiles.

Vingt minutes plus tard, Immie et Forrest partirent faire un tour en voiture pour parler. Brooke resta dans sa chambre.

Jule alla faire son jogging et passa le reste de la matinée à sa façon. En guise de déjeuner, elle engloutit deux toasts tartinés de pâte chocolat-noisette et but une boisson protéinée en poudre mélangée à du jus d'orange. Elle était en train de faire sa vaisselle quand Brooke descendit l'escalier d'un pas lourd et traversa le salon en traînant son sac de couchage.

– Je me casse, annonça-t-elle.

– Là, tout de suite ?

– J'ai eu ma dose de psychodrame. Je rentre chez mes parents, à La Jolla. Je sais d'avance qu'ils vont me gonfler, genre *Brooke, trouve-toi un stage ! Fais du bénévolat dans une association ! Retourne à la fac !* Ça va être insupportable, mais tu sais quoi ? J'ai envie d'être chez moi, en fait.

Brooke fit soudain demi-tour vers la cuisine. Elle ouvrit le placard et prit deux paquets de biscuits ainsi qu'un sachet de tortillas qu'elle fourra dans son sac.

– La bouffe est infecte sur le ferry. Ciao.

Le soir, Imogen rentra à la maison et alla retrouver Jule sur la terrasse.

– Où est Forrest ?

– Il est monté dans son bureau. (Immie s'assit et ôta ses sandales.) Les obsèques de Scott auront lieu la semaine prochaine.

– Brooke est partie.

– Je sais. Elle m'a envoyé un texto.

– Elle a emporté tous les biscuits.

– Ça m'étonne pas.

– Elle a dit que ça te serait égal.

– Je ne les gardais pas pour moi. (Imogen se releva pour aller presser l'interrupteur des spots de la piscine. L'eau s'illumina.) Je crois qu'on devrait se barrer d'ici. Sans Forrest.

Oui.

Se pourrait-il que ce soit aussi facile ? D'avoir Immie pour elle toute seule ?

– Partons demain matin, poursuivit Imogen.

– OK, répondit Jule en s'efforçant de prendre un air nonchalant.

– Je vais nous chercher un vol. Tu me comprends, toi. J'ai besoin de changer d'air, de passer du temps entre filles.

– Je n'ai pas besoin de rester ici, répondit Jule, aux anges. Et je ne suis attendue nulle part.

– J'ai une idée, fit Imogen d'un ton de conspirateur. (Elle s'étendit sur une chaise longue.) L'île de Culebra. Au large de Porto Rico. Et ne t'inquiète pas pour l'argent, ajouta-t-elle en posant sa main sur le bras d'Immie. Les billets d'avion, l'hôtel, le spa… tout ça, c'est cadeau.

– Je te suis, dit Jule.

7

PREMIÈRE SEMAINE DE SEPTEMBRE 2016
MENEMSHA, MARTHA'S VINEYARD, MASSACHUSETTS

Deux jours avant sa mort, Scott était en train de nettoyer la piscine quand Jule revint de son jogging matinal. Il était torse nu. Son jean taille basse était descendu sur ses hanches. Il passait l'épuisette le long du rebord du bassin.

Au moment où Jule passa devant lui, il la salua d'un ton enjoué. Immie et Forest n'étaient pas encore levés. La voiture de location de Brooke n'était pas garée dans l'allée. Jule récupéra les vêtements qu'elle avait laissés là plus tôt et les accrocha à la patère près de la douche extérieure. Puis elle se glissa à l'intérieur de la cabine.

Elle se lava, se rasa les jambes et pensa à Scott. Quel beau gosse. Elle se demanda quels exercices de muscu il pratiquait, et aussi pourquoi il tenait à se faire payer en liquide. Comment en était-il arrivé à nettoyer les toilettes des riches et à tondre leur pelouse pour gagner sa vie, alors qu'il avait tout du héros d'action viril qu'on voyait dans les films ? Un garçon comme lui n'avait sûrement aucun mal à obtenir tout ce qu'il voulait ou presque. Rien ne l'obligeait à faire ça. Et pourtant, il était là. À faire le ménage.

Ça lui plaisait peut-être, qui sait. Ou peut-être pas.

Quand Jule coupa l'eau de la douche, Scott et Imogen étaient en train de discuter sur la terrasse.

– Il faut que tu m'aides, lui disait-il tout bas.

– Je ne vois absolument pas pourquoi.

– Je t'en prie...

– Je refuse de m'en mêler.

– Tu ne seras mêlée à rien, Imogen. Je suis venu te le demander parce que j'ai confiance en toi.

Elle soupira.

– Tu es venu me demander mon aide parce que j'ai un compte en banque.

– Pas du tout. On a un lien fort, toi et moi.

– Ah bon ?

– Tous ces après-midi passés chez moi. Je ne t'ai jamais rien demandé. Tu venais parce que tu en avais envie.

– Ça fait bien une semaine que je n'ai pas remis les pieds chez toi.

– Tu me manques.

– Ne compte pas sur moi pour éponger tes dettes, asséna Imogen d'un ton ferme.

– C'est juste un emprunt. Juste pour cette fois. Jusqu'à ce que ces types me lâchent la grappe.

– Mauvais plan. Va voir ton banquier. Ou retire de l'argent à crédit avec une carte.

– Je n'ai pas de carte de crédit. Ces types sont... Ils ne plaisantent pas. Ils m'ont laissé des mots à l'intérieur de ma voiture. Ils...

– Tu n'avais qu'à pas faire de paris, l'interrompit Immie. Je te croyais plus malin que ça.

– Tu ne veux pas me prêter juste de quoi rembourser cette

dette ? Tu ne me reverras plus jamais. Je te rendrai l'argent et je disparaîtrai de ta vie, Immie. C'est promis.

– Il y a une minute, tu m'expliquais qu'on avait un lien fort et maintenant, tu me promets de disparaître ?

– Je n'ai rien, l'implora Scott. J'ai à peine cinq dollars dans mon portefeuille.

– Et ta famille ?

– Mon père s'est barré depuis longtemps. Ma mère est morte d'un cancer quand j'avais dix-sept ans. Je n'ai *personne.*

Immie garda le silence un moment.

– Désolée. Je ne savais pas.

– Je t'en prie, Immie. Ma puce…

– Arrête. Forrest est à l'étage.

– Si tu acceptes de m'aider, je partirai très vite.

– Serait-ce une menace ?

– Je demande de l'aide à une amie pour rembourser une dette, c'est tout. Dix mille dollars, c'est rien pour quelqu'un comme toi.

– Pourquoi dois-tu autant d'argent ? Sur quoi as-tu parié ?

Scott marmonna sa réponse.

– Les combats de chiens.

– Oh non…

Immie eut l'air choquée.

– J'avais une bonne bête.

– C'est horrible. Et interdit.

– J'avais entendu parler d'une chienne abandonnée. Une vraie teigne. Et je connaissais un mec qui organisait des combats de temps en temps. Il a deux pitbulls. Ça n'avait rien d'officiel.

– C'était officiel si ce type organisait des combats régulièrement. Il y a des lois contre ça. C'est cruel.

– Cette chienne aimait se battre.

– Non, protesta Imogen. Tais-toi. Si quelqu'un l'avait adoptée et traitée avec douceur, elle aurait…

– Tu ne l'as jamais vue, l'interrompit Scott, irrité. De toute manière, c'est trop tard. Le combat a eu lieu et elle a perdu, OK ? Je suis intervenu avant qu'elle morfle trop, parce qu'on a le droit quand on est le propriétaire du chien, et qu'elle était… disons que le combat ne s'est pas déroulé comme je le pensais.

Jule se tenait parfaitement immobile, cachée derrière la paroi de la cabine de douche. Elle n'osait plus bouger.

– Mais résultat, je dois de l'argent aux types qui ont misé sur elle, poursuivit Scott. Ils m'ont dit que j'aurais dû la laisser se battre jusqu'à la mort. J'ai répondu que c'était la règle, que le proprio du chien avait le droit de mettre fin au combat. Ils m'ont dit que ouais, sauf que personne ne le faisait jamais, parce que ça lèse les gens qui misent sur ton clébard. (Il pleurait, à présent.) Et maintenant, ils veulent que je les rembourse. L'organisateur veut rentrer dans ses frais, lui aussi. Il dit que les gens se sont plaints, que j'ai ruiné son business en laissant combattre un chien alors que j'étais… J'ai peur, Imogen. Je ne sais pas comment m'en sortir sans ton aide.

– Laisse-moi t'expliquer la situation, déclara Imogen d'un ton lent. Tu es mon jardinier, mon pisciniste, mon homme de ménage. Tu travailles ici. Tu as fait du bon boulot, et c'était sympa de traîner un peu chez toi. Ça ne m'oblige en rien à te venir en aide alors que tu t'es livré à une activité illégale et immonde avec cette pauvre bête sans défense.

Jule commença à transpirer.

C'était la façon dont Imogen avait prononcé ces mots. *Jardinier, pisciniste, homme de ménage.* Cette froideur dans sa voix. Jule ne l'avait encore jamais vue se confronter à quelqu'un qu'elle méprisait. Avant aujourd'hui.

– Donc tu refuses de m'aider ? dit Scott.

– On se connaît à peine.

– Tu parles. Certaines semaines, tu es passée chez moi tous les jours !

– Je ne savais pas que tu aimais voir des chiens s'entretuer. Je ne savais pas que tu aimais parier. Je ne savais pas que tu étais aussi stupide et cruel parce qu'à mes yeux tu étais juste le type qui fait le ménage chez moi. Et je crois qu'il est temps pour toi de t'en aller, conclut Imogen. Je trouverai quelqu'un d'autre pour passer la serpillière.

Immie avait donc menti à Forrest. Et à Jule. Elle avait inventé des histoires pour justifier ses absences l'après-midi. Raconté des mensonges pour justifier ses cheveux mouillés, sa fatigue, l'endroit où elle avait fait les courses. Elle avait menti sur ses parties de tennis avec Brooke.

Brooke. Brooke devait être au courant à propos de Scott. Imogen et elle étaient rentrées plus d'une fois à la maison avec des raquettes et des bouteilles d'eau en racontant leur match, alors qu'elles n'avaient sans doute même pas mis les pieds sur un court.

Scott partit sans un mot. Une minute plus tard, Immie vint frapper à la porte de la douche.

– Je vois tes pieds, je te signale.

Jule ravala son souffle.

– Depuis quand tu espionnes les conversations des autres ? poursuivit Immie d'un ton furieux.

Jule resserra sa serviette autour d'elle et sortit de la cabine.

– J'étais en train de me sécher. Vous avez débarqué sur la terrasse. Je ne savais pas quoi faire.

– Tu es toujours en train de fouiner. De fourrer ton nez partout. Ça agace tout le monde.

– C'est bon, j'ai compris. Est-ce que je peux me rhabiller, maintenant ?

Imogen tourna les talons.

Jule avait envie de la suivre et de gifler son beau petit minois hypocrite.

Elle avait envie de se sentir vengée et puissante, non pas humiliée et trahie.

Mais sa colère devrait s'exprimer différemment.

Elle prit son maillot de bain et ses lunettes de plongée suspendus au crochet de la douche. Dans la piscine, elle parcourut un kilomètre et demi en nage libre.

Puis rajouta un kilomètre supplémentaire. Elle nagea jusqu'à ce que ses bras tremblent.

Pour finir, elle alla s'étendre sur une serviette à même la terrasse en bois. Elle tourna son visage vers le soleil et n'éprouva plus rien d'autre que de la fatigue.

Imogen ressortit quelques instants plus tard avec un saladier rempli de muffins aux pépites de chocolat encore tièdes.

– Je les ai fait cuire exprès pour toi, dit-elle. Pour m'excuser.

– Tu n'as pas à t'excuser, dit Jule, sans bouger.

– Je t'ai dit des horreurs. Et je t'ai menti.

– C'est sans importance.

– Je ne crois pas.

Jule garda le silence.

– Je sais que ça t'a blessée, ma chérie. Il ne devrait pas y avoir de mensonges entre nous. Tu me comprends bien mieux que Forrest. Ou que Brooke.

– Probable.

Jule ne put s'en empêcher. Elle sourit.

– Tu as le droit d'être fâchée. J'ai eu tort. Je le sais.

– Probable, aussi.

– Je crois que c'était une façon de repousser Forrest. J'ai tendance à faire ça quand je me lasse des mecs. Je les trompe. Désolée de ne pas t'en avoir parlé. Je ne suis pas très fière de moi.

Imogen posa les muffins près de l'épaule de Jule et s'allongea sur la terrasse. Leurs corps étaient parallèles.

– J'ai envie à la fois de me sentir chez moi et de m'enfuir, poursuivit-elle. De m'attacher aux gens et de les repousser. J'ai envie de tomber amoureuse et je choisis des types qui ne m'intéressent pas. Ou bien je tombe amoureuse et je fais tout foirer. Si ça se trouve, je le fais exprès. Je n'en sais rien. J'ai l'esprit tordu, non ?

– En effet, gloussa Jule. Mais j'ai vu pire. Sur l'échelle des esprits tordus, je te mettrais sept sur dix.

Elles restèrent allongées en silence un instant.

– Un esprit tordu de niveau sept reste tout à fait dans la norme, finit par ajouter Jule.

– Je peux t'amadouer avec mes muffins pour que tu me pardonnes ? Allez, dis oui, s'il te plaît ! supplia Immie.

Jule prit un muffin et mordit dedans.

– Scott est très beau, dit-elle en avalant sa bouchée. Qu'est-ce que tu veux faire face à un mec pareil ? Le laisser nettoyer ta piscine sans rien entreprendre ? Je crois qu'il était de ton devoir de lui sauter dessus.

– Pourquoi fallait-il qu'il soit si sexy ? gémit Imogen. (Elle prit la main de Jule.) Je me suis comportée comme une garce. Tu me pardonnes ?

– Bien sûr. Je te pardonnerai toujours.

– Tu es un sucre, ma chérie. Allez, je t'emmène faire des courses !

Elle prononça ces mots comme si c'était l'activité la plus excitante du monde.

– Je suis crevée. Demande à Brooke.

– Ce n'est pas avec Brooke que j'ai envie d'y aller.

Jule se leva.

– Ne dis pas à Forrest qu'on s'en va, lui recommanda Immie.

– T'inquiète.

– Oh, je ne m'inquiète pas, répondit Imogen en souriant. Je sais que je peux compter sur toi. Tu ne lui diras rien du tout, n'est-ce pas ?

6

FIN JUIN 2016
MARTHA'S VINEYARD, MASSACHUSETTS

Dix semaines avant qu'Immie lui apporte des muffins, Jule se retrouva sur Moshup Beach sans serviette ni maillot de bain. Le soleil brillait, il faisait chaud. Après sa longue marche à partir du parking, elle longeait le bord de l'eau. D'immenses falaises de craie surplombaient la plage de leurs murailles chocolat, rouille et gris perle. La roche était fissurée, presque douce au toucher.

Jule se déchaussa et resta immobile, les pieds léchés par les vagues. À une cinquantaine de mètres environ, Imogen et son petit ami étaient en train de déballer leurs affaires sur le sable. Ils n'avaient pas emporté de chaises pliantes, mais le garçon ouvrit un large sac contenant un drap de plage en coton, des serviettes, des magazines et une petite glacière.

Ils se mirent en maillot, s'enduisirent de crème solaire et sirotèrent des boissons fraîches. Imogen s'allongea sur le drap pour lire. Son copain alla ramasser des galets qu'il empila en une élégante sculpture sur le sable.

Jule marcha dans leur direction. À quelques mètres, elle lança :

– Immie, c'est toi ?

Imogen n'eut aucune réaction, mais son copain lui tapota l'épaule.

– Cette fille t'appelle.

– Imogen Sokoloff, c'est bien ça ? fit Jule en s'arrêtant devant eux. Je suis Jule West Williams. Tu te souviens de moi ?

Imogen plissa les yeux et se redressa en position assise. Fouilla son panier à la recherche de ses lunettes de soleil.

– On était au lycée ensemble, poursuivit Jule. À Greenbriar.

Immie avait vraiment une beauté particulière, songea-t-elle. Un long cou, des pommettes saillantes. La peau bronzée. Mais le haut du corps maigre et faible.

– Ah bon ?

– Juste un semestre, en troisième, expliqua Jule. Après, j'ai changé de lycée. Mais je me souviens de toi.

– Excuse-moi, tu t'appelles comment déjà ?

– Jule West Williams. (Voyant qu'Imogen fronçait les sourcils, elle ajouta une précision :) J'avais un an de moins que toi.

Immie lui sourit.

– Eh bien, ravie de te re-rencontrer, Jule. Lui, c'est Forrest, mon copain.

Jule se tenait plantée là, un peu gauche. Forrest était en train de coincer des mèches rebelles dans son chignon. Un exemplaire du *New Yorker* était posé à côté de lui.

– Tu veux boire quelque chose ? lui proposa-t-il avec une amabilité qui la surprit.

– Merci.

Jule s'agenouilla au bord du drap de plage et accepta une cannette de Coca Light.

– Tu allais où, comme ça ? lui demanda Imogen. Avec ton sac, tes chaussures à la main ?

– Oh, je...

– Tu n'as pas tes affaires de plage ?

Jule bafouilla la réponse la plus idiote possible et réalisa que c'était la vérité.

– Je suis venue sur un coup de tête, dit-elle. Ça m'arrive. Je n'avais pas du tout prévu d'aller à la plage.

– J'ai un maillot supplémentaire dans mon sac, répondit Imogen, soudain plus amicale. Tu veux te baigner avec nous ? Je crève de chaud, il faut que j'aille me rafraîchir tout de suite, sinon je vais faire un malaise et monsieur devra me porter jusqu'à la maison. (Elle jeta un coup d'œil à la mince silhouette de Forrest.) Je ne suis pas sûre qu'il tienne le choc. Alors, on va nager ?

Jule haussa les sourcils.

– J'avoue que je ne dis pas non.

Imogen sortit un bikini de son sac et le tendit à Jule. Il était blanc, dans le genre minuscule.

– Change-toi sous ton tee-shirt, on se retrouve dans l'eau !

Elle s'élança vers la mer avec Forrest en riant.

C'était la première fois que Jule enfilait les habits d'Imogen.

Dans le maillot de bain d'Immie, elle plongea sous les vagues et en ressortit habitée par une joie miraculeuse. La journée était étincelante, il semblait impossible d'éprouver autre chose que le bonheur de se trouver ici, dans l'Océan, le regard tourné vers l'horizon, éclaboussée par l'eau salée. Forrest et Immie ne disaient pas grand-chose, ils se contentaient de jouer dans les vagues en riant et en poussant des cris. Lorsqu'ils en eurent assez, ils restèrent juste devant la ligne de brisure des vagues en se laissant porter par le flux et le reflux.

– Il y en a une grosse qui arrive !

– Non, celle d'après est encore plus énorme. Là, tu vois ?

– Oh mon Dieu, j'ai cru mourir mais c'était génial !

Au bout d'un moment, transis de froid et les doigts bleuis, ils finirent par regagner le drap de plage et Jule se retrouva au milieu. Forrest s'étendit d'un côté, drapé dans sa serviette à motifs nautiques, et Imogen de l'autre, le visage couvert de gouttelettes, face au soleil.

– T'es allée où, après Greenbriar ? demanda-t-elle.

– Quand ils m'ont virée, répondit Jule, j'ai carrément quitté New York avec ma tante.

– Arrête, ils t'ont pas virée ! protesta Imogen d'un ton enjoué.

Forrest reposa son magazine.

– Si, hélas. (Elle avait toute leur attention, à présent.) Pour prostitution.

Imogen se rembrunit.

– Mais non. Je rigole !

Imogen partit d'un rire grave et lent, sa main plaquée sur sa bouche.

– Tina Machin-Chose passait son temps à m'humilier et à me menacer dans les vestiaires, expliqua Jule. J'ai fini par lui cogner la tête contre un mur en brique. On a dû lui faire des points de suture.

– Celle aux cheveux bouclés ? La grande ? fit Imogen.

– Non. La petite qui la suivait partout.

– Je ne me souviens plus de sa tronche.

– Tant mieux pour toi.

– Et tu lui as frappé la tête contre le mur ?

Jule acquiesça.

– Je suis pugnace, mais j'aime à le voir comme une qualité.

– Pugnace ? répéta Forrest.

– Une combattante, expliqua Jule. Pas par choix, plutôt... par souci d'autodéfense. Lutte contre le mal, protection de Gotham City. Tu vois le genre.

– Je n'en reviens pas que tu aies envoyé une fille à l'hôpital sans que j'en aie entendu parler.

– Ils ont étouffé l'affaire. Tina n'osait pas se plaindre à cause de ce qu'elle m'avait fait *avant*, tu comprends ? Des filles qui se battent, ça faisait mauvais genre à Greenbriar. C'était juste avant le concert de Noël, poursuivit Jule. Avec tous les parents dans la salle. Ils m'ont autorisée à chanter avant de me flanquer dehors. Tu te souviens ? Cette nana, Caraway, faisait le solo.

– Ah, ouais. Peyton Caraway.

– On a chanté un morceau de Gershwin.

– Et « Rudolph », se remémora Imogen. On était beaucoup trop vieilles pour chanter ça. C'était ridicule.

– Tu portais une robe à pinces en velours bleu.

Imogen mit ses mains devant ses yeux.

– J'hallucine que tu te souviennes de cette robe ! Ma mère m'obligeait toujours à porter des fringues débiles au moment des fêtes, alors qu'on ne célébrait même pas Noël dans la famille. C'était comme si elle jouait à la poupée.

Forrest tapota l'épaule de Jule.

– Tu entres à l'université cet automne ?

J'ai fini le lycée en avance. Ça fait déjà un an que je vais à la fac.

– Où ça ?

– Stanford.

– Tu connais Ellie Thornberry ? fit Imogen. Elle étudie là-bas elle aussi.

– Non, ça ne me dit rien.

– Et Walker D'Angelo ? s'enquit Forrest. Il est en troisième cycle d'histoire de l'art.

– Forrest a fini ses études, expliqua Imogen. Pour moi, c'était comme de découvrir les flammes de l'enfer. Je n'y remettrai plus jamais les pieds.

– Tu n'as pas vraiment essayé, nuança Forrest.

– On croirait entendre mon père.

– Oh, pauvre bébé…

Immie remit ses lunettes de soleil.

– Forrest écrit un roman.

– Quel genre ? voulut savoir Jule.

– Entre Samuel Beckett et Hunter S. Thompson, répondit Forrest. Je suis un grand fan de Pynchon, donc il m'influence aussi.

– Bonne chance, s'amusa Jule.

– Mais c'est qu'elle est vraiment pugnace ! s'exclama Forrest. Tu sais quoi, Imogen ? Je crois que j'aime bien ta copine.

– Il adore les femmes désagréables, ricana Imogen. C'est l'une de ses rares qualités.

– Et nous, on l'aime bien ?

– On le tolère uniquement pour son physique, répondit Imogen.

Ils décrétèrent qu'ils avaient faim et se rendirent à pied jusqu'aux petits commerces d'Aquinnah. Il y avait plusieurs stands de nourriture à emporter. Forrest commanda trois barquettes de frites.

Immie accorda un large sourire au vendeur et déclara :

– Vous allez vous moquer de moi, mais j'ai besoin de quatre tranches de citron pour mon thé glacé. Je suis une dingue de citron. Vous feriez ça pour moi ?

– Du citron ?

– Quatre tranches, insista Immie.

Elle s'accouda au comptoir, les yeux levés vers lui.

– Bien sûr, dit l'homme.

– Vous vous moquez de moi…

– Non.

– Si, au fond de vous.

– Pas du tout.

Il avait déjà découpé le citron et lui tendit ses tranches dans une barquette en papier rouge et blanc.

– Merci d'avoir traité mon citron avec considération, dit Imogen. (Elle prit une tranche et mordit dedans pour aspirer le jus, avant de poursuivre, l'écorce dépassant d'entre ses lèvres.) C'est très important pour les citrons de se sentir respectés. Ça les valorise.

Ils s'assirent à une table de pique-nique avec vue sur le parking d'un côté et la mer de l'autre. Des gens faisaient du cerf-volant. Le vent soufflait fort. Le bois de la table était noueux et avait viré au gris sous les intempéries. Imogen grignota une ou deux frites avant de sortir une banane de son sac et de la manger avec une cuiller.

– Tu es seule, ici ? demanda-t-elle. Sur l'île ?

Forrest feuilletait son exemplaire du *New Yorker,* le dos légèrement tourné.

Jule acquiesça.

– Oui. J'ai quitté Stanford. (Elle raconta l'histoire du coach pervers et la perte de sa bourse.) Je n'ai pas envie de rentrer chez moi. Je ne m'entends pas très bien avec ma tante.

Immie se pencha en avant.

– Tu vis avec elle ?

– Non, j'ai décidé de couper les ponts avec ma famille.

– Comme Imogen, ricana Forrest.

– Pas du tout, protesta l'intéressée.

– Bien sûr que si.

Jule plongea son regard dans celui d'Imogen.

– Ça nous fait un point commun, on dirait.

– Ouais. (Immie jeta sa peau de banane à la poubelle.) Écoute, viens à la maison avec nous. On se baignera dans la piscine et tu resteras dîner ce soir. De nouvelles connaissances vont se joindre à nous, des gens qui sont là en vacances. On se fera griller des steaks. C'est tout près d'ici, à Menemsha. Tu n'en croiras pas tes yeux en voyant la villa. Un vrai palace.

La réponse était oui, mais Jule hésita.

Imogen vint s'asseoir près d'elle et aligna ses pieds à côté des siens.

– Allez, viens. On va bien s'amuser, dit-elle pour l'amadouer. Ça fait des siècles que je n'ai pas eu de conversation de filles.

La maison de Menemsha avait des plafonds si hauts et des fenêtres si larges que la moindre activité banale semblait gagner en espace et en luminosité. Les boissons semblaient plus pétillantes et plus fraîches qu'ailleurs.

Jule, Forrest et Immie se baignèrent dans la piscine et se rincèrent à la douche extérieure. Les nouvelles connaissances arrivèrent pour le dîner, mais Jule comprit rapidement qu'elle ne faisait pas partie de leur monde rien qu'à la façon dont Imogen l'appela pour venir vérifier la cuisson des steaks sur le barbecue ou à sa manière de s'asseoir par terre sur la terrasse, lovée à ses pieds. Imogen lui suggéra de rester dormir dans l'une des chambres d'amis tandis que les invités remontaient dans leur voiture. Ils proposèrent de la ramener à son hôtel pour lui éviter le trajet à pied sur les routes de l'île plongées dans le noir.

Elle refusa poliment.

Immie l'installa au premier. Sa chambre comportait un lit immense et de beaux rideaux à fleurs – ainsi, bizarrement, qu'un vieux cheval à bascule et une collection de girouettes anciennes sur un grand bureau en bois. Jule dormit du profond sommeil qui accompagne les longues journées passées au soleil.

Le lendemain matin, Forrest la conduisit d'un air maussade à son hôtel pour qu'elle récupère ses affaires. À son retour, avec sa valise, Jule vit qu'Immie avait disposé quatre vases de fleurs dans sa chambre. Et aussi quelques livres : *La Foire aux vanités* de Thackeray et *Les Grandes Espérances* de Dickens, plus un guide touristique de Martha's Vineyard.

Ce fut le début d'une succession de journées nonchalantes qui se fondirent les unes dans les autres. Les nouvelles connaissances d'Immie, ses amis de passage et sophistiqués rencontrés sur la plage ou au marché aux puces, défilaient en permanence dans la maison. Ils barbotaient dans la piscine, aidaient à faire la cuisine et riaient aux éclats, la main sur la poitrine. Ils étaient tous jeunes : les garçons étaient beaux et amorphes, les filles sublimes et bruyantes. La plupart d'entre eux étaient drôles, pas du tout sportifs, hyper-bavards et portés sur l'alcool, étudiants à la fac ou en école d'art. Hormis ces dénominateurs communs, ils avaient tous des origines et des orientations sexuelles diverses. Imogen était une enfant de New York, c'est-à-dire dotée d'une ouverture d'esprit comme Jule en avait seulement vu à la télévision, très à l'aise et sûre de son potentiel de séduction en tant qu'amie et maîtresse de maison.

Jule mit un ou deux jours à s'habituer, mais bientôt, elle se sentit comme un poisson dans l'eau. Elle charma les gens de passage avec ses anecdotes de Greenbriar, Stanford et, dans une moindre mesure, Chicago. Elle se chamaillait gaiement avec eux quand ils semblaient d'humeur joueuse. Elle flirtait avec eux en oubliant ostensiblement leurs prénoms pour se faire désirer encore plus. Au début, elle envoya des photos et des mails enjoués à Patti Sokoloff, mais elle ne tarda pas à l'ignorer comme le faisait déjà Imogen.

Grâce à Immie, elle se sentit acceptée. Ce bonheur nouveau illuminait ses journées.

Un midi, alors qu'elle séjournait à la villa depuis deux semaines, Jule se retrouva seule pour la première fois. Forrest et Immie étaient partis déjeuner ensemble. Immie voulait tester un nouveau resto qui venait d'ouvrir.

Jule grignota des restes devant la télé et monta à l'étage. Plantée sur le seuil de la chambre d'Immie, elle promena son regard à l'intérieur.

Le lit était fait. Sur la table de nuit, des livres, un pot de crème pour les mains, l'étui à lunettes de Forrest et un chargeur. Jule entra, ouvrit un flacon de parfum et s'en mit un peu au creux des poignets.

Dans la penderie, elle reconnut l'une des robes préférées d'Imogen. Longue et verte, en coton fin, avec un large décolleté en V qui empêchait de porter un soutien-gorge en dessous. Immie n'avait pas de poitrine, donc ce n'était pas un problème.

Sans réfléchir, elle ôta son short et son tee-shirt élimé de Stanford. Puis sa brassière de sport.

Elle enfila la robe d'Immie par la tête. Choisit une paire de sandales. Trouva sa collection de bagues, huit modèles d'animaux sculptés, qui trônait sur le dessus de la commode.

Un miroir en pied dans un cadre en argent était appuyé contre un mur. Jule se tourna et examina son reflet. Elle avait les cheveux en queue de cheval mais pour le reste, dans la lumière tamisée de la chambre, elle ressemblait à Imogen. Globalement.

Voilà donc quel effet cela faisait. De s'asseoir sur le lit d'Imogen. De porter son parfum, ses bijoux.

Immie dormait dans ce lit chaque nuit, à côté de Forrest.

Mais il était remplaçable. Immie se mettait cette crème sur les mains, insérait ce marque-page dans le livre qu'elle était en train de lire. Le matin, elle ouvrait les yeux et voyait ces draps bleu-vert, ce tableau représentant la mer. Voilà l'effet que cela faisait de savoir que cette grande villa était à soi, de ne jamais devoir s'inquiéter pour ses finances ou sa survie, de se sentir aimée par Gil et Patti.

Et de porter de si jolis vêtements, avec une telle simplicité.

– Heu, excuse-moi ?

Immie se tenait sur le pas de la porte. Elle était vêtue d'un short en jean et du sweat à capuche de Forest et portait un gloss à lèvres rouge, inhabituel pour elle. Elle ne ressemblait pas du tout à l'Imogen que Jule avait en tête.

Malgré la honte qui l'envahit, Jule se fendit d'un sourire.

– J'ai pensé que tu n'y verrais pas d'inconvénient, dit-elle. J'avais besoin d'une robe. Ce type m'a appelée à la dernière minute.

– Quel type ?

– Celui d'Oak Bluffs, auquel j'ai parlé sur le manège l'autre jour.

– Quand ça ?

– Il vient de m'écrire pour me proposer de le retrouver au jardin aux statues dans une demi-heure.

– Peu importe, rétorqua Immie. Tu veux bien me rendre mes fringues ?

Jule s'empourpra.

– Je pensais vraiment que ça ne te dérangerait pas...

– Tu vas enlever cette robe, oui ou non ?

Jule défit le haut et récupéra sa brassière par terre.

– Tu m'as aussi emprunté mes bagues ? s'étrangla Immie.

– Oui.

Inutile de prétendre le contraire.

– Qu'est-ce qui t'a pris de faire une chose pareille ?

Jule ôta la robe et la rangea sur son cintre. Elle finit de se rhabiller et reposa les bagues sur la commode.

– Je ne crois pas un mot de cette histoire de mec qui t'attend dans le jardin aux statues.

– Crois ce que tu veux.

– Il se passe quoi, là ?

– Je suis désolée de t'avoir pris tes affaires, et je ne recommencerai plus. OK ?

– OK. (Imogen l'observa tandis qu'elle remettait les sandales dans la penderie et renfilait ses baskets.) J'ai une question à te poser, dit-elle comme Jule repartait vers la porte.

Jule avait toujours le feu aux joues. Elle n'avait pas envie de parler.

– Ne t'en va pas, ordonna Immie. Réponds juste à ma question.

– Quoi ?

– Tu es fauchée, c'est ça ?

Oui. Non. Oui. Jule détestait le sentiment de vulnérabilité que cette question déclenchait en elle.

– Ouais, finit-elle par lâcher. Totalement fauchée.

Immie eut l'air désolée.

– Je ne savais pas.

D'un claquement de doigts, Jule reprit le contrôle de la situation.

– Ça va aller, dit-elle. Je me trouverai un boulot. Il faut que je me prenne en main, c'est tout.

– J'aurais dû m'en douter, fit Immie en s'asseyant sur son lit. Je sais que tu as quitté Stanford et que tu es brouillée avec ta tante, mais je n'avais pas réalisé à quel point tu étais dans la dèche. Porter les mêmes fringues tout le temps. Ne jamais faire les courses. Me laisser tout payer.

Ah. Elle était donc censée participer aux dépenses. Elle n'avait pas capté ce détail, elle aurait dû le deviner. Mais elle se contenta de cette simple réponse :

– Ne t'inquiète pas.

– Si, Jule. Je m'inquiète pour toi et je suis désolée. (Immie marqua une longue pause avant de reprendre.) Je crois que je t'avais rangée dans une case sans même réfléchir. Je ne t'ai jamais posé de question sur ta vie. Il faut croire que je n'ai pas une grande expérience des vraies gens.

Jule haussa les épaules.

– C'est une chance.

– Isaac me disait toujours que j'avais une vision étriquée des choses. Bref. Tu peux m'emprunter tout ce que tu veux.

– Ça me mettrait mal à l'aise, maintenant.

– Mais non. (Immie ouvrit sa penderie. Elle débordait de vêtements.) C'est beaucoup trop pour une seule personne.

Elle s'avança vers Jule.

– Laisse-moi te recoiffer. Tes barrettes se détachent.

Jule avait les cheveux longs, le plus souvent attachés en arrière. Elle pencha la tête et laissa Immie remonter quelques mèches qui lui étaient tombées dans la nuque.

– Tu devrais te les couper, tu sais. Ça t'irait bien. Pas tout à fait comme moi. Avec une frange plus longue, je dirais, et moins dégagé au niveau des oreilles.

– Non.

– Je t'emmène demain chez mon coiffeur, si tu veux, insista Immie. Cadeau.

Jule secoua la tête.

– J'ai envie de faire quelque chose pour toi. Tu le mérites.

Le lendemain, à Oak Bluffs, Jule se sentit toute légère une fois débarrassée de ses cheveux. C'était si agréable de se faire chouchouter par Imogen. De lui emprunter son gloss après le passage chez le coiffeur. De déjeuner avec elle dans un restaurant avec vue sur le port. Après le repas, elles poussèrent la porte d'une bijouterie vintage.

– Montrez-moi la bague la plus étrange que vous ayez en magasin, dit Immie.

Le vendeur s'affaira et aligna six modèles de bagues différentes sur un plateau en velours. Imogen les essaya toutes avec vénération. Elle opta pour une vipère en jade, régla son achat et tendit la petite boîte bleue à Jule.

– Tiens, c'est pour toi.

Jule s'empressa de l'ouvrir et glissa la bague serpent à son annulaire droit.

– Je suis trop jeune pour me marier, dit-elle. Ne va pas te faire des idées.

Immie éclata de rire.

– Tu sais que je t'aime, toi ?

C'était la première fois qu'elle l'entendait employer le verbe *aimer*.

Le lendemain, Jule prit la voiture pour aller chercher du propane à barbecue dans la quincaillerie située à l'autre bout de l'île. Elle en profita pour faire quelques courses. À son retour, elle trouva Immie et Forrest en train de faire l'amour dans la piscine.

Jule resta derrière la baie vitrée, à les observer.

C'était si étrange de les voir ainsi. Les cheveux mouillés de Forrest lui descendaient jusqu'aux épaules. Ses lunettes étaient posées sur le rebord de la piscine; son visage paraissait vide et terne sans elles.

Cela semblait à peine croyable. Jule était certaine qu'Imogen ne pouvait pas vraiment aimer ou désirer Forrest. Il n'était qu'un ersatz de petit ami : un simple passe-temps. Il ne le savait pas encore mais il n'était que de passage, comme ces étudiants et ces artistes en herbe qui venaient dîner un soir et qu'on ne revoyait plus jamais. Forrest n'était pas au courant des secrets d'Immie. Il n'était pas aimé. Jule n'aurait pas cru possible qu'Imogen puisse attraper son visage à deux mains et l'embrasser avec passion comme elle était en train de le faire. Elle n'aurait même jamais cru possible qu'Imogen accepte de se retrouver nue devant lui, si vulnérable.

Forrest la vit.

Jule tressaillit. Elle s'attendait à ce qu'il s'énerve ou rougisse de honte, mais il se contenta de dire à Immie :

– Ta copine est là.

Comme s'il parlait d'un enfant.

Imogen tourna la tête dans sa direction et lui lança :

– Au revoir, Jule. À plus tard!

Jule leur tourna le dos et se précipita à l'étage.

Quelques heures plus tard, elle redescendit. Un podcast résonnait dans la cuisine, comme chaque fois qu'Imogen préparait à manger. Elle la trouva justement en train de découper des courgettes pour le barbecue.

– Besoin d'aide ? lui demanda Jule.

Elle se sentait hyper-mal à l'aise. Le fait d'avoir été témoin de cette scène lui était insupportable. Cela risquait même de tout gâcher.

– Désolée pour le film porno de tout à l'heure, répondit Imogen avec insouciance. Tu veux bien découper un oignon rouge ?

Jule prit un oignon dans le saladier.

– Quand j'ai acheté mon appart à Londres, poursuivit Imogen, j'y habitais avec deux copines lesbiennes de mon stage. Elles venaient de faire leur coming out, loin de leurs familles, et je les ai invitées à vivre chez moi tout le mois d'août. Un jour, je les ai surprises en *pleine action* par terre dans la cuisine, genre à poil et en train de pousser des cris. J'avais dû débarquer pile au moment crucial, si tu vois ce que je veux dire. J'ai pensé, *Oh mon Dieu, comment on va vivre ensemble après un truc pareil ? Est-ce qu'on va pouvoir retourner au pub, manger des* fish and chips*?* Tout semblait foutu, je me suis dit que je venais sans doute de perdre deux super-amies parce que j'étais rentrée trop tôt à la maison. Mais l'une d'elles a sorti : « Oups, désolée pour la séquence porno. » On a éclaté de rire, et l'incident était clos. Je me suis toujours promis de faire pareil si ça m'arrivait un jour.

– Tu as un appart à Londres ?

Jule regardait fixement l'oignon tout en l'épluchant.

– C'était un investissement, expliqua Immie. Sur un coup de tête, j'avoue. Je faisais un stage d'été là-bas. Mon conseiller financier m'avait suggéré d'investir dans l'immobilier, et j'adorais la ville. Cet appart a été le premier que j'ai visité, un achat d'impulsion dans le mauvais pays, mais je ne regrette pas du tout. C'est dans un quartier très mignon, St. John's Wood. (Immie prononça le nom à l'anglaise, avec un accent un peu snob.) Je me suis beaucoup amusée à le décorer avec mes amies. On s'est baladées en ville, on a fait les touristes : la Tour de Londres, la relève de la garde, le musée de cires... On se nourrissait exclusivement de sablés aux flocons d'avoine. C'était avant que j'apprenne à faire la cuisine. Je te prête l'appart quand tu veux. Je n'y vais jamais.

– On devrait y aller ensemble, suggéra Jule.

– Tu t'y plairais beaucoup, j'en suis sûre. J'ai les clés ici même, fit Immie en tapotant son sac à main, qu'elle avait laissé sur le plan de travail. On pourrait y aller demain si on voulait. Et c'est peut-être ce qu'on devrait faire. Tu imagines ? Rien que toi et moi, à Londres ?

Immie aimait les gens passionnés. Elle voulait qu'ils s'intéressent à la même musique qu'elle, aux fleurs qu'elle leur offrait, à ses livres préférés. Elle voulait qu'ils s'intéressent au parfum d'une épice ou à la saveur d'une nouvelle sorte de sel. Elle pouvait comprendre qu'on ne soit pas toujours d'accord avec elle mais ce qu'elle ne supportait pas, c'était la mollesse et l'indécision.

Jule lut les histoires d'orphelins qu'Immie avait laissées sur sa table de chevet et tout ce qu'elle lui conseillait de lire en général. Elle mémorisa les noms de vins et de fromages, les extraits de romans et les recettes de cuisine. Elle se montra adorable envers Forrest. Elle était à la fois pugnace et soucieuse de faire plaisir aux autres, féministe et féminine, en colère et affectueuse, sûre d'elle sans se montrer dogmatique.

Au fond, cette réinvention d'elle-même pour plaire à Imogen lui faisait le même effet que la course de fond. C'était une simple question d'efforts, kilomètre après kilomètre. On finissait par développer son endurance. Et un jour, on s'apercevait qu'on adorait ça.

Jule séjournait à la villa depuis cinq semaines quand Brooke Lannon débarqua sur le pas de la porte. Ce fut Jule qui alla lui ouvrir.

Brooke entra et jeta ses sacs sur le canapé. Sa chemise de flanelle bleue était usée jusqu'à la corde, et ses cheveux blonds soyeux étaient rassemblés en un chignon au sommet de son crâne.

– Te voilà enfin, espèce de sorcière ! déclara-t-elle quand Immie entra dans le salon. Tout Vassar te croit morte. Personne ne m'a crue quand j'ai dit que tu m'avais écrit la semaine dernière. (Elle se tourna vers Forrest.) Alors, c'est lui ? Comment... ?

Elle laissa sa question en suspens.

– Il s'appelle *Forrest*, précisa Immie.

– Forrest ! s'exclama Brooke en lui serrant la main. OK, un bisou.

Forrest se pencha maladroitement vers elle.

– Enchanté.

– On est toujours enchanté de me rencontrer, rétorqua Brooke avant de pointer Jule du doigt. Et elle, c'est qui ?

– Sois cool, marmonna Immie.

– Je suis un *ange*, répondit Brooke. Bref, t'es qui ? lui demanda-t-elle directement.

Jule se fendit d'un sourire avant de se présenter. Elle ne savait pas que Brooke était censée venir. Et à l'inverse, Brooke n'était pas au courant de sa présence.

– Imogen m'a dit que tu es sa personne préférée à Vassar.

– Je suis la personne préférée de tout le monde à Vassar, répondit Brooke. C'est pour ça que j'ai plaqué la fac. Il n'y avait que deux mille personnes. J'ai besoin d'un public plus large.

Elle monta ses affaires à l'étage et s'installa dans la deuxième chambre d'amis.

5

FIN JUIN 2016
MARTHA'S VINEYARD, MASSACHUSETTS

Cinq semaines avant l'arrivée de Brooke, pour son septième jour sur Martha's Vineyard, Jule s'offrit un tour de l'île en bus. La plupart des touristes présents à bord n'étaient là que pour faire la tournée des sites conseillés sur Internet. Ils étaient en famille ou en couple, et tous extrêmement bruyants.

L'après-midi, ils firent escale au phare d'Aquinnah, situé sur des terres jadis habitées par la tribu wampanoag de Gay Head puis par les colons anglais au dix-septième siècle. Le guide commença à parler de la pêche à la baleine pendant que les passagers sortaient du bus un à un pour admirer le phare. Ce point de vue exceptionnel donnait sur les falaises crayeuses de Moshup Beach, mais on ne pouvait accéder à la plage qu'en empruntant un sentier de près d'un kilomètre sous un soleil de plomb.

Jule s'éloigna du groupe pour se diriger vers les cabanes proposant des souvenirs, des objets d'artisanat wampanoag et des choses à grignoter. Elle flâna tranquillement d'une boutique à l'autre, effleura les colliers et les cartes postales.

Elle devrait peut-être s'installer définitivement à Martha's Vineyard. Elle n'aurait qu'à se faire embaucher dans un magasin ou une salle de sport, trouver un endroit où vivre et passer ses journées à la plage. Elle pourrait enfin arrêter de chercher un sens à sa vie et de nourrir des rêves de grandeur. Elle pourrait juste accepter les choses comme elles venaient et se satisfaire de ce qu'elle avait. Plus personne ne viendrait lui casser les pieds. Rien ne l'obligeait à rechercher Imogen Sokoloff si elle n'en avait pas envie.

Alors qu'elle ressortait d'une boutique, un jeune homme émergea de celle d'en face, un gros sac en toile arrimé à l'épaule. Il devait avoir environ son âge. Non, quelques années de plus. Il était mince, les hanches étroites, pas vraiment musclé mais gracieux, les jambes et les bras longs, avec le nez légèrement courbe et de beaux traits. Ses cheveux bruns étaient attachés en chignon. Il portait un pantalon de coton noir si long que le bas était tout déchiré, une paire de tongs et un tee-shirt LARSEN'S FISH MARKET.

– Je ne sais pas ce qui t'a pris de vouloir entrer là-dedans, lança-t-il à la personne qui l'accompagnait, visiblement restée à l'intérieur. À quoi bon acheter des trucs qui ne servent à rien ?

Il n'obtint pas de réponse.

– Immie, dépêche-toi ! Allons à la plage, insista le jeune homme.

C'est alors qu'elle apparut.

Imogen Sokoloff. Ses cheveux étaient coupés court, à la garçonne, et encore plus blonds que sur les photos, mais son identité ne faisait aucun doute. Elle se ressemblait tout à fait.

La jeune femme sortit de la boutique comme si de rien n'était, comme si Jule ne l'avait pas attendue et recherchée pendant des jours. Elle était ravissante, mais avec un atout supplémentaire : sa désinvolture. Comme si sa beauté ne lui demandait aucun effort.

Jule songea qu'Imogen la reconnaîtrait peut-être – mais non.

– Ce que tu peux être grognon, aujourd'hui, lança Immie. C'est pénible quand tu es comme ça.

– Tu n'as rien acheté. J'ai envie d'aller me baigner.

– La plage ne va pas s'envoler, rétorqua-t-elle en fouillant dans son sac. Et tu te trompes : j'ai acheté quelque chose.

Le garçon soupira.

– Quoi donc ?

– C'est pour toi, dit-elle.

Elle lui tendit un petit paquet emballé dans du papier. Il ôta le Scotch et découvrit son cadeau : un bracelet tressé.

Jule s'attendit à une réaction agacée de sa part, mais au contraire, il eut un sourire lumineux. Il enfila le bracelet à son poignet et embrassa Imogen dans le cou.

– Je l'adore. Il est parfait.

– C'est un porte-bonheur, dit-elle. Tu as pourtant horreur de ça, d'habitude.

– Mais j'aime les surprises, nuança-t-il.

– Je sais.

– Allez, viens. L'eau doit être bien chaude, maintenant.

Ils traversèrent le parking en direction du sentier menant à la plage.

Jule jeta un coup d'œil derrière elle. Le guide était en train de gesticuler pour rassembler le groupe et faire remonter les gens dans le bus. Le départ était prévu dans cinq minutes.

Elle n'avait aucun autre moyen de regagner son hôtel. Son téléphone portable n'aurait bientôt plus de batterie et elle ne savait même pas si on pouvait appeler un taxi sur cette partie de l'île.

Tant pis. Elle venait de retrouver Imogen Sokoloff.

Jule laissa le bus repartir sans elle.

4

TROISIÈME SEMAINE DE JUIN 2016
MARTHA'S VINEYARD

Une semaine plus tôt, un agent arrêta Jule au contrôle de sécurité de l'aéroport.

– Si vous voulez garder votre bagage en cabine, dit-il, il faut mettre les flacons à part dans un sachet en plastique transparent. (Il avait un cou épais et portait un uniforme bleu.) Vous n'avez pas vu le panneau ? La taille des flacons ne doit pas excéder cent millilitres.

L'homme examina l'intérieur de sa valise, muni d'une paire de gants en latex bleu. Il lui confisqua son shampoing, son après-shampoing, sa lotion solaire ainsi que sa crème hydrante, et les jeta à la poubelle.

– Vous allez repasser le contrôle, dit-il en refermant la valise. Ça devrait aller. Attendez ici.

C'est ce qu'elle fit. Elle s'efforça d'avoir l'air de quelqu'un qui connaissait le règlement concernant l'emballage des flacons en avion mais l'aurait simplement oublié. Elle ne put s'empêcher quand même de rougir jusqu'aux oreilles. Ce gâchis la rendait furieuse. Elle se sentait minable et inexpérimentée.

L'avion était bondé, garni de fauteuils en similicuir élimés par des années d'usage, mais Jule apprécia beaucoup le vol. La vue était fantastique des hublots. Il n'y avait pas un seul nuage dans le ciel. Le littoral s'incurvait élégamment le long de la côte aux couleurs vertes et brunes.

Son hôtel était situé en face du port d'Oak Bluffs. C'était une bâtisse de style victorien ornée de moulures blanches. Jule déposa sa valise dans sa chambre et se promena jusqu'à Circuit Avenue. La ville était remplie de touristes. Elle repéra deux ou trois boutiques de vêtements intéressantes. Jule avait justement besoin de renouveler sa garde-robe. Elle avait ses cartes cadeaux Visa sur elle, et elle savait exactement ce qui lui allait, mais elle hésita.

Elle observa les passantes. Toutes portaient des jeans ou des jupes courtes en coton et des sandales à bouts ouverts. Des couleurs pâles associées à du bleu marine. Leurs sacs étaient en tissu, et non en cuir. Leur rouge à lèvres dans des tons roses ou naturels, jamais rouges. Certaines portaient des pantalons blancs et des espadrilles. Les bretelles de leurs soutiens-gorge étaient invisibles, leurs boucles d'oreilles discrètes.

Jule ôta ses créoles et les rangea dans son sac. Elle repartit en direction des boutiques et fit l'acquisition d'un jean boyfriend, de trois débardeurs en coton, d'un long gilet fluide, d'une paire d'espadrilles et d'une robe de plage blanche. Qu'elle compléta d'un sac en tissu imprimé avec des fleurs grises. Elle régla ses achats avec sa carte et retira du liquide au distributeur.

Debout au coin de la rue, Jule transféra ses papiers d'identité, son argent, son maquillage et son téléphone dans son nouveau sac. Elle appela le service client de son fournisseur téléphonique afin que ses prélèvements soient débités sur la carte Visa. Elle appela également sa colocataire, Lita, et lui laissa un message pour s'excuser.

À l'hôtel, Jule fit un peu de sport, se doucha et enfila sa nouvelle robe blanche. Elle se sécha les cheveux de manière à les laisser ondulés. Elle était là pour trouver Imogen, mais cela pouvait bien attendre jusqu'au lendemain.

Elle se rendit dans un bar à huîtres sur le port et se commanda un sandwich au homard. Quand son plat arriva, ce n'était pas vraiment ce à quoi elle s'attendait : des morceaux de homard trempés dans de la mayonnaise et servis sur un pain à hot dog grillé. Elle s'imaginait quelque chose de plus chic.

Elle mangea une assiette de frites à la place.

C'était si étrange de déambuler en ville sans avoir rien de précis à faire. Jule se retrouva devant un manège en bois à l'ancienne. Il était situé à l'intérieur d'un vieux bâtiment de bois sombre qui sentait le pop-corn. Un écriteau proclamait qu'il s'agissait du «plus vieux carrousel d'Amérique».

Elle s'acheta un billet. Il n'y avait pas grand monde, juste une poignée d'enfants accompagnés de leurs frères et sœurs plus âgés. Les parents étaient dans la zone d'attente, rivés à leurs téléphones. La musique était ringarde. Jule opta pour un cheval situé à l'extérieur.

Quand le manège démarra, elle remarqua un jeune homme assis sur le poney à côté d'elle. Il avait un physique maigre et nerveux, les deltoïdes et les grands dorsaux bien développés : peut-être un adepte de l'escalade, en aucun cas un habitué des salles de muscu. Eurasien, analysa Jule. Ses cheveux noirs et épais étaient un peu trop longs. Il semblait s'être pas mal exposé au soleil.

– Je me sens ridicule, avoua-t-il soudain. C'était la pire idée de ma vie.

Il s'exprimait avec un accent standard.

Jule fit de même.

– Pourquoi ?

– J'ai la gerbe. Ça m'a pris dès que ce truc a démarré. Beurk. En plus, je suis le seul à avoir plus de dix ans.

– À part moi.

– À part toi. J'ai fait un tour sur ce manège, une fois, quand j'étais petit. Ma famille était venue passer les vacances ici. J'ai une heure à tuer avant mon ferry, alors je me suis dit, *Pourquoi pas, en hommage au bon vieux temps !* (Il se passa une main sur le front.) Et toi, qu'est-ce que tu fais là ? Tu as un petit frère ou une petite sœur quelque part ?

Jule fit non de la tête.

– J'aime juste les manèges.

Il lui tendit la main.

– Paolo Santos. Et toi ?

Elle lui serra la main un peu maladroitement, à cause du mouvement de leurs chevaux.

Ce garçon était sur le point de quitter l'île. Jule allait partager deux minutes de son temps avec lui, après quoi elle ne le reverrait plus jamais. C'était absurde. Une réaction totalement impulsive. Mais elle mentit.

– Imogen Sokoloff, dit-elle.

C'était si agréable à prononcer. Ce ne serait pas déplaisant, après tout, d'être dans la peau d'Imogen.

– Sérieux, t'es Imogen Sokoloff*?* (Paolo partit d'un grand éclat de rire.) Comme le monde est petit. Mais j'avais entendu dire que tu serais peut-être ici.

– Tu savais que j'étais ici ?

– Laisse-moi t'expliquer. Je t'ai donné un faux nom. Excuse-moi, ça doit te paraître dingue. J'ai juste menti sur mon nom de famille. Je m'appelle vraiment Paolo. Mais pas vraiment Santos.

– Ah.

– Je suis désolé. (Il se frotta à nouveau le front.) Je sais que c'est un peu bizarre, mais je me suis dit qu'on ne se recroiserait plus jamais. Parfois, quand je voyage, j'aime devenir quelqu'un d'autre.

– Je comprends.

– Mon vrai nom est Paolo Vallarta-Bellstone. Mon père, Stuart, a fait ses études avec le tien. Tu as certainement dû le rencontrer.

Jule haussa les sourcils. Elle avait entendu parler de Stuart Bellstone. C'était un magnat de la finance récemment condamné à une peine de prison à cause de ce que la presse avait surnommé « le scandale des transactions D et G ». Sa photo avait fait le tour des journaux, deux mois auparavant, à la fin de son procès.

– J'ai joué deux ou trois fois au golf avec ton père et le mien, poursuivit Paolo. Avant que Gil tombe malade. Il parlait de toi sans arrêt. Je sais que tu es allée à Greenbriar, puis heu... à Vassar, je crois ?

– Oui, mais j'en suis partie au bout d'un trimestre, répondit Jule.

– Pourquoi ?

– C'est une longue et très ennuyeuse histoire.

– Allez. Ça me distraira de ma nausée, et ça m'évitera de te vomir dessus. On a tous les deux à y gagner.

– Mon père considère que je faisais trop la fête et que j'ai gâché mon potentiel par manque de travail, dit Jule.

Paolo s'esclaffa.

– Je le reconnais bien là. Et toi, tu en penses quoi ?

– J'en pense… que je rêvais d'une vie différente de celle qui semblait toute tracée pour moi, répondit Jule d'une voix lente. C'est une des raisons pour lesquelles je suis venue ici.

Le manège ralentit jusqu'à l'arrêt. Ils descendirent de leurs chevaux et ressortirent. Paolo récupéra son sac à dos dans le coin où il l'avait entreposé.

– Ça te dirait d'aller manger une glace ? dit-il. Je connais le meilleur glacier de toute l'île.

Ils allèrent dans une petite boutique. Ils se chamaillèrent à propos du choix du coulis – chocolat chaud ou caramel fondant – avant de décréter qu'un mélange des deux résoudrait le problème.

– C'est drôle de se rencontrer comme ça, dit Paolo. Alors qu'on a déjà failli se croiser un million de fois.

– Comment savais-tu que j'étais à Martha's Vineyard ?

Paolo avala une cuillerée de glace.

– Tu es un peu une célébrité, tu sais. Tu plaques tes études, tu disparais, tu atterris ici… Pour être honnête, ton père m'a demandé de t'appeler à mon arrivée ici.

– Arrête.

– Je te jure. Il m'a envoyé un mail. Tu vois ? Je t'ai appelée il y a six jours.

Il sortit son iPhone et lui montra son journal d'appels.

– C'est un peu flippant, non ?

– Pas du tout, se défendit Paolo. Gil s'inquiète pour toi. Il m'a dit que tu ne répondais plus au téléphone, que tu avais quitté la fac et que tu t'étais réfugiée ici, à Martha's Vineyard.

Si, par le plus grand des hasards, je tombais sur toi, j'étais juste censé l'appeler pour lui donner de tes nouvelles. Il voulait que tu saches qu'il allait se faire opérer.

– Je sais qu'il va se faire opérer. J'étais avec lui à New York il n'y a pas si longtemps.

– Mes efforts n'ont donc servi à rien, répondit Paolo avec un haussement d'épaules. Ça n'est pas la première fois.

Ils repartirent en direction du port et regardèrent les bateaux. Paolo lui expliqua qu'il avait décidé de voyager pour fuir la ruine de son père et la désintégration de sa famille. Il avait obtenu son diplôme universitaire en mai et songeait à intégrer la fac de médecine, mais il avait envie de voir le monde avant de s'engager pleinement dans ses études. Il dormirait à Boston ce soir, avant de prendre l'avion pour Madrid. Il comptait faire le tour du monde muni d'un sac à dos avec un pote : d'abord l'Europe, puis l'Asie jusqu'aux Philippines.

Son ferry était prêt à l'embarquement. Paolo déposa un baiser furtif sur les lèvres de Jule avant de la quitter. Son geste était doux et confiant, pas le moins du monde envahissant. Sa bouche collait un peu à cause du coulis au caramel.

Jule fut prise au dépourvu. Elle n'avait pas envie qu'il la touche. Elle voulait que personne ne la touche, jamais. Mais quand les lèvres charnues de Paolo avaient effleuré les siennes, cela lui avait plu.

Elle mit sa main sur sa nuque, attira son visage contre le sien et l'embrassa en retour. Il était vraiment mignon, songea-t-elle. Ni dominateur ni effrayant. Il n'avait pas les mains baladeuses et il n'était pas violent. Ni condescendant. Pas non plus le genre beau parleur avec chaîne en or. Son baiser était si doux qu'elle dut presser plus fort pour le sentir.

Elle regretta de ne pas lui avoir dit son vrai nom.

– Je pourrai t'appeler ? demanda-t-il. Enfin, te rappeler ? Et cette fois, pas de la part de ton père ?

Non, non.

Paolo ne devait plus jamais contacter Imogen. Sinon, il comprendrait que ce n'était pas *elle* qu'il avait rencontrée.

– Il ne vaut mieux pas, répondit Jule.

– Pourquoi ? Je serai à Madrid, puis en vadrouille un peu partout, mais on pourrait juste... discuter, de temps en temps. Parler du coulis au chocolat et au caramel, par exemple. Ou de ta nouvelle vie.

– J'ai déjà quelqu'un, asséna Jule.

Les traits de Paolo s'affaissèrent.

– Je vois. Bien sûr que tu as déjà quelqu'un. Bon, en tout cas, tu connais mon numéro. Je t'ai laissé un message la semaine dernière. Mon indicatif est le 646. Fais-moi signe si ton quelqu'un... enfin, si tu n'as plus... Bref. Promis ?

– Je ne t'appellerai pas, rétorqua Jule. Mais merci pour la glace.

Il eut l'air vexé, brièvement. Puis il sourit.

– À ton service, Imogen.

Il arrima son sac à dos à ses épaules, et il s'en alla

Jule regarda son ferry s'éloigner du quai. Elle ôta ses espadrilles et descendit marcher sur le sable. Resta immobile, les pieds dans l'eau. Elle sentit au fond d'elle qu'Imogen Sokoloff aurait pu faire cela, savourer ce sentiment de tristesse mêlé à la beauté du paysage, tout en relevant le bas de sa belle robe blanche pour ne pas la mouiller.

3

DEUXIÈME SEMAINE DE JUIN 2016
NEW YORK

Une semaine avant de se rendre à Martha's Vineyard, Jule se tenait avec Patti Sokoloff sur une terrasse surplombant Central Park. Le soleil s'était couché. Le parc s'étendait sous leurs yeux, rectangle sombre au milieu des lumières de la ville.

– Je me sens comme Spider-Man, lâcha Jule. Il aime contempler New York, la nuit.

Patti acquiesça. Ses cheveux longs ondulaient à la perfection sur ses épaules. Elle portait un cardigan sur une robe couleur crème et une jolie paire de sandales plates. Ses pieds fatigués arboraient de discrets pansements au niveau des talons et des orteils.

– Immie sortait avec un garçon qui est venu à une fête chez nous, un soir, dit-elle. Il a fait la même remarque à propos de la vue. Enfin, en parlant de Batman. Mais c'est pareil.

– Ils n'ont rien à voir.

– Certes, mais ils sont orphelins tous les deux. Batman a perdu ses parents très tôt. Spider-Man aussi. Il vit avec sa tante.

– Vous lisez des comics ?

– Jamais. Mais j'ai dû relire au moins six fois la dissertation d'Immie pour son dossier d'inscription à la fac. Elle y expliquait que Batman et Spider-Man étaient les descendants directs des orphelins des romans victoriens. Immie est fan de littérature victorienne, tu le savais ? Elle s'immerge complètement dans ces histoires. Certains se définissent comme des sportifs, des combattants de la justice sociale ou des fous de théâtre. Immie se définit elle-même comme une lectrice de romans victoriens.

« Ce n'est pas une acharnée des études, poursuivit Patti, mais c'est une passionnée de littérature. Dans sa dissertation, elle a écrit que la condition d'orphelin était indispensable à ces personnages pour devenir des héros. Et aussi que les héros de comics n'étaient pas des héros ordinaires, mais "des héros compliqués, obligés de trahir leurs valeurs morales comme les orphelins des romans victoriens". Je crois que ce sont les termes exacts qu'elle a employés.

– Je lisais des comics au lycée, dit Jule. À Stanford, je n'avais pas le temps.

– Gil a grandi avec eux, pas moi. Immie non plus, à vrai dire. Les super-héros ne constituaient qu'un élément de son introduction pour expliquer en quoi les romans d'autrefois étaient si précieux pour les lecteurs d'aujourd'hui. Tous ces trucs à propos de Batman, c'est ce fameux petit ami qui les lui avait expliqués.

Elles retournèrent à l'intérieur. L'appartement des Sokoloff était décoré de façon théâtrale et moderne mais encombré de piles de livres, de magazines et de babioles. Le parquet était de chêne blanchi dans toutes les pièces. Une domestique préparait le repas dans la cuisine, où la table était jonchée de prospectus, de flacons de médicaments et de paquets de mouchoirs. Deux énormes canapés en cuir trônaient au milieu du salon, un appareil respiratoire posé à côté de l'un d'eux.

Gil Sokoloff ne se leva pas quand Patti fit entrer Jule dans la pièce. Il ne devait pas avoir encore soixante ans, mais des rides de souffrance lui creusaient le contour de la bouche et la peau lui pendait dans le cou. Ses traits étaient ceux d'un homme d'Europe de l'Est, et son abondante chevelure bouclée grisonnait. Il portait un pantalon de jogging et un tee-shirt. Ses joues et son nez étaient parsemés de petits vaisseaux sanguins éclatés. Il se pencha lentement en avant, comme si le moindre geste lui était douloureux, et serra la main de Jule avant de lui présenter Snowball et Snowman, les deux chiens blancs de la maison, ainsi que les trois chats d'Imogen.

Ils passèrent à table dans la grande salle à manger, Gil accroché au bras de Patti qui marchait à pas lents à ses côtés. La cuisinière apporta divers plats et saladiers avant de se retirer. Ils mangèrent de minuscules côtelettes d'agneau et du risotto aux champignons. À la moitié du repas, Gil réclama sa bouteille à oxygène.

Au moment du fromage, ils parlèrent des chiens, qui étaient nouveaux dans la maison.

– Ces bêtes nous ont gâché la vie, soupira Patti. Ils pissent partout ! Gil les laisse faire leurs besoins sur la terrasse. Tu te rends compte ? Quand je sors le matin, je trouve ces horribles crottes de chien nauséabondes partout.

– Ils gémissent pour sortir bien avant que tu te lèves, rétorqua son mari. (Il déplaça son masque à oxygène sur le côté pour pouvoir parler.) Qu'est-ce que tu veux que je fasse ?

– On doit asperger le caillebotis d'eau de Javel. Résultat, le bois est foutu, répondit Patti. C'est immonde. Mais c'est ça, quand on aime les animaux. On les laisse faire leurs besoins sur sa terrasse.

– Imogen nous ramenait toutes sortes de chats errants, se remémora Gil. Un nouveau chaton tous les deux mois, quand elle était au lycée.

– Certains ne survivaient pas, renchérit Patti. Elle les trouvait dans la rue, ils avaient parfois des maladies, des bronchites chroniques ou je ne sais quel fléau. Ils mouraient sans bruit, les pauvres petites choses, et Immie éclatait en sanglots chaque fois. Puis elle est partie à Vassar, et on s'est retrouvés coincés avec ces trois chenapans. (Patti caressa un chat qui se promenait sous la table.) De vrais enquiquineurs, et fiers de l'être.

Comme toutes les « anciennes » de Greenbriar, Patti avait son propre stock d'anecdotes.

– On devait porter des uniformes avec des collants ou des chaussettes qui nous arrivaient aux genoux, chaque jour de l'année, dit-elle. L'été, cela devenait insupportable. Au lycée – je te parle de la fin des années soixante-dix —, certaines d'entre nous venaient sans sous-vêtements, par pure provocation. Des chaussettes jusqu'aux genoux, mais pas de petite culotte ! (Elle tapota l'épaule de Jule.) Vous avez eu de la chance, Immie et toi, que les uniformes soient supprimés. Tu faisais de la musique, à Greenbriar ? Tu semblais t'intéresser tellement à Gershwin, l'autre jour.

– Un peu, oui.

– Tu te souviens du concert de Noël ?

– Bien sûr.

– Je vous revois encore, Immie et toi, debout côte à côte. Vous étiez les deux plus petites élèves de troisième. Vous chantiez des chants de Noël, avec la fille Caraway pour les parties en solo. Tu t'en souviens ?

– Évidemment.

– Il y avait des illuminations dans la grande salle, avec le sapin décoré dans un coin. Ils avaient aussi mis une menora, bien sûr, mais c'était juste pour la forme, ajouta Patti. Oh, non. Je vais fondre en larmes si je continue à penser à Immie dans sa robe de fête. Je la lui avais achetée exprès pour le concert, une belle robe à pinces en velours bleu roi.

– Immie m'a sauvé la vie lors de mon premier jour à Greenbriar, révéla Jule. Quelqu'un m'avait bousculée à la cafétéria, et je m'étais retrouvée aspergée de sauce tomate. J'étais plantée là, à regarder toutes ces filles pimpantes dans leurs habits propres. Elles se connaissaient déjà toutes depuis le collège. (Les mots sortaient tout seuls. Patti et Gil l'écoutaient, subjugués.) Comment m'asseoir parmi elles avec cette sauce rouge, comme du sang, étalée sur moi ?

– Oh, mon petit canari.

– Immie est arrivée. Elle m'a pris mon plateau des mains. Elle m'a présentée à toutes ses copines en faisant semblant de ne pas voir la tache sur mon chemisier, alors elles ont fait pareil. Et voilà, conclut Jule. C'était l'une de mes personnes préférées au monde, mais on a perdu le contact quand j'ai déménagé.

Plus tard, dans le salon, Gil s'installa sur le canapé avec ses tubes à oxygène enfoncés dans le nez. Patti apporta un gros album photo à la couverture dorée.

– Tu veux bien que je te montre nos vieux souvenirs de famille ?

Ils parcoururent les pages ensemble. Jule trouva Imogen d'une beauté exceptionnelle – elle était petite, un peu fée. Elle avait les cheveux clairs, des fossettes et de bonnes joues qui se transformeraient plus tard en pommettes saillantes. Sur la plupart des clichés, elle posait dans un lieu original. « Nous étions allés à Paris », expliquait Patti. Ou bien « Nous avions visité une ferme », ou encore « C'est le plus vieux carrousel d'Amérique ». Immie portait des jupes tourbillonnantes et des collants rayés. Elle avait les cheveux longs, pas toujours coiffés. Plus tard, des bagues apparurent sur ses dents.

– Elle n'a jamais eu d'autres copines adoptées, après ton départ, fit Patti. J'ai toujours eu le sentiment que nous avions manqué à nos devoirs. (Elle se pencha en avant.) Et toi, as-tu connu ça ? Une communauté d'autres familles comme la tienne ?

Jule prit une grande inspiration.

– Non, jamais.

– As-tu le sentiment que tes parents ont manqué à leurs devoirs ? demanda Patti.

– Oui, répondit Jule. À tous leurs devoirs.

– Je me dis souvent que j'aurais dû élever Immie différemment. Faire plus d'efforts. Parler davantage des sujets difficiles…

Patti poursuivit sur sa lancée, mais Jule ne l'écoutait plus.

Les parents de Julietta étaient morts quand elle avait huit ans. Sa mère avait succombé à une longue et éprouvante maladie. Peu de temps après, son père s'était ouvert les veines, nu, dans sa baignoire.

Julietta avait été élevée par quelqu'un d'autre, cette fameuse tante, dans une maison qui n'avait rien d'un vrai foyer.

Non. Elle ne voulait plus y penser. Elle chassait ce souvenir de sa mémoire, en ce moment même.

Elle était en train de réécrire cette page de sa vie. Le mythe fondateur de son enfance. Dans cette version, le salon était sens dessus dessous. Il faisait nuit noire. Oui, voilà. Elle n'avait pas encore tous les éléments bien en place, mais elle visualisa l'intrigue dans les grandes lignes. Elle vit ses parents dans le faisceau lumineux d'un lampadaire, morts sur la pelouse, au milieu d'une flaque de sang noire.

– Venons-en aux faits, intervint Gil d'une voix sifflante. Elle n'a pas toute la nuit, la pauvre.

Patti acquiesça.

– Ce que je ne t'ai pas dit, la raison pour laquelle nous t'avons fait venir ce soir, c'est que... Imogen a quitté Vassar au bout d'un trimestre.

– Nous pensons qu'elle a trop fait la fête et gâché son potentiel par son manque de travail, renchérit Gil.

– À vrai dire, elle n'a jamais aimé les études, nuança Patti. Pas comme tu aimes passionnément Stanford, Jule. Mais elle a quitté Vassar sans même nous prévenir, et elle a mis un mois avant de nous donner de ses nouvelles. Nous nous faisions un sang d'encre.

– *Tu* te faisais un sang d'encre, rétorqua son mari. Moi, j'étais en pétard. Imogen est irresponsable. Elle égare son téléphone, ou bien elle oublie de l'allumer. Elle est constamment injoignable.

– Nous avons donc appris qu'elle est partie à Martha's Vineyard, poursuivit Patti. C'est l'endroit où nous passions souvent nos vacances en famille, et elle s'est réfugiée là-bas. Elle nous a dit qu'elle y a loué une maison, sans nous donner l'adresse, ni même le nom du village où elle est.

– Pourquoi n'y allez-vous pas ? demanda Jule.

– Je ne peux aller nulle part, répondit Gil.

– Il a des séances de dialyse à tout bout de champ. C'est épuisant. Et il doit subir des opérations, expliqua Patti.

– Tous mes organes foutent le camp. Bientôt, je pourrai même les transporter dans un sac.

Patti lui embrassa la joue.

– Nous avons donc pensé que tu aimerais peut-être y aller à notre place, Jule. À Martha's Vineyard. Nous avons envisagé d'engager un détective privé…

– *Tu* l'as envisagé, rectifia Gil. Quelle idée ridicule.

– Nous avons demandé de l'aide à certains de ses amis à la fac, mais ils ne souhaitaient pas s'en mêler.

– Que suis-je censée faire ? demanda Jule.

– T'assurer qu'elle va bien. Ne lui dis surtout pas que nous t'avons envoyée, mais tiens-nous au courant par SMS, dit Patti. Tâche de la convaincre de rentrer à la maison.

– Tu es libre cet été, dis-moi ? s'enquit Gil. Pas de stage, ce genre de chose ?

– Non, dit Jule. Je n'ai pas de boulot cet été.

– Tu n'auras rien à débourser, naturellement. Nous te donnerons des cartes cadeaux Visa avec deux ou trois mille dollars dessus, et nous te paierons une chambre à l'hôtel.

Les Sokoloff étaient si confiants. Si généreux. Si stupides. Les chats, les chiens qui salissaient la terrasse, la bouteille à oxygène de Gil, les albums photo, leur inquiétude pour Imogen, leur interventionnisme, même… le désordre ambiant, les côtelettes d'agneau, leur côté bavard, tout cela était magnifique.

– Je serai ravie de vous aider, conclut Jule.

Elle rentra chez elle en métro. Alluma son ordinateur, lança une recherche et se commanda un tee-shirt rouge de l'université de Stanford.

Lorsqu'il arriva, quelques jours plus tard, elle élargit

l'encolure en tirant dessus et aspergea le bas d'eau de Javel pour fabriquer une tache.

Elle le passa à la machine, encore et encore, jusqu'à le rendre souple et délavé.

2

TOUJOURS LA DEUXIÈME SEMAINE DE JUIN 2016
NEW YORK

La veille du dîner chez Patti, Jule se retrouva dans une rue de l'Upper Manhattan avec une adresse griffonnée sur un bout de papier. Il était dix heures du matin. Elle portait une petite robe noire avec un col carré qui lui allait à ravir. Ses escarpins étaient noirs, eux aussi, avec une bride à l'arrière et un bout pointu. Mais un peu trop petits pour elle. Jule avait glissé une paire de baskets dans son sac. Elle s'était maquillée comme elle pensait qu'une étudiante se maquillerait. Ses cheveux étaient coiffés en chignon.

La Greenbriar School occupait plusieurs bâtisses le long de la Cinquième Avenue, au croisement avec la Quatre-Vingt-Deuxième Rue. La façade de pierre du lycée, où Jule était censée travailler, se dressait sur cinq niveaux. Un perron aux marches incurvées menait jusqu'à l'entrée, flanquée de statues. Les portes étaient en bois massif. Tout à fait le genre d'endroit où l'on pouvait s'attendre à recevoir une éducation hors pair.

– La fête a lieu dans la salle de réception, indiqua le gardien à Jule. Escalier à droite jusqu'au premier.

Le sol du vestibule était dallé de marbre. À gauche, un écriteau ADMINISTRATION jouxtait un panneau de liège où était punaisé la liste des universités s'apprêtant à accueillir les terminales de cette année : Yale, Penn, Harvard, Brown, Williams, Princeton, Swarthmore, Dartmouth, Stanford. Ces noms paraissaient fictifs à Jule. C'était étrange de les voir inscrits de cette manière, comme un poème, chacun sur une ligne et ouvrant un monde nouveau à lui seul.

Au sommet des marches, le palier donnait sur la salle de réception. Une femme autoritaire en veste rouge vint à sa rencontre en lui tendant la main.

– Vous venez pour le service ? Bienvenue à Greenbriar, dit-elle. Merci d'être venue nous aider aujourd'hui. Je me présente, Mary Alice McIntosh, présidente du comité de financement.

– Enchantée. Lita Kruschala.

– Greenbriar a été l'une des premières écoles destinées aux filles à son ouverture en 1926, expliqua la femme. Nous occupons trois anciens hôtels particuliers de style Beaux-Arts. Les bâtiments sont classés, et nos donateurs sont des philanthropes très attachés à l'éducation des jeunes filles.

– C'est un établissement réservé aux filles ?

Mrs McIntosh lui tendit un tablier blanc froncé.

– Les études ont montré que, dans les écoles non mixtes, les filles se tournent plus facilement vers les matières scientifiques. Elles se soucient moins de leur apparence, sont plus compétitives et ont davantage confiance en elles. (Elle semblait réciter son argumentaire par cœur, comme si elle l'avait déjà fait un millier de fois.) Aujourd'hui, nous attendons une centaine d'invités pour un concert avec buffet, suivi d'un déjeuner dans les salons situés au deuxième étage.

Elle fit entrer Jule dans la salle de réception, où de grandes tables étaient recouvertes de nappes blanches.

– Les élèves viennent ici assister à l'assemblée chaque lundi et vendredi matin. En milieu de semaine, cette pièce accueille les cours de yoga ou des intervenants extérieurs.

Les murs étaient ornés de tableaux. Une forte odeur de cire flottait dans l'air. Trois lustres étaient suspendus au plafond, et un piano à queue était disposé dans un coin. On avait presque du mal à croire que des adolescentes avaient cours dans un tel endroit.

Mrs McIntosh désigna le responsable du buffet à Jule, qui se présenta à lui sous le nom de Lita. Elle noua son tablier pardessus sa robe. Le chef l'envoya plier des serviettes mais, dès qu'il eut le dos tourné, Jule s'éclipsa pour aller jeter un coup d'œil à une salle de classe.

Elle vit des étagères garnies de livres. Un tableau interactif face à une rangée d'ordinateurs. Le centre de la classe était bizarrement meublé : un épais tapis rouge recouvrait le sol et de lourdes chaises en bois étaient disposées en demi-cercle autour d'un bureau massif. Au tableau noir, un professeur avait écrit :

Discussion libre, 10 minutes :

« Il s'agit à tout moment de sacrifier ce que nous sommes à ce que nous pouvons devenir. »

Charles Du Bos

Jule effleura le rebord du bureau. Elle s'assiérait là, sur cette chaise, décida-t-elle. Ce serait sa place, dos à la fenêtre et face à la porte. Elle débattrait de la citation de Du Bos avec ses camarades. La prof, une femme vêtue de noir, se tiendrait face à elles, toujours à l'écoute, jamais menaçante. Elle les pousserait à l'excellence. À ses yeux, ses élèves représenteraient l'avenir.

Jule entendit tousser. Le responsable du buffet se tenait derrière elle. Il lui désigna la sortie. Jule lui emboîta le pas pour aller retrouver sa pile de serviettes et s'attela à la tâche.

Un pianiste entra dans la grande salle. Il était maigre et roux, d'un teint laiteux parsemé de taches de rousseur. Ses poignets semblaient s'échapper des manchettes de sa veste. Il sortit ses partitions, consulta son téléphone une minute, et se mit à jouer. La musique était à la fois enlevée et élégante. Elle illuminait la pièce, comme si la fête avait déjà commencé. Lorsqu'elle eut fini avec ses serviettes, Jule se dirigea vers lui.

– Qu'est-ce que c'est ? lui demanda-t-elle.

– Gershwin, répondit le pianiste avec dédain. C'est le programme du jour. Les gens riches adorent Gershwin.

– Pas vous ?

Il haussa les épaules sans cesser de jouer.

– J'ai un loyer à payer.

– Je croyais que les gens qui jouaient sur des pianos à queue avaient déjà de l'argent.

– On est tous fauchés, en vérité.

– Bon, et qui est ce Gerswhin ?

– Qui *était* ce Gershwin ?

Le pianiste s'interrompit et commença un autre morceau. Jule regarda ses mains parcourir le clavier et reconnut l'air qu'il était en train de jouer. *Summertime, and the livin'is easy...*

– Je connais ce truc, dit-elle. Et donc, il est mort ?

– Ça fait un moment. Dans les années 1930. C'était un immigré de la première génération. Son père était cordonnier. Il a débuté sur la scène théâtrale yiddish et s'est mis à écrire des petits airs de jazz à la mode pour se faire de l'argent, avant de composer des musiques de films. Plus tard, il est passé au classique et à l'opéra. Il a donc fini sa carrière au summum de la sophistication alors qu'il ne venait de nulle part.

C'était si extraordinaire de pouvoir jouer d'un instrument, songea Jule. Il pouvait vous arriver n'importe quoi, quel que soit le tournant que prenait votre vie, vous pouviez toujours regarder vos mains et vous dire, *Je joue du piano*. C'était à vous, pour toujours.

Un peu comme de savoir se battre, réalisa-t-elle. Ou imiter les accents. Vos talents vivaient en vous. Ils ne vous abandonnaient jamais, quelle que soit votre apparence, qui vous aimait ou ne vous aimait pas.

Une heure plus tard, le responsable du buffet lui tapota sur l'épaule.

– Tu t'es renversé de la sauce cocktail sur ta robe, Lita, dit-il. Et de la crème fraîche. Tâche d'arranger ça, je te donnerai un autre tablier.

Jule baissa les yeux. Elle ôta son tablier et le lui tendit.

Les toilettes de la salle de réception étaient déjà occupées. Elle monta au deuxième étage et aperçut deux salons magnifiques. Des tables étaient ornées de gros bouquets de fleurs roses. Les invités serraient des mains et attendaient qu'on les présente.

Les toilettes pour dames étaient précédées d'une petite salle d'attente. Les murs y étaient tapissés de papier peint vert et or et un élégant canapé trônait dans un coin. Jule traversa la pièce pour gagner les toilettes. Une fois à l'intérieur, elle ôta les escarpins de Lita. Elle avait les orteils enflés, le talon d'Achille en sang. Elle tamponna ses blessures à l'aide d'une feuille d'essuie-main en papier qu'elle passa préalablement sous le robinet. Puis elle frotta la tache sur sa robe pour la faire disparaître.

Elle retourna pieds nus dans la salle d'attente pour y découvrir une femme d'une cinquantaine d'années, assise sur le canapé. C'était une belle femme, selon les critères en vigueur dans les quartiers chics de Manhattan : teint hâlé, rouge à lèvres soigneusement appliqué et cheveux bruns teints. Elle portait une robe de soie émeraude qui semblait la prédestiner à venir s'asseoir sur ce canapé de velours vert entouré de papier peint vert et or. Les jambes nues, elle était en train d'appliquer des pansements sur ses orteils couverts de cloques. Une paire d'escarpins à brides gisait par terre près d'elle.

– J'ai les pieds qui gonflent avec cette chaleur, dit-elle, et alors c'est un cauchemar sans fin. N'est-ce pas ?

Jule lui répondit en se calant sur son accent : américain standard.

– Vous n'auriez pas un pansement pour moi ?

– J'en ai tout un stock, répondit la femme. (Elle fouilla dans son grand sac à main et en sortit une boîte de sparadrap.) J'avais prévu le coup.

Ses ongles de mains et de pieds étaient vernis en rose pâle.

– Merci.

Jule vint s'asseoir à côté d'elle et entreprit de panser ses pieds endoloris.

– Tu ne te souviens pas de moi, je parie ? lui dit soudain l'inconnue.

– Hein ?

– Ne t'inquiète pas. Moi, je me souviens de toi. Avec ma fille, Immie, on aurait dit deux sœurs jumelles dans vos uniformes. Toutes les deux si petites et la frimousse pleine de taches de rousseur.

Jule écarquilla les yeux.

La femme sourit.

– Je suis la mère d'Imogen Sokoloff, mon chou. Appelle-moi Patti. Tu es venue à l'anniversaire d'Imogen quand vous étiez en troisième, tu t'en souviens ? La soirée pyjama où nous avons confectionné des cake pops ! Immie et toi adoriez faire du shopping à SoHo. Oh, et rappelle-toi la fois où nous t'avons emmenée voir *Coppelia* à l'American Ballet Theatre !

– Bien sûr, dit Jule. Pardon de ne pas vous avoir reconnue plus tôt.

– Tu n'as pas à t'excuser, dit Patti. J'ai oublié ton prénom, en revanche, même si je n'oublie jamais un visage. Tu avais les cheveux teints en bleu, c'était si original.

– Je m'appelle Jule.

– Oui, voilà. J'étais si contente que vous soyez amies, Immie et toi, cette année-là. Après ton départ, elle s'est mise à fréquenter des gens de la Dalton School. Mais je ne les appréciais pas autant que toi. J'ai l'impression qu'il y a peu d'élèves des promos récentes, ce soir. Tu ne dois connaître personne. Ce ne sont que des vieilles, comme moi.

– J'ai reçu l'invitation, je suis venue pour écouter Gerswhin, répondit Jule. Et aussi pour voir à quoi ressemblaient les lieux, après tant d'années.

– Tu aimes Gershwin ? C'est merveilleux, dit Patti. Quand j'étais ado, je ne jurais que par le punk. Et quand j'avais vingt ans, j'étais une inconditionnelle de Madonna et je ne sais plus qui... Où vas-tu à la fac ?

Un court silence. Un choix à faire. Jule jeta ses emballages de pansements à la poubelle.

– Stanford, répondit-elle. Mais je ne suis pas sûre d'y retourner à la rentrée. (Elle leva les yeux au ciel, ironique.) J'ai un petit souci avec le service des bourses.

Tout ce qu'elle racontait à Patti lui faisait un effet délicieux dans la bouche, comme du caramel fondant.

– C'est fâcheux, commenta Patti. Stanford a la réputation de soutenir les étudiants boursiers.

– Oui, répondit Jule. Sauf moi.

Patti l'observa attentivement.

– Je suis sûre que tu vas t'en sortir. On voit bien que tu n'es pas du genre à te laisser claquer la porte au nez. Écoute, as-tu un travail cet été, un stage, quelque chose de ce genre ?

– Pas encore.

– Alors j'ai une idée dont j'aimerais te parler. C'est un peu fou, mais ça devrait te plaire. (Elle sortit une carte de visite couleur crème de son sac et la tendit à Jule. L'adresse indiquée dessus était située sur la Cinquième Avenue.) Je dois rentrer retrouver mon époux, il est malade. Mais pourquoi ne viendrais-tu pas dîner chez nous demain soir ? Gil sera ravi de revoir l'une des vieilles copines d'Immie.

– Merci, ce serait avec plaisir.

– Dix-neuf heures ?

– C'est parfait, dit Jule. Bien, oserons-nous remettre nos chaussures, à présent ?

– Il le faut, hélas, soupira Patti. C'est si difficile d'être une femme, parfois.

1

PREMIÈRE SEMAINE DE JUIN 2016
NEW YORK

Seize heures plus tôt, à vingt heures précises, Jule sortait du métro dans un quartier minable de Brooklyn. Elle avait passé la journée à chercher du travail. C'était le quatrième jour d'affilée qu'elle mettait sa plus jolie robe.

En vain.

Son appartement était situé au-dessus d'une supérette au store jaune et miteux : le Joyful Food Mart. C'était vendredi soir, et un groupe de mecs bruyants était rassemblé au coin de la rue. Les poubelles débordaient sur les trottoirs.

Jula vivait là seulement depuis quatre semaines. Elle avait une colocataire, Lita Kruschala. Le loyer était dû aujourd'hui, mais elle n'avait pas d'argent pour payer.

Lita n'était pas une amie proche. Elles s'étaient rencontrées quand Jule avait répondu à sa petite annonce en ligne. Avant ça, elle avait dormi dans des auberges de jeunesse. Elle avait utilisé le WiFi de la bibliothèque pour consulter les annonces de coloc.

Quand elle était venue visiter l'appartement, Lita lui avait proposé d'utiliser le salon en guise de chambre. La pièce était séparée de la cuisine par un rideau. Lita expliqua que sa sœur venait de repartir en Pologne, mais qu'elle préférait rester aux États-Unis. Elle faisait des ménages et travaillait aussi pour une société de traiteur, au noir. Elle n'avait pas de visa de travail. Elle prenait des cours d'anglais au centre culturel du quartier.

Jule lui raconta qu'elle était coach en salle de sport. C'était le boulot qu'elle faisait en Floride, et Lita la crut. Jule paya un mois de loyer à l'avance en liquide. Lita ne demanda pas à vérifier ses papiers d'identité. Jule ne prononça jamais le nom de Julietta.

Certains soirs, Lita invitait ses amis qui parlaient polonais et fumaient des cigarettes. Ils faisaient mijoter des ragoûts de viande aux pommes de terre dans la cuisine. Ces soirs-là, Jule mettait son casque sur ses oreilles et se recroquevillait dans son lit en s'entraînant à imiter les accents des tutos en ligne. Parfois, Lita entrait dans sa chambre lui déposer une assiette de ragoût sans dire un mot.

Jule était arrivée à New York en bus. Après l'épisode du garçon et du granité bleu, des sandales à talons et du sang sur le trottoir, après la chute de ce garçon sur le bitume, Julietta West Williams avait fui l'Alabama. Et le lycée. Elle avait dix-sept ans, rien ne l'obligeait à rester en cours. Aucune loi, en tout cas.

Au fond, il lui aurait suffi de faire profil bas. Le garçon s'était remis de ses blessures et n'avait jamais rien dit à personne. Mais qui sait : si elle était restée, il aurait peut-être fini par parler. Ou se venger.

La ville de Pensacola, en Floride, ne se trouvait qu'à trois cents kilomètres de là. Jule réussit à se faire embaucher dans une petite salle de gym avec de grandes baies vitrées qui donnaient sur la rue. Les patrons se fichaient pas mal que leurs employés soient ou non des coachs sportifs certifiés. Ils bourraient tout le monde de stéroïdes et jouaient en permanence avec les frontières de la légalité.

Julietta entraînait des clients toute la journée. Ils étaient videurs, voyous, gardes du corps, parfois même flics. Elle y resta six mois et sa musculature en profita aussi. Son patron possédait une salle d'arts martiaux un peu plus loin, et il l'autorisa à prendre des cours gratuitement. Elle logeait dans un hôtel qui louait des chambres avec kitchenette à la semaine. Elle fit l'acquisition d'un ordinateur et d'un téléphone portable et économisa le reste de son argent.

Pendant sa pause-déjeuner, Julietta descendait parfois l'avenue principale jusqu'au centre commercial. C'était un endroit magnifique, avec des fontaines et des boutiques de fringues célèbres. Elle lisait dans la belle librairie lumineuse, rêvait devant des robes à mille dollars dans les vitrines et essayait du maquillage dans le grand magasin. Elle apprit le nom des marques les plus chics. Elle se réinventait sans cesse grâce aux poudres, aux crèmes et aux brillants à lèvres. Son visage avait telle apparence un jour, et une autre le lendemain. Elle ne dépensait pas le moindre dollar.

C'est ainsi qu'elle fit la connaissance de Neil. C'était un type mince, toujours vêtu d'une veste en cuir brun clair. Il aimait passer son temps libre à traîner près des stands de maquillage et à baratiner les filles. Il portait des Nike et s'exprimait avec un accent du Sud. Il ne devait pas avoir plus de vingt-cinq ans. Son visage poupin et rougeaud était encadré par des favoris, et une croix en or lui pendait autour du cou. Le genre de type qui parlait trop fort au cinéma et s'achetait toujours un seau de pop-corn.

– Neil comment ? lui demanda Julietta.

– Mon nom de famille importe peu, dit-il. Il n'est pas aussi beau que moi.

Neil était dans le business. C'est en tout cas ce qu'il lui répondit quand elle lui demanda ce qu'il faisait là, au rayon maquillage : «Je suis dans le business.»

D'où pouvait bien provenir cette expression? s'interrogea-t-elle. De Pensacola, ou d'ailleurs?

Julietta savait pertinemment ce que cela signifiait.

– Tu pourrais te faire beaucoup plus d'argent en bossant pour moi. Je te traiterais comme une princesse, lui dit Neil le troisième jour après leur rencontre. Tu gagnes bien ta vie, beauté? Je ne te vois jamais rien dépenser.

– Ne m'appelle pas *beauté*.

– Pourquoi pas? Tu es belle comme un cœur.

– Tu réussis vraiment à convaincre des filles en leur parlant comme ça?

Il haussa les épaules et s'esclaffa.

– Ben ouais.

– Tu dois vraiment ramasser les plus stupides.

– Les plus adorables, tu veux dire. Elles te montreraient tout ce que tu as besoin de savoir. C'est pas très compliqué, en réalité.

– Ben voyons.

– Tu prendrais soin de toi. Tu pourrais porter de jolies fringues. Faire la grasse mat' tous les matins.

Julietta l'avait envoyé promener, ce jour-là. Mais Neil était revenu rôder au même rayon une semaine plus tard. Cette fois, il lui avait demandé la permission si poliment qu'elle l'avait autorisé à lui offrir un burrito dans un fast-food du centre commercial. Ils s'assirent à une table branlante près d'un bassin.

– Les hommes aiment les femmes musclées, tu sais, lui dit-il. Pas tous, mais j'en connais certains. Ils aiment qu'on leur donne des ordres. Ils veulent des filles comme toi, qui ne supportent pas qu'on les appelle *beauté*. Tu vois ce que je veux dire ? Je pourrais te faire gagner beaucoup d'argent en te présentant aux hommes qu'il faut. Beaucoup, beaucoup d'argent.

– Je refuse de faire le trottoir, répondit Julietta.

– Qui te parle de faire le trottoir ? J'ai de beaux appartements avec portier et ascenseur. Et même des Jacuzzi. J'ai un agent de sécurité qui surveille le couloir, comme ça personne ne craint rien. Écoute, je sais que tu galères en ce moment. Je le sais parce que je suis passé par là, moi aussi. Et j'ai bossé comme un malade pour avoir une vie meilleure. T'as pas ta langue dans ta poche. T'es belle et baraquée, unique en ton genre. T'as un corps de rêve, que du muscle, et je crois que tu mérites bien mieux que ce que la vie t'a offert jusqu'à maintenant. C'est tout.

Julietta l'écouta attentivement.

Il lui disait ce qu'elle ressentait. Il la comprenait.

– Tu viens d'où, Julietta ?

– Alabama.

– T'as plutôt un accent du Nord.

– Je l'ai perdu en route.

– Hein ?

– Je l'ai remplacé.

– Comment ?

Les clients de la salle de gym où travaillait Julietta étaient beaucoup plus âgés qu'elle. Ils ne s'intéressaient qu'aux enchaînements et aux kilomètres, aux haltères et aux dosages.

Et c'était les seules personnes à qui elle parlait de la journée. Neil était jeune, au moins.

– Quand j'avais neuf ans, lui expliqua-t-elle, un jour, j'ai... disons que je venais de passer une sale journée. L'instit qui nous ordonnait de nous taire. Qui *me* hurlait dessus en m'ordonnant de me taire. *Silence, mademoiselle, je ne veux plus vous entendre. Stop, mademoiselle, on frappe avec ses mots, pas avec ses mains.* Ces gens-là vous écrasent. Ils veulent que vous restiez assis et silencieux. «Sage» est juste le synonyme secret de «laisse-toi faire».

Neil hocha la tête.

– On m'a toujours reproché de faire trop de bruit.

– Un jour, personne n'est venu me chercher à l'école. Juste... personne. Les gens du secrétariat ont appelé chez moi, mais personne ne décrochait. Une surveillante du soir a téléphoné à Miss Kayla, qui m'a ramenée chez moi en voiture. Il faisait déjà nuit dehors. Je la connaissais à peine. Je suis montée dans sa voiture parce qu'elle avait de beaux cheveux. Ouais, je sais, quelle idiote, monter dans la bagnole d'une inconnue! Mais c'était une maîtresse d'école. Elle m'a offert une boîte de Tic-Tac. Elle n'arrêtait pas de parler tout en conduisant, pour me remonter le moral, tu vois? Et elle venait du Canada. Je ne sais pas où, au Canada, mais elle avait un accent.

Neil acquiesça.

– J'ai commencé à l'imiter, poursuivit Julietta. J'étais curieuse de comprendre pourquoi elle parlait comme ça. Elle transformait la prononciation de certains mots. C'est à cause de l'inflexion des voyelles qui est typique des Canadiens. Et je l'ai fait rire en reproduisant son accent. Elle m'a dit que j'étais une bonne imitatrice. Là-dessus, on est arrivées devant ma maison et elle m'a raccompagnée devant le pas de la porte.

– Et alors ?

– Il y avait quelqu'un chez moi, pendant tout ce temps-là.

– Wow.

– Ouais. Elle regardait la télé. Elle n'était pas venue me chercher. Ou elle n'avait pas pu. J'en sais rien. C'était nul de sa part, quelle que soit l'explication. Elle n'avait même pas pris la peine de décrocher quand l'école avait appelé. J'ai shooté dans la porte pour l'ouvrir et je suis entrée. « T'étais où ? j'ai demandé. Tais-toi, elle m'a répondu, tu vois pas que je mate la télé ? » Je lui ai demandé pourquoi elle avait pas décroché. « Je t'ai dit de la fermer », elle m'a répondu. Encore un *tais-toi et encaisse sans broncher*. Je me suis préparé un bol de céréales sans lait pour le dîner et je me suis assise à côté d'elle pour regarder la télé. On était là depuis une heure ou plus quand une idée m'est venue.

– Laquelle ?

– La télé nous apprend à nous exprimer. Les journalistes, les gens riches, les docteurs dans les séries médicales... aucun d'eux ne parlait comme moi. Mais ils parlaient tous de la même façon entre eux.

– Hmm, peut-être.

– C'est la vérité. Je me suis dit : *si tu apprends à parler comme ça, on ne te dira peut-être plus de te taire*.

– Tu as appris toute seule ?

– J'ai d'abord appris l'accent américain standard. Celui qu'on parle à la télé. Maintenant, je maîtrise Boston, Brooklyn, la côte Ouest, le Sud, le Canada, l'accent BBC, l'anglais d'Irlande, d'Écosse et d'Afrique du Sud.

– Tu veux devenir actrice, c'est ça ?

Juliette fit non de la tête.

– J'ai d'autres ambitions.

– Dominer le monde ?

– Quelque chose dans ce goût-là. Faut encore que je réfléchisse.

– Tu pourrais carrément être actrice, dit Neil avec un large sourire. Je te parie que tu joueras dans des films. D'ici un an, je me dirai *Wow, je connaissais cette fille, Julietta, du temps où elle traînait au stand Chanel pour se tartiner la tronche de maquillage gratuit. Elle me laissait même lui parler de temps en temps.*

– Merci.

– Il faut que tu soignes ton look, Miss Julietta. Il faut que tu rencontres des gens importants qui t'offrent des bijoux et de belles robes. Parler comme à la télé, c'est une chose, mais tu peux pas rester en jogging et en baskets avec une coiffure merdique. T'iras jamais loin, comme ça.

– Je n'ai pas envie de vendre ce que tu vends.

– Parle-moi avec l'accent de Brooklyn.

– Ma pause-déjeuner touche à sa fin, dit-elle en se levant.

– Allez, quoi. Irlandais, alors.

– Non.

– Bon, si jamais tu te décides à faire un job plus sympa, voilà mon numéro, fit Neil en sortant un petit rectangle cartonné de sa poche.

Sa carte de visite était noire, avec un numéro inscrit en chiffres argentés.

– Je m'en vais.

Neil leva son Coca, comme s'il lui portait un toast.

Julietta s'éloigna en riant.

Elle se sentait belle, en sa présence. Il savait l'écouter.

Le lendemain matin, elle fit ses bagages et monta dans

un bus à destination de New York. Elle avait peur de ce qu'elle risquait de devenir si elle restait dans cette ville plus longtemps.

À présent, c'était jour de loyer. Jule se nourrissait de nouilles japonaises en sachet et n'avait plus que cinq dollars en poche.

Aucune salle de sport new-yorkaise n'acceptait d'embaucher des coachs non assermentés. Elle n'avait même pas son bac. Elle n'avait pas non plus de références, ayant tourné le dos à ses premiers et seuls employeurs. Elle avait d'abord tout misé sur les salles de gym ; elle mettrait un peu d'argent de côté, et chercherait un autre job plus ambitieux. Voyant que ça ne marchait pas, elle avait ensuite tenté sa chance dans les rayons cosmétiques des grands magasins, comme vendeuse dans toutes sortes de boutiques, comme nounou, puis comme serveuse, répondant à toutes les annonces qu'elle voyait. Elle y avait passé des heures, tous les jours. Mais rien à faire.

Elle entra dans le Joyful Food Mart en dessous de chez elle. La supérette était bondée. Les gens qui sortaient du travail venaient s'acheter des sachets de pâtes, des conserves de haricots, ou jouer leurs numéros préférés au Loto. Jule s'acheta un pudding à la vanille pour un dollar et prit une cuiller en plastique. Elle mangea le pudding en guise de dîner tout en montant l'escalier jusqu'à l'appartement qu'elle partageait avec Lita, au premier.

Il faisait noir à l'intérieur. Jule en fut soulagée. Soit Lita s'était couchée de bonne heure, soit elle n'était pas encore rentrée. Dans tous les cas, Jule n'aurait pas à inventer d'excuses pour justifier le fait qu'elle n'avait pas l'argent du loyer.

Le lendemain matin, Lita ne sortit pas de sa chambre. Elle qui se levait d'habitude à sept heures tous les samedis pour aller faire le service dans les buffets chics. À huit heures, Jule alla toquer à sa porte.

– Tu te sens bien ?

– Je suis morte, résonna la voix de Lita.

Jule passa sa tête à l'intérieur.

– Tu ne bosses pas, aujourd'hui ?

– Si, à dix heures. Mais j'ai vomi toute la nuit. Trop de mélanges d'alcools.

– Tu veux un verre d'eau ?

Lita gémit.

– Tu veux que j'aille te remplacer ? proposa Jule, soudain inspirée par l'idée.

– Sûrement pas, grogna Lita. T'as déjà bossé dans la restauration ?

– Bien sûr que oui.

– Si je me pointe pas, ils vont me virer...

– Alors laisse-moi y aller, insista Jule. Ça nous rendra service à toutes les deux.

Lita bascula ses jambes hors de son lit et s'agrippa à sa table de chevet, l'air barbouillé.

– OK. C'est d'accord.

– Sérieux ?

– Mais... fais-toi passer pour moi.

– On ne se ressemble pas du tout.

– Ça fait rien. On a un nouveau manager, il verra même pas la différence. C'est une grosse agence. Le principal, c'est qu'ils cochent mon nom sur la feuille d'émargement.

– Compris.

– Et veille à ce qu'ils te paient avant que tu repartes. Vingt billets de l'heure, plus les pourboires.

– Je pourrai garder l'argent ?

– La moitié, répondit Lita. C'est mon boulot, quand même.

– Les trois quarts.

– OK. (Lita chercha les infos sur son portable et griffonna l'adresse sur un bout de papier.) C'est à la Greenbriar School, dans l'Upper East Side. Tu devras aller en bus jusqu'à la gare, prendre le train puis le métro.

– C'est quel genre d'événement ?

– Une réception pour les donateurs de l'école. (Lisa se rallongea lentement dans son lit comme si elle craignait de trop remuer la tête.) Je boirai plus jamais une goutte d'alcool. De toute ma vie. Ah, j'oubliais : tu dois absolument porter une robe noire.

– J'en ai pas.

Lita soupira.

– Prends une des miennes. Ils te fourniront le tablier. Non, pas celle avec la dentelle, il faut la nettoyer au pressing. Prends-en une en coton.

– J'ai besoin de chaussures, aussi.

– Bon sang, Jule…

– Désolée.

– Prends celles à talons. T'auras de meilleurs pourboires.

Jule glissa ses pieds à l'intérieur des escarpins de Lita. Ils étaient trop petits, mais ça irait.

– Rapporte-moi la moitié des pourboires, aussi, précisa Lita. C'est ma plus belle paire de pompes.

Jule n'avait jamais rien porté d'aussi joli. C'était une robe de ville en coton épais avec un col carré et une jupe longue. Elle ne se serait jamais attendue à trouver un truc aussi chic dans la penderie de sa coloc, mais Lita lui avait expliqué l'avoir trouvée pour pas cher dans une friperie.

Jule sortit dehors dans sa robe noire, ses baskets aux pieds, les escarpins de Lita dans son sac. L'odeur de New York flottait autour d'elle dans la chaleur de ce début d'été : ordures, pauvreté, ambition.

Elle décida de traverser le Brooklyn Bridge à pied. Elle n'aurait qu'à prendre le métro directement à Manhattan, cela lui éviterait un changement.

Le soleil scintillait. Les gratte-ciel de pierre se dressaient au loin. Jule vit des bateaux tracer des sillons d'écume dans la baie. La statue de la Liberté était puissante, lumineuse.

Elle n'en revenait pas du sentiment de métamorphose que lui inspirait cette robe. Elle avait l'impression de renaître, de devenir quelqu'un d'autre, une femme nouvelle, jeune et belle qui traversait ce pont célèbre pour se jeter dans l'aventure – précisément tout ce qui l'avait attirée à New York.

Jamais avant ce jour elle n'avait senti le monde des possibles s'ouvrir à elle.

19

TROISIÈME SEMAINE DE JUIN 2017
CABO SAN LUCAS, MEXIQUE

Un peu plus d'un an plus tard, au Cabo Inn, à cinq heures du matin, Jule entra d'un pas titubant dans la salle de bains, s'aspergea le visage d'eau fraîche et se dessina le contour des yeux à l'eye-liner. Pourquoi pas ? Elle aimait se maquiller. Elle avait le temps. Elle se mit du fond de teint et de la poudre, du fard noir sur les paupières pour se donner un regard charbonneux, puis du mascara et du brillant à lèvres presque noir.

Elle se frotta une noisette de gel dans les cheveux et s'habilla. Jean noir, grosses boots, tee-shirt foncé. Un peu chaud pour la canicule mexicaine, mais pratique. Elle fit sa valise, but une bouteille d'eau et sortit de sa chambre.

Noa était assise dans le couloir, dos au mur, un gobelet de café fumant entre les mains.

À l'attendre.

La porte se referma derrière Jule. Elle recula d'un pas pour s'y appuyer.

Merde.

Elle se croyait libre. Enfin, presque. À présent, elle allait devoir se battre.

Noa semblait très sûre d'elle. Détendue, même. Elle resta assise par terre, les genoux remontés contre sa poitrine, en remuant son gobelet en polystyrène.

– Imogen Sokoloff ? demanda-t-elle.

Une minute. Hein ?

Noa la prenait-elle réellement pour Imogen ?

Imogen. Bien sûr.

Noa avait tenté de l'appâter avec Dickens. Avec son histoire de père malade. Et de chats errants. Parce qu'elle savait qu'*Imogen Sokoloff* serait forcément touchée par l'un de ces sujets.

– Noa ! répondit Jule d'un ton jovial en reprenant son accent britannique de la BBC, le dos toujours écrasé contre la porte. Ça alors. Quelle surprise de vous trouver ici.

– J'aimerais vous parler de la disparition d'une jeune femme, Julietta West Williams. Vous la connaissiez ?

– Je vous demande pardon ?

Jule déplaça le poids de son sac contre sa poitrine pour qu'il ne la gêne pas.

– Vous pouvez laisser tomber le faux accent anglais, Imogen, dit Noa en se relevant lentement pour ne pas renverser son café. Nous avons de bonnes raisons de croire que vous utilisez le passeport de votre amie Julietta. Tout indique que vous avez mis en scène votre suicide à Londres, il y a deux mois, avant de transférer votre argent sur ses comptes bancaires et de prendre son identité, éventuellement avec son accord. Mais personne ne l'a revue depuis des semaines. Elle s'est volatilisée dans la nature depuis l'exécution de votre testament, jusqu'à ce que vous utilisiez ses cartes de crédit au Playa Grande. Ça vous parle ? J'aimerais jeter un coup d'œil à vos papiers d'identité, si vous le permettez.

Jule avait besoin d'assimiler toutes ces nouvelles informations, mais le temps pressait. Elle devait agir, et maintenant.

– Je crois que vous me confondez avec quelqu'un d'autre, dit-elle sans se départir de son accent anglais. Désolée de vous avoir lâchée pour la soirée quiz. Laissez-moi sortir mes papiers de mon portefeuille, je suis sûre que ce malentendu sera vite dissipé…

Tout en faisant semblant de fouiller dans son sac, elle se jeta sur Noa en deux enjambées et shoota dans son gobelet. Le café, encore très chaud, éclaboussa l'inspectrice en plein visage.

Elle rejeta violemment la tête en arrière et Jule en profita pour frapper avec sa valise. Le coup la heurta sur le côté du crâne et la projeta à terre. Jule brandit de nouveau sa valise et l'atteignit à l'épaule, cette fois. Elle recommença, encore et encore. Clouée à terre, Noa tenta de lui agripper la cheville de la main gauche tout en tendant l'autre main vers sa propre jambe droite.

Était-elle armée ? Évidemment. Elle avait sans doute un holster sous son pantalon.

Jule lui broya les doigts sous sa semelle. Un craquement sec retentit et Noa glapit tout en essayant d'attraper la cheville de Jule pour lui faire perdre l'équilibre.

Jule prit appui contre le mur et lui asséna un coup de pied en plein visage. Profitant du fait que l'inspectrice se cachait derrière ses mains, elle lui remonta son bas de pantalon.

Un pistolet était fixé à son mollet. Jule s'en empara.

Elle mit Noa en joue et recula pas à pas le long du couloir, en récupérant sa valise au passage.

Arrivée au pied de l'escalier, Jule se retourna et descendit précipitamment les marches.

Elle sortit de l'hôtel par la porte de service, examina les poubelles et les voitures garées sur le parking. Il y avait aussi quelques vélos, posés contre la façade arrière du bâtiment.

Non. Elle ne pouvait pas fuir à vélo, parce qu'elle ne pouvait pas se séparer de sa valise.

Un peu plus loin, vers le bas de la colline, la rue donnait sur une petite place avec un café.

Non, trop évident.

Jule s'élança en courant à travers le parking. Lorsqu'elle tourna à l'angle du bâtiment, elle aperçut une fenêtre ouverte donnant sur une des chambres de l'hôtel. Le vantail supérieur était entrouvert.

Jule jeta un coup d'œil à l'intérieur.

Vide. Le lit était fait.

Elle tira d'un coup sec sur la moustiquaire et la jeta dans la pièce. Elle glissa sa valise dans l'ouverture – elle passait tout juste – et la poussa de force à travers le store vénitien de mauvaise qualité. Vint ensuite le tour de son sac à main, après quoi elle se hissa elle-même par le vantail. Elle s'érafla la cuisse au passage et atterrit lourdement sur le sol. Elle s'empressa de refermer la fenêtre, remit le store en place, emporta ses affaires ainsi que la moustiquaire dans la salle de bains et s'y enferma.

L'hôtel était le dernier endroit où Noa songerait à la chercher.

Jule s'assit sur le rebord de la baignoire et se força à respirer lentement. Elle ouvrit sa valise et en sortit sa perruque rousse.

Troqua son tee-shirt noir contre un haut blanc, enfila la perruque sur sa tête et cacha le reste de ses cheveux en dessous. Puis referma sa valise.

Elle prit le pistolet et l'enfonça derrière, dans la ceinture de son jean, comme elle avait si souvent vu faire au cinéma.

Quelques instants plus tard, elle entendit Noa passer dehors devant la fenêtre. L'inspectrice parlait au téléphone et se déplaçait à pas lents.

– Je sais, disait-elle. J'ai sous-estimé la situation, j'en suis consciente. (Un silence.) C'était un scénario banal, une héritière en cavale. (Noa s'était arrêtée, Jule entendait distinctement tout ce qu'elle disait.) Une fille riche et stupide qui décide de fuguer. Toutes les preuves semblent indiquer que sa copine et elle ont mis en scène son suicide pour s'offrir une vie de rêve. Elles ont échafaudé un plan pour prendre le large ensemble. Elles voulaient fuir les trucs habituels : l'ex trop envahissant, les parents trop stricts. La copine croit qu'elles vont se partager les millions de l'héritière, mais l'autre la poignarde dans le dos. Elle assume l'identité de sa copine, comme prévu, avant de se débarrasser d'elle pour de vrai… Un tueur à gages, c'est la piste la plus probable. Sans doute en Angleterre. La copine est désormais portée disparue, vue pour la dernière fois à Londres au mois d'avril de l'année dernière. Pendant ce temps-là, la riche héritière s'évapore dans la nature avec sa fortune pour elle toute seule en usurpant l'identité de sa copine, et l'histoire pourrait s'arrêter là, sauf que son ex envahissant ne croit pas à son suicide et harcèle la police pour qu'ils ouvrent une enquête. À force, ils finissent par se dire qu'il a peut-être raison. Ils se plongent dans le dossier et s'aperçoivent que la carte de crédit de la copine a été utilisée dans un hôtel de luxe au Mexique.

Une autre pause. Noa écoute parler son interlocuteur.

– Arrête. Une fille de bonne famille, étudiante à Vassar ? Jamais je n'aurais pu m'attendre à ce qu'elle m'agresse. C'était inimaginable ! Elle mesure à peine un mètre cinquante. Elle porte des baskets à trois cents dollars. On ne peut pas me reprocher une chose pareille !

Nouvelle pause. Noa se remit en marche et sa voix s'estompa peu à peu.

– Eh bien, fais venir quelqu'un pour m'examiner parce que je suis salement amochée. La gamine m'a piqué mon arme. Oui, je sais, je sais... Trouve-moi un toubib sur place, *comprende* ?

Forrest avait engagé un détective privé. Jule comprenait toute l'histoire, à présent. Il n'avait jamais accepté le suicide d'Immie, il avait Jule dans le collimateur depuis le début, et à quoi lui avait servi toute cette belle suspicion ? À s'entendre dire qu'Imogen avait monté une arnaque pour lui échapper et que cette pauvre Jule, paix à son âme, avait été le pigeon dans l'affaire.

Jule sortit de la salle de bains, rampa sur le sol et s'accroupit derrière la fenêtre pour risquer un coup d'œil au-dehors. Noa descendait vers le bas de la rue tout en se tenant l'épaule.

Un bus *supercabos* était à l'approche. Jule s'empara de sa valise, la traîna dans le couloir et sortit de l'hôtel par une porte dérobée. Une fois dehors, elle se dirigea d'un pas calme jusqu'au bord du trottoir et leva le bras en l'air.

Le bus s'arrêta.

Jule respira.

Noa ne se retourna pas.

Jule monta dans le bus.

Noa ne se retournait toujours pas.

Jule acheta un ticket au conducteur et les portes du bus se refermèrent. Une voiture vint s'arrêter à la hauteur de Noa. La détective, qui soutenait sa main fracturée, montra une pièce d'identité à la personne au volant.

Le bus s'éloigna dans la direction opposée. Jule s'assit sur un siège élimé juste derrière le conducteur.

Il s'arrêterait où elle lui dirait de s'arrêter. C'était le fonctionnement des *supercabos*.

– *Quiero ir a la esquina de Ortiz y Ejido. ¿Puedes llevarme cerca de allí?* lui demanda Jule.

Le croisement entre Ortiz et Ejido. Là où le réceptionniste lui avait conseillé un revendeur automobile au noir. Discrétion assurée.

Le chauffeur acquiesça.

Jule West Williams se pencha en avant sur son siège.

Elle avait quatre passeports, quatre permis de conduire, trois perruques, plusieurs milliers de dollars en liquide, et un numéro de carte de crédit appartenant à Forrest Smith-Martin, idéal pour s'acheter des billets d'avion.

En fait, cette carte lui permettrait de faire un certain nombre de choses. Comme se venger de Forrest pour les désagréments qu'il lui avait causés, par exemple.

C'était tentant.

Mais elle ne prendrait sans doute pas cette peine. Forrest était insignifiant à ses yeux, maintenant qu'elle n'avait plus besoin d'être Imogen Sokoloff.

Les derniers fragments d'Immie encore présents au fond d'elle la quittèrent, comme des petits cailloux emportés du rivage par le mouvement ascendant de la marée.

Au fur et à mesure du chemin, Jule deviendrait quelqu'un

d'autre. Il y aurait d'autres ponts à traverser, d'autres robes à porter. Elle avait modifié son accent, transformé son identité jusqu'au plus profond d'elle-même.

Elle n'aurait qu'à recommencer.

Jule ôta la bague vipère en jade de son doigt, la jeta par terre et la regarda rouler vers le fond du bus. À Culebra, personne ne vous demandait vos papiers d'identité.

Le pistolet était brûlant dans son dos. Elle était armée. Elle n'avait plus aucun cœur à briser.

Telle l'héroïne d'un film d'action, Jule West Williams était au cœur de sa propre histoire.

Note de l'auteur

De nombreux, très nombreux livres et films m'ont inspirée durant l'écriture de *Trouble vérité* : les histoires d'orphelins victoriennes, les biographies d'artistes escrocs, les romans d'anti-héros, les films noirs, les comics de super-héros, les films d'action, les histoires racontées à l'envers, les histoires d'ascensions sociales, et les livres parlant de femmes malheureuses à l'ambition dévorante. Le roman que j'ai écrit me fait l'effet d'un véritable mille-feuille de références. Je ne saurais toutes les citer, mais j'ai une dette particulière envers Patricia Highsmith pour *Monsieur Ripley*, Mark Seal pour *The Man in the Rockefeller Suit*[1], et Charles Dickens pour *Les Grandes Espérances*.

1. Ouvrage inédit en français, dont le titre peut se traduire par « L'Homme qui portait le costume de Rockefeller ».

Un mot de l'auteur à l'attention des lecteurs

Chers amis des livres,

Trouble vérité est un conte de la fureur féminine, une histoire racontée à l'envers, un récit ancré à la fois dans les romans victoriens et les *comics* de super-héros américains. C'est l'histoire d'une jeune femme qui commet des actes terribles. Je voulais pousser mes lecteurs à l'introspection morale en les obligeant à se rendre complices malgré eux des crimes de mon personnage.

C'est le récit des origines d'une antihéroïne.

Trouble vérité parle d'amitié, de trahison entre femmes et des mensonges qu'on se raconte à soi-même pour devenir la personne que l'on rêve secrètement d'être.

Quand j'étais petite, mon oncle nous emmenait toujours, mes cousins et moi, à la boutique de *comics*. On s'en achetait d'occasion, abîmés et bon marché, et on s'allongeait par terre dans le salon pour bouquiner pendant des heures. J'aimais les *comics* pour enfants, tandis que mon oncle lisait *L'Incroyable Hulk, X-Men* et *Spider-Man*. Je les dévorais aussi quand j'avais fini les miens.

Hulk est un homme ordinaire qui se transforme en monstre à la musculature démesurée… quand il se met en colère. Un super-pouvoir né de la rage. Fascinant, non ?

La rage est honteuse. Surtout pour les femmes, je crois. Nous ne savons pas comment l'exprimer de façon positive, si bien qu'elle surgit parfois de manière terrible. Pourtant, c'est une émotion extrêmement puissante. Imaginez, si nous pouvions canaliser sa force ?

Jule West Williams, mon héroïne, est l'expression de la rage honteuse et de l'incroyable puissance qui sommeillent en moi. Jule est terrifiante. Et merveilleuse.

J'écris cette lettre dans un café, devant une tasse de thé à la menthe. Plus tard, je préparerai le dîner pour mes enfants et mon mari. Je ferai mes étirements de yoga par terre, avec mon chat. Je mène une vie agréable et ordinaire, mais l'existence de Jule – passée à projeter une image immaculée d'elle-même malgré le sang qu'elle a sur les mains et l'ombre envahissante de son passé – est aussi la mienne, quelque part. Et je suis tentée d'affirmer que c'est vrai pour beaucoup de femmes.

J'espère que vous vous retrouverez dans *Trouble vérité*, et que sa lecture vous donnera des frissons.

Bien à vous,

E. Lockhart

Remerciements

Merci à mes premiers lecteurs pour leurs retours détaillés : Ivy Aukin, Coe Booth, Matt de la Peña, Justine Larbalestier et Zoey Peresman. Remerciements appuyés à Sarah Mlynowski, qui a lu plusieurs versions. La photographe Heather Weston a largement contribué à approfondir la compréhension de l'esthétique de mon roman en lui créant une magnifique série d'images. Je dois beaucoup à Ally Carter, Laura Ruby, Anne Ursu, Robin Wasserman, Scott Westerfield, Gayle Forman, Melissa Kantor, Bob, Meg Wolitzer, Kate Carr, Libba Bray et Jen Lenkin pour leur soutien et leurs conseils tous azimuts. Mon agente, Elizabeth Kaplan, a été une vraie championne; son assistant, Brian McGuffog, s'est montré d'une aide précieuse. Merci à Jane Harris et Emma Matthewson chez HotKey, et à Eva Mills et Elise Jones chez Allen & Unwin pour leur enthousiasme immédiat. Merci à Ramona Jenkin pour son expertise médicale. Gratitude envers la formidable équipe de Penguin Random House, notamment John Adamo, Laura Antonacci, Dominique Cimina, Kathleen Dunn, Colleen Fellingham, Anna Gjesteby, Rebecca Gudelis, Christine Labov, Casey Lloyd, Barbara Marcus, Lisa Nadel, Adrienne Waintraub – et en particulier à mon exigeante, patiente, encourageante et héroïque éditrice, Beverly Horowitz. Merci enfin à ma famille, proche et lointaine, et surtout à Daniel Aukin.

e. lockhart

Née en 1967, Emily Lockhart grandit à Cambridge et à Seattle avant de s'installer à New York, sa ville natale. Dès l'âge de huit ans, elle décide de devenir écrivain, et se lance très sérieusement à vingt-deux ans, après un détour par le théâtre. Titulaire d'un doctorat de littérature anglaise de l'université de Columbia, elle enseigne l'écriture pour la jeunesse à l'université de Hamline dans le Minnesota. Passionnée, elle lit énormément toutes sortes de livres, classiques ou contemporains, de tous les genres et de tous les pays, notamment la littérature française du XVIIIe siècle. Auteur à plein temps, elle a signé plusieurs romans pour adolescents, parmi lesquels *La Fabuleuse Histoire de la mouche dans le vestiaire des garçons* et la série *Le Journal de Ruby Oliver* (*L'Amour avec un grand Z, L'Art de perdre les pédales, Un grand moment de solitude* et *Pas très rond dans ma tête*), parus chez Casterman, et *Alabaster & moi* (Hachette romans). Sous son vrai nom d'Emily Jenkins, elle a écrit pour tous les âges – de la petite enfance aux adultes – romans, textes illustrés et albums. Elle a reçu le Printz Award Honor Book, le Cybils Award du meilleur roman pour jeunes adultes et a été finaliste du National Book Award. Plébiscité par les plus grands auteurs, de John Green à Gayle Forman, en passant par Ruta Sepetys et Maureen Johnson, *Nous les menteurs*, son premier roman pour jeunes adultes, a bénéficié d'un accueil dithyrambique dans la presse, devenant un best-seller dès sa sortie en 2015.

http://www.emilylockhart.com/
http://wewereliarsbook.tumblr.com/

Si vous avez aimé ce livre,

DÉCOUVREZ

Nous les menteurs.

Mon nom complet est Cadence Sinclair Eastman.

Je vis à Burlington, dans l'État du Vermont, avec ma mère et nos trois chiens.

J'ai bientôt dix-huit ans.

Je possède une carte de bibliothèque bien usagée et pas grand-chose d'autre, alors que j'habite une vaste maison remplie d'objets coûteux et inutiles.

J'étais blonde autrefois, mais à présent j'ai les cheveux noirs.

J'étais forte autrefois, mais à présent je suis vulnérable.

J'étais jolie autrefois, mais à présent j'ai l'air maladif.

Il est vrai que je souffre de migraines depuis mon accident.

Il est vrai que je ne peux pas souffrir les imbéciles.

J'aime jouer sur les mots. Vous voyez ? *Souffrir* de migraines. Ne pas pouvoir *souffrir* les imbéciles. Le mot signifie presque la même chose dans les deux phrases, mais pas tout à fait.

Souffrir.

On serait tenté d'y voir un synonyme d'endurer, mais ce n'est pas vraiment exact.

Mon histoire commence avant l'accident. L'été de mes quinze ans, au mois de juin, mon père nous a quittées pour une femme qu'il aimait plus que nous.

Papa était un professeur d'histoire militaire à la carrière relativement médiocre. Je l'adorais. Il portait des vestes en tweed. Il était maigre. Il buvait du thé avec du lait. Il était fan de jeux de société (et il me laissait gagner), fan de bateau (et il m'apprenait à faire du kayak), de vélo, de livres et de musées.

Il n'était pas trop fan des chiens, en revanche, et il devait vraiment beaucoup aimer ma mère pour autoriser nos golden retrievers à dormir sur les canapés ou pour les emmener marcher près de cinq kilomètres tous les matins. Il n'était pas trop fan de mes grands-parents non plus, et il devait vraiment beaucoup nous aimer, maman et moi, pour accepter de passer tous ses étés à la maison Windemere, sur Beechwood Island, à rédiger ses articles sur des guerres terminées depuis belle lurette et à sourire à table pour faire plaisir à tout le monde.

Au mois de juin de l'été quinze, papa nous a donc annoncé qu'il nous quittait. Deux jours plus tard, il est parti. Il a expliqué à ma mère qu'il n'était pas un Sinclair et qu'il n'arrivait plus à faire semblant. Il n'arrivait plus à sourire, à mentir, à faire partie de cette splendide famille dans ces majestueuses villas.

Il n'en pouvait plus. Il ne voulait plus de tout ça.

Il avait déjà loué les camions de déménagement. Et déjà loué une autre maison, aussi. Il a posé sa dernière valise sur la banquette arrière de sa Mercedes (maman devrait se contenter de garder la Saab) et il a mis le contact.

Puis il a sorti un revolver et m'a visée en pleine poitrine. Debout sur la pelouse, je me suis écroulée. Le trou formé par la balle s'est élargi et mon cœur a roulé hors de ma cage thoracique pour atterrir dans un parterre de fleurs. Le sang pulsait hors de ma plaie béante,

hors de mes yeux,

de mes oreilles,

de ma bouche.

Un goût de sel et d'échec. La honte vive et écarlate du rejet imprégnait la pelouse, les dalles de l'allée, les marches du porche. Mon cœur convulsait au milieu des pivoines comme une truite hors de l'eau.

D'un ton sec, maman m'a ordonné de me ressaisir.

Sois normale, a-t-elle déclaré. Immédiatement.

Parce que tu l'es. Parce que tu peux l'être.

Pas de scandale, m'a-t-elle ordonné. Respire un bon coup et redresse-toi.

J'ai obéi.

Elle était tout ce qui me restait, désormais.

Maman et moi avons relevé bien haut nos mentons carrés tandis que la voiture de papa descendait la colline. Puis nous sommes rentrées dans la maison et nous avons détruit tous les cadeaux qu'il nous avait faits : bijoux, vêtements, livres, tout. Les jours suivants, nous nous sommes débarrassées du canapé et des fauteuils qu'ils avaient achetés ensemble. Nous avons jeté le service en porcelaine de leur mariage, l'argenterie et les photos.

Nous avons changé tout le mobilier. Engagé un décorateur d'intérieur. Commandé des couverts en argent chez Tiffany. Passé une journée à faire les galeries d'art et acheté de nouveaux tableaux pour combler les places vides sur les murs.

Nous avons demandé à l'avocat de grand-père de protéger l'intégrité des biens de maman.

Nous avons fait nos bagages et nous sommes parties pour Beechwood Island.

ON LIT
PLUS
FORT.
COM

L'ACTUALITÉ DES ROMANS
GALLIMARD JEUNESSE

Le papier de cet ouvrage est composé de fibres naturelles, renouvelables, recyclables, et fabriquées à partir de bois provenant de forêts gérées durablement.

Mise en pages : Dominique Guillaumin
Loi n° 49-956 du 16 juillet 1949
sur les publications destinées à la jeunesse
ISBN : 978-2-07-509321-7
Numéro d'édition : 325241
Dépôt légal : avril 2018
Imprimé en Italie
par Grafica Veneta S.p.A.